陈应松精品文集 卷七

陈应松 著

喊 树

中国言实出版社

图书在版编目（CIP）数据

喊树 / 陈应松著 . -- 北京 : 中国言实出版社，
2020.5
　（陈应松精品文集；7）
　ISBN 978-7-5171-3458-9

　Ⅰ . ①喊… Ⅱ . ①陈… Ⅲ . ①短篇小说 – 小说集 – 中
国 – 当代 Ⅳ . ①I247.7

中国版本图书馆 CIP 数据核字（2020）第 069549 号

责任编辑　代青霞　李昌鹏
责任校对　张国旗

出版发行　中国言实出版社

　　地　　址：北京市朝阳区北苑路 180 号加利大厦 5 号楼 105 室
　　邮　　编：100101
　　编辑部：北京市海淀区北太平庄路甲 1 号
　　邮　　编：100088
　　电　　话：64924853（总编室）　64924716（发行部）
　　网　　址：www.zgyscbs.cn
　　E-mail：zgyscbs@263.net

经　　销　新华书店
印　　刷　北京中科印刷有限公司
版　　次　2020 年 6 月第 1 版　2020 年 6 月第 1 次印刷
规　　格　710 毫米 × 1000 毫米　1/16　15.25 印张
字　　数　233 千字
定　　价　558.00 元（全八卷）　ISBN 978-7-5171-3458-9

目 录

喊　树

王世堂一共有三个孩子。有一个在多年前就见了阎王。那一年年景不好，这娃子在山上挖蕨根做粑，吃过后头肿得比南瓜还大，王世堂的老婆就在村委会墙上涂大粪驱邪，但还是没保住这娃子的命。王的老婆倒因为这事，被抓去关了半个月。这死去的娃子眉清目秀，睫毛修长，像个洋种。王世堂另外两个儿子都是在石头上摸爬滚打、忍饥挨饿长大成人的，可没有一个比得上他们死去的哥，都长得怪头怪脑。有一个叫王二苕的，是老二，找了个患"巴骨流痰"的女人结婚，住进深山后就没了音讯，不知是死是活。倒是老三，王三苕，虽不灵光，却读了个技校，到了城里工作，就是没有女人看上他，都快四十了。现在，突然有了信儿，让王世堂给他打一套家具，那是要结婚了。

这可是大喜事啊！王世堂高兴得快中风了。是有人从城里搭信来的。那时他正在山上刨洋芋，有个人喊他，是三苕儿时的伙伴，告诉他这事。他跌跌撞撞跑回家去，对着老伴儿的遗像就高声说："娃他娘，老巴子（老婆）哎，三苕要结婚了，在城里结婚哩！搭信要我给他打家具。还说怕是媳妇怀上了，要得急。这可有孙子了！……"

王世堂哗啦哗啦地吃饭喝酒，让高兴出声，眼泪直往下掉。可静下心来一想，这可到哪里弄木材去？你这娃搭个甩信一说我就要办，没捎一分钱回来，老爹我哪有这么多钱买木料呀？过去要一口柜子，或者一口箱子，还能找点存料或借点木头来做，现在，你有钱也买不到木料。家具要大料才行，

1

山上哪有这样的大树？王世堂放下筷子望着山，山上也就是一些能做筷子的树了。烧炭的江浙人全回去了，没回去的留下来收板栗香菇；偷树的重庆农民来过几个，听说没树好偷，只好顺手牵羊弄走了一些党参苗。林业站的人种了些日本落叶松，材质不好不说，让羊吃了针叶嘴肿得嗷嗷叫，树底下寸草不生。这可是毒树，打家具害人的。要说打家具，最好的是樟木，苦楝也不错，都不生虫，紫杉也好，湘杉过得去，过去铁桦红桦也坚实。可这些全没啦。大点的樟树都有人收，挖掘机来挖的，城里人买去的，开价还高。有的一棵银杏，几百年的大树，万把块钱买走了，听说一到城里几天就死了，水土不服。

王世堂背着斧头，钻进深山里去找树。五天后回来，人已经冻得不行，脸色青黄，四肢抽筋，给腿上拔旱蚂蟥的力气都没了。回来用刀刮，才把满腿吸血的蚂蟥刮下来。他好歹弄回了一筒木头，是红桦。在一个山沟里，多年前别人砍伐后估计忘了，或是沟太深背不出来丢了。有几筒，有的腐烂了，选了一筒，拖到路口花了两天，晕厥过三回。这可要力气，力气都耗在了这筒足有一两百斤的木头上。差点丢了命，可又能打什么呢？

这还不说，刚进入臭娘子坳自家的院子，头上忽然掉下一坨东西，一摸，一大坨鸟屎。那个臭呀！抬头一看，是那些对他瞪着铜铃眼的苦哇鸟。这种鸟鬼头鬼脑的，不是因为经常衔些小鱼给他吃，早把它们连窝端了。它们的叫声阴阳怪气，心怀鬼胎，仿佛大有深意，对世界了如指掌。把白天叫成黑夜，把开心叫成灾难。特别是到了要下雨时，这种鸟叫得如丧考妣，栖栖惶惶，满树乱窜，又哭又笑。树上的苦哇鸟，鸟窝有一二十个，可它们会叼来一些不知是哪儿的鱼，长条的，白净净的，通体透明。有人说，这是从山洞里涌出的一种鱼，无鳞，小眼，鱼鳃里有一颗硬虫，懂这个的说是鱼虱。后来有人说，这虱可以治噎死病，就是喉癌，他就留着了，送给患了此病的乡亲。山里人喜欢抽烟喝酒，又一年四季吃腌制的腊货，加上整天在火塘边烟熏火燎，爱得喉癌。自从有这鱼虱，上门讨要的不少，救活了十里八乡的不少人，有的还是晚期。鸟们衔来的鱼吃不完，就爱藏着。有一天，王世堂发现树底下的小水洼里有鱼游动，捞了不少，却捞不完。院子里本来会散落些缺头断尾的鱼，后来发现鸟吃不完就藏在水洼里，这就留下了这种凶鸟，也算是它们前生欠王世堂的。这鱼当地人叫羊鱼条子，做火锅，放点酸菜，那个鲜呀，没东西比！麂子汤、果子狸，都靠边去。

但是，这一泡屎太腥臭，往上一看，那些苦哇鸟都坏心眼地望着他，狞笑，喉咙里发出呱嗒呱嗒的声音。王世堂当时那个气呀。他踢了一脚地上的木头，做什么呢？做张桌子却缺凳子。这泡鸟屎晦气！一块石头砸过去，鸟扑棱棱飞起来，有的飞走了，又落在树上，叫得更凶，像哭一样。就落下几片臭娘子树叶来，桃形的，绿莹莹的，油光闪亮的。人望高了，头就发晕，加上又冻又饿，差一点倒下去，扶住了树。树太大，抱不住，一屁股跌坐在了水洼里。

从没砸过鸟，这下闯了祸。苦哇鸟"苦哇、苦哇"的聒噪声像沾水的绳子，一圈一圈捆绑着这个夜晚，捆绑着王世堂。月亮从树缝里透出来，鸟在月亮里奔窜跳跃，把月亮撕得羽毛纷飞。月亮是一只大鸟，打不赢这黑压压的苦哇鸟。这时候，水洼里的两只小红蛙也呱呱地叫起来，两条小红蛇也从树洞里爬出来，游进水洼里，乱跑乱颤。他睡不了了，再捡起一块砖头往上砸去，这一下，砸中一只，或者几只，几声凄厉的惨叫，一阵更大的混乱，后来总算停止了，安静了，只有一两声的啜泣，在清寂的夜空里飘零。

妈的，是要老子发狠的！他说。世界静了，小红蛙的嘀咕也很轻，两条小蛇也平静下来，慢慢划水，激起一圈圈的涟漪。这两条小红蛇从来就这么大，从来不吃红蛙。到了繁殖的春天，也没见有蝌蚪，红蛙也就是两只。这情景持续了至少二十年，仿佛时间停止了，仿佛这个梦境永远在梦里，没有醒来。人也产生了不会老去的感觉，身体里有使不完的劲儿，半斤的酒量一点不减。老婆死掉，人过花甲，也没有让他被悲伤和苍老打倒。说起来，这真是件奇怪的事儿。这蛙，蛇，还有鸟，鱼，与臭娘子树共生的一些古怪生灵，还有这树上一到春天就会孵出的一树毛茸茸的雏鸟，就像春天开出的满树鸟花，淡黄色的（羽毛丰满就变黑了）。还有更神的，这臭娘子树叶子，是可吃的，老婆发现的。她把这树叶打下来，用开水一焯，放一瓢灶灰，放在纱布里包着揉，揉出的汁是绿的，一会儿就凝固了，半透明的，就像碧玉，切成条，再加上酱油、醋、辣子、蒜末、姜末，就是别致的凉粉啦。这树叶，

3

密密匝匝，啥时候胃口不好，啥时候做上一盘，辣凉辣凉的，入口爽滑，清凉透心，这日子！……

蛇在水里游动舞蹈，就像爪子在心里挠着痒痒。那一圈圈的波纹扩散着向树根荡去。这树蔸的根凸出土石有一尺多高，像虬伏的巨蛇，生瘤子，有人称为龙根。于是有乡亲在下面供了香烛，树枝上缠了许多红布条。

苦哇鸟在树上叫得怪瘆人的，拉出的屎又臭，满树做凉粉的叶子哪还能吃，全是鸟粪，当然择出一些洗了还是可以对付口里的馋虫。但鸟的叫声让王世堂这天彻底地烦了，他坐起来对着遗像说：

"老巴子，只好这样，我把树砍了给三苕打家具，我王世堂老了，只有这个能耐啊。"

老婆好像在考虑，也许在想别的事，看别处，目光躲闪他。

"三苕催得急，媳妇娃都怀在肚里了……我去山里转了几天，到哪儿找这大的树去？有也不让砍……"

她不同意？她肯定不会同意的。就凭这个，她要给王世堂做臭娘子粉吃，还要等儿子媳妇孙儿回来做臭娘子粉给他们吃。到了夏天，多大的阴凉，还有鸟叫（虽然不中听），六七月间，这叶子做出的凉粉最好吃了……

同意还是不同意，这个晚上他不想跟她吵架。只有当他磨斧头的时候，他才会与这个死去但时常在屋子里走来走去的女人摊牌。

早上起来，阳光打在树冠上，院子里一片明亮，苦哇鸟纷纷飞来飞去，直往水洼里丢鱼。前几天下了一场大雨，估计哪个泉洞里涌出来了不少的鱼。但人是不知道的，在很深的峡谷和山沟里，有一个来要鱼虱治病的乡亲，他要别人把鱼全捞去了。但他不好说这是最后一次。树真的很大，平常不会太在意，真的大啊，屋顶上全是伸展出去的大枝丫，落叶一层层盖着屋顶，上面又长出草和厚厚的苍苔。完全可以打一整套家具，挂衣柜、双人床、五屉柜、电视柜、春台、梳妆台、碗柜、八仙桌加四条大长凳、摇窝，一些枝丫可以打两口箱子。

他的眼睛过于贪婪，甚至每一个部位每一根枝节做什么都有了想法。但不能让树猜到心思。这么老的树，鬼精了，心里比人还精。老子一锤子的买卖，想就想了，没别的路可想。铁了心想，不能让老婆跟自己辩理，没理，老子的斧头就是理。老婆是个很倔强的人，大儿子患病不是她去村委会泼粪的吗？半个月回来，昂首挺胸，英雄凯旋。

说干就干。因进山时间耽误了几天，我得为三茗把事办了。儿子在城里不会再回来，我又能活多少时间？那这树不也是别人家的了吗？与其如此，不如我先下手为强。就这样！

磨斧。

这就是要给树下马威了。他决定要下手时，煎了盘腌晒的羊鱼条子，还炒了个蕨粑，备下五六斤酒，准备与树拼命的。酒壮胆。他估摸着要对着树喊三天三夜，把它的魂喊死，否则不能动斧头。这是山里砍树的规矩，特别是大树。

臭娘子树呀，不怪我不客气了。娃子要活，你就活不了了。没谁与你有仇，相安无事几百年，几代人待你不薄，你也看家护院。娃子要你，你就贡献出来吧。这话过去没谁说，我是老了，说说你听。要是年轻，火气大，不信邪，大吼几声就下斧。不吼也行，你能把爷怎的？

斧头摆在桌上，跟酒杯碰杯。几口把酒倒进去，鼓动起整个人，让肠子先烧起来，连着喉咙哩，在喉咙里喊。

磨斧的斧刃直对着树根，把阳光寒闪闪地抹在刃上，贼娃子亮。那个磨斧声，整个坳子里都听得到，就像要砍一百个野牲口似的。"嚓嚓——嚓嚓——嚓嚓——"斧头是用炮弹壳打的，钢火没得说，砍石头也不会卷刃。为啥要磨呢？吓你！先杀你的威风。不说话，哼哼着，吐出的气像石头，在水洼里直打滚。坚持磨。一个动作，就一个动作。这是聚气，气沉丹田。聚的是杀气。

斧头在磨刀石上发出那种很硬气的、阴沉沉的声音，短促、干脆、简捷、森冷、硬碰硬。斩尽杀绝的、削铁如泥的气概。不知怎么，这么磨着磨着，突然一阵空虚，心里空落。咋越磨心里越空哩？

"妈的，不就是臭娘子粉吗？老子不吃就是了，你跟老子咕个吗屄！"他大骂，心里。心里挑起了与老婆的争吵。一定要大吵一架。是的，要大骂！这气提不上来。老婆在说砍你个死狗日的，今后没得臭娘子粉填你的屁眼了，没本事的！

老婆那张核桃脸就在门框子边上，大叫道："它还有几个干儿子哩，以后到这里拜你啊？你是树啊？"

这里有这个习俗，不好养的儿子就要拜寄个干爹，不是人，是拜石头或者大树，每年还要上礼，提果品山货来，打的麂子啊獐子啊竹鼠啊。

"你装尸也没有这么高啦，你个矮趴尿罐！"死去的老婆跳脚骂。

"鸡巴干儿子，今年风调雨顺，有几个来看它的？啥鸡巴树爹，自己的亲爹都不养，捏到鼻子哄眼睛的！……"

内心惊涛滚滚。这种无声的驳斥增添着王世堂的勇气和力量，烧灼着他。

"你个臭婆娘滚一边去！都给老子滚远点！"

他骂出声了，他要爆发了，要把一切挡开。接着他要喊树了，要吼叫了！

他在空中挥舞着斧头，跳起来就对着树张口大喊大吼。这是从胸腔里发出的最强音，这是要压倒一切的声音，咆哮，歇斯底里，像是挣扎和绝望，是咽下最后一口气，吐出最后一口气的声音：

"嗷嗷嗷——嗷嗷嗷——"

他磨斧的时候树上的苦哇鸟依然在浓密的树叶间跳跃聒叫着，这一声大喊有点作用，如晴天霹雳，让树上立马噤声，安静了。是短暂的安静。

这一声好疼，嗓子。太猛，喉咙里火烧火燎，像是拖出来一个干枯的丝瓜。连肚脐眼也因为喊叫鼓成大包，牙齿龇开，带着酒馊味的浊重胃气冲向树颠。

但是，声音何其短促，喉咙何其狭窄，撕裂开也不顶事。旁边是深沟大壑，周遭是悬崖绝壁。这个臭娘子坳，在这些巨大石头和沟壑的深处，说是村庄，其实是一坨鸟粪，一块苔藓，可以忽略不计。这棵大树，从山上看，就是一棵小草。人呢，当然就是只爬虫。

这一喊，还唤来了风，山风飒飒，一会儿鸟声又活跃起来，鸟们一阵风似的飞走了，拉下一些鸟屎。留下的腾跃在风中，腾跃在自己一如既往的叫声中。它们个体多，叫得比王世堂长久。王世堂只有再吼喊，要连续吼喊，要把这树喊死，开弓没有回头箭。

"嗷嗷嗷——嗷嗷嗷——嗷嗷嗷——"

日头落山。他几乎气绝。他抓着树，手上攥着斧头，还不敢砍。他也没这个力气了。树叶还青碧油嫩的，枝丫坚挺，造型张狂，不露声色，在流散的晚霞中高高在上，所有的鸟都围绕着它飞，哇哇乱叫。在归巢之前，这些苦哇鸟每只都要绕树三圈，就像某种神秘的仪式，就像是对黑夜的敬畏和惧怕。然后，星星跳出来，树枝冠盖变成巨大的黑翼，覆盖住整个院落，覆盖住整个坳子。也像巨大的守护神，让所有的一切，天空、大山、野兽和千古荒凉的村庄与人，暴露在它的卵翼之下，安然入梦。

他连做饭的力气都没有了，歪歪倒倒地向屋里走去。没有点灯。倒上一杯酒，咋喝不进去咧？喉咙疼，呼出的气都像是刀子划在喉咙上。

树睡了，树在嘲笑他。树太大。到了半夜，月亮偷偷摸摸地跑出来，在床上望着院子里的水洼，蛙出来了，蛇也出来了，跟没事一般，一样地跳跃，一样地游，一样地嘀咕。他的喊声消失了，一切跟过去一样。黑夜很深，山影很厚，风很狂。

酒醒之后他明白，这不是一两天的事。过去砍一棵枯皮松，皮耷得像凤凰展翅，喊几遍，皮就收拢了，像条夹了尾巴的癞皮狗，你再下斧。这树，哪吓得住它？不过也不怕，往脏处想，含口粪了喊，不由你不怕。你就是个山混子，树精，还能不怕人整的！

再喊再吼。

歇了一夜，喉咙滋软了些，喝了从屋后接的冰凉的山泉，他端出一把凳子，站上去，腰扎牛皮带，握紧斧子，喊。

从早喊到晚，没停。撒尿就对着它，头上的鸟屎往树上抹，吐痰，擤鼻涕，全对着它。站，坐，叉腰，擂拳，跺脚。眼睛喊凸，肠子喊断，心脏乱停。树还是树，还是青枝绿叶，稳如磐石，岿然不动。树皮，树丫，树冠，叶，根，连树上的鸟，鸟粪，都是原样，还是臭。鸟还是那样，站在高枝上，或偎在窝里，闲庭信步，吊儿郎当。叫，吃鱼，也丢几条鱼在水洼。掉些鱼渣。发些叽叽咕咕的梦呓。

这让他很受羞辱。打不死你呢？指鸟。这鸟是鸟类中最贱的鸟，苦哇苦哇，传说是旧社会死了男人的苦媳妇，这么叫着哭着，变成了苦哇鸟。全是童养媳的后代。不是有鱼给我吃，有鱼虱能治些噎死病，我让你们在这里筑

7

巢做窝，娶妻生子的？弄得一院子腥臭，家里像死了一屋人似的。结果呢？不想则已，一想是他娘的不吉的凶鸟。大儿死了，老婆死了，二儿不知生死，三儿快四十了才找个二婚女人。这些死鸟，瘟神鸟！打死你们！打死你们！

一根竿子就朝树上扑去。这是哪门子闹的？鸟自在歌唱，吃香喝辣，突然临头一棒，打得折羽乱飞，连哭带喊。随手还捡了一把屋檐下的破夜壶丢进水洼，"咕咚！……"让你们藏鱼去，臊死你们！……

他感到喉咙里开始咯血。

这个晚上，他想做臭娘子粉。就是准备做最后一顿的。打鸟打下的树叶，捏捏，新鲜，有汁水，树还是活的。就做些臭娘子粉吧，润润嗓子。一连喊了三天，喉咙完全嘶哑了，破了。揉着树叶，揉着搓着，咳嗽起来，一口血丝水涌出。喉咙里一定是血糊汤流了。

老婆在旁边帮他揉搓着，一只手那么不停地上下起伏，像搓板上搓衣的样子，边揉搓边拧，绿水就流下了盆子……

这是幻觉。没有老婆。没有人帮他。老婆在桌子上，在一张镜框里。老婆走了，不跟他吵了。接着将是什么离去？都会离去……好空虚呀……

杜鹃鸟划过夜空，叫声渐行渐远："哥哥烧火——哥哥烧火——"

杜鹃啼血。那声音凄伤无比，也喊出了血，跟他喊树一样。

第四天，开门出来，突然一群苦哇鸟向他俯冲，用尖喙啄他，啄他的头、脸、眼睛。要将他啄瞎！王世堂猝不及防，眼睛一阵生疼，鼻腔被鸟喙拉出一块肉来，耳膜快被啄破，他号叫躲闪扑打。我的个娘呀，为何要攻击人呢？立马就想起这几日他做的事。那还不是断子绝孙的事！这群鸟有记恨心，好样的，全线反击，屎弹如雨。王世堂左支右绌，手忙脚乱，捂住眼暴露脑袋，头发嘶啦啦扯去了。去拿竿子和扫帚，奋起反抗，乱扑乱打，满院子撵鸟。鸟向更高的地方飞，更加狂烈暴躁地聒叫，愤怒地拍翅，到处是直朝他咒骂的猩红的雀舌，到处是屎弹。

王世堂吃惊这些鸟的癫狂执着，强烈的报复心。

一场搏斗。筋疲力尽。

"王世堂狗日的，你可做的好事！"老婆在门框边还是在镜框里骂？

树却一动不动。树像石头立在那里。

"豁嘴哥……"

嘶声哑气的王世堂指着他端去的臭娘子粉，用自己也辨不清的声音唤尤豁嘴。

尤豁嘴住在岩壁旁，搭了个芭茅棚子，风不吹雨不淋，冬暖夏凉。他是个老鳔夫，吃惊地看着王世堂给他端来的辣味儿扑鼻的凉粉。这么好吃的凉粉王世堂为啥子给我吃？

"我喊不死这棵树……"他指了指碗里。

因为听不清楚，又指着碗里，树？粉？喊不死？全是些八竿子打不着的话，主要是完全没有声音，放个屁也比他响亮。尤豁嘴不知道王世堂喉咙怎么了，只见他指指戳戳对着喉咙。

"世堂，我看看……"

一口血水出来。慢慢讲。是树……娃子三苕……要打家具……要砍那棵臭娘子树……喊了三天还得罪了鸟……喉咙溃破了……

尤豁嘴总算听明白了，尤豁嘴嘴里嚼着臭娘子粉说："你那棵树还不是树精！老树精，你不敢下手啊，费这么大的劲儿，走，我有治的法子！唉，我说这几天坳子里的狗咋叫得这么凶哩？"

尤豁嘴提起当年在伐木队的板斧，就去了王世堂的院子。

尤豁嘴围着树气宇轩昂地转了几圈，也不说话，瞅着什么。后来他把手按住了一个地方，说："就是这儿——"

说时迟那时快，尤豁嘴手起斧落，照准大树的瘤根就是一斧。这一斧，扎进去足有三寸深，拔出斧来，登时从砍开的口子里流出殷红的汁水来。

"你看，准的！你要放它体内的精血和灵气。"尤豁嘴晃着斧头说。

"嗷啊——"

尤豁嘴再陡然一声朝树怪喊，是那种稀奇喊法，像道士先生做驱鬼法事。这一声，连王世堂都吓了一跳，魂差点吓掉了。

这天，王世堂守着这口子流出的红汁水。看它流。细细地流，不断线地流。口子里的红汁水足足流了一夜，把水洼全染红了。这是树血。

这一夜，苦哇鸟叫得忒凶，满树都是哭号声。

9

就一夜，整个树叶蔫了，霜打过一样。鸟声没了，只有有气无力的几只。到了下午，完全静了，树安静了，风声都是软的，发出干涩的、枯燥的挣扎声。

"王世堂呀王世堂，快去请木匠师傅，准备酒菜啦！"

回过头去，老婆在叫。她好高兴，变了个人似的，不再骂他。儿子三苕有家具了！

一房家具打得结结实实，崭新崭新。上了油漆后，光彩夺目，满院生辉。

王世堂把家具运到城里，把儿子媳妇高兴得不行。真是及时雨啊。铺上新床的当天，媳妇就在床上生下个大胖小子。这家伙，这么急着出来哩，你爹你妈还没扯结婚证哩。不是个四苕吗？管他四苕五苕，爷高兴！王世堂虽然喉咙伤痛说不出话，但喜得眼泪四溅，喉咙里发出咕哝咕哝的欢呼声。

有一天晚上，王世堂喉咙火烧火燎，起来到儿子的厨房找冷水喝。有一口囤水的大缸（因为经常停水），他舀了一瓢水正喝时，一低头看那缸里的水面上，竟映出一棵大树来，青枝绿叶，迎风摇晃，片片叶子都是桃形的。王世堂惊出一身冷汗，这不是那棵砍倒的臭娘子树吗？做成了家具，它的魂没死，跟着木头跑到城里来了？

王世堂以为是幻觉，定眼看，分明是树影，清清楚楚，倒映在水面上。王世堂没有出声，这事儿不能说的。他推说有事，告别儿子媳妇胖孙娃，悄悄摸回老家。回去就在那个砍树的大坑旁烧香磕头。小水洼变成了大水坑，却没有了漂亮的红蛙红蛇，更不消说有鱼了，一坑死水。

过了几个月，王世堂咽不进去东西，喝水都难下喉，喉咙里像塞了块火炭一样。一直他就是这样，自从喊树破嗓后，常出现吞咽困难，说话嘶哑，咯血。也自采了些草药如八角莲、七筋姑、开口箭泡水喝，有点缓解，不几天又是原样。当病情越来越严重后，被三苕接到城里去看，最后确诊为喉癌。

喉癌就是山里人所说的噎死病。为不给儿子添负担，王世堂只好回到臭娘子坳想办法。

噎死病城里的高科技奈何不了，但有羊鱼条子腮里的鱼虱可治。这鱼虱现在到哪里弄去呢？

鱼没了，是鸟没了；鸟没了，是树没了。讨厌的苦哇鸟死哪儿去了呢？

那么多，说不见就不见，一只都没了。你们是在哪儿叼来的这种鱼呀？问好多乡亲，都说不知道这鱼的出处。还有患噎死病的家人不知情，跑来继续找王世堂讨要鱼虱呢。王世堂哑哑地摆手示意没了，他现在也要这个东西。

王世堂只好拖着虚弱的病体进了深山去寻找鱼和鱼虱。打进山后王世堂就不知所踪。鱼虱找到没有，不清楚。人在哪儿，也没人知道。

（原载于《回族文学》2014年第2期）

小半袋米

比如说，你到了傍晚才走到空无一人的乡政府；又比如说，你骑的那匹马你怎么唤，它还在坡下的水沟里饮水和吃草，对你不理不睬，还挑衅地打着响鼻，你难道不想骂一句什么吗？

李细鸹站在乡政府的走廊里，暮色渐暗，也不至于马上就黑。山里到了下午，就是这么一副昏昏沉沉、要死不活的天色，加上没有人，山影就重了，昏沉沉的，带着不耐烦的情绪，好像要将这无声无趣的世界急于出卖给黑夜算屎。

狗吠鸟叫都没有，几缕晚风从田头吹过来，穿过一些歪七斜八的种木耳用的栎木棒，让它们成为傍晚第一批怪异恐怖的影子。

李细鸹拴好马，马走得蹄子只剩下骨头，又细又黑，仿佛有恶兽将其肉全剔干净，啃吃了。走这样的山路，沿着螳螂山的山颈子，没有掉下悬崖就是赚了，命在这里不是命，是狗屎。

看了看乡政府院门外的苏老鹳一家，也没个人影，大门紧闭，落了锁。猪跟他一样，饿着，在圈里的茅草中瑟瑟发抖，像是做噩梦，有一阵没一阵地抽搐，估计梦里碰上了恶鬼。苏老鹳到哪儿去了？下地也应该早回了，那就是到镇上他女儿家去了，上次来他女儿就腆着个大肚回娘家，可能生了。

乡政府前面，有广阔的高山草甸，满眼荒凉，摇晃着高高的开着白花的飞蓬、紫色的醉鱼草花和青蒿，没一个人影，就像这儿被世界忘掉了似的。

李细鸹开始拆乡政府的院墙。他找准了裂缝，往外一扳，砖就松动了，于是就起了拆墙的心。这当然不对，简直是恶棍行为，但他劝不住自己："谁叫你不给我换那十几斤米的？你他妈的，乡长就是这么当的？几天不打照面，你不上班啊，你吃老百姓喝老百姓的，你不干一点儿正事儿啊？"这么内心面对大野诘问，慷慨激昂，正义凛然，拆墙就有了正当的、坚定的理由。

刚开始，他只是百无聊赖地抠了抠，还真抠下来了一块，找准了缝隙，往外用力，就松动了。整块的红砖这么好抠，就抠了第二块，有第二肯定有第三。因为心里不平衡，就继续抠了十几块，这样心里就好受了些，就装进蛇皮袋子里。两个袋子正好架在马身上。

因为潮湿，砖缝的粉末像面粉一样没了黏性，弄得手上到处都是。虽然做贼心虚，到处瞄着没人，也没有监控摄像。这几块砖也没啥屌用，可摆明了可以把整个乡政府拆了也没有人来管的样子，胆就大了，真是恶向胆边生，管它娘的，弄回去垫菜园子后头的泥巴路不正好吗？再比如，修猪圈、厕所等等，不也用得上吗？

李细鸹有些止不住，又等了一会儿乡长，还是没来，就只有继续拆墙。砖袋子放到了马背上后，倒有些后怕，就想着赶快溜，逮住了，是不会有好果子吃的。

天接近黑下来，李细鸹还伸长脖子看最后一眼，指望乡长从路的那边过来。其实这是扯淡，这么晚了，早就下班了，乡长跑来办公室干什么？李细鸹在坡下的水沟洗手的时候还洗了一把脸，嘴里发出吐水的呼呼声，就是壮胆提神。天有黑下来的征兆，光线越来越暗，他大声咳嗽，又进到院子里，在退耕还林办公室的背后往窗户里瞧，里面堆满了一袋袋的大米。窗户不紧，所谓不锈钢的窗齿，就跟篾片一样，一扳即弯，再用点力就能钻进去，然后背两袋米出来，就可以把两袋砖头丢了，甚至可以让它们物归原主，码到墙上去。但是那么多的大米，李细鸹没有动心思。这事是不能干的，他有底线。

李细鸹并不缺粮，不是来要粮的，只是，他家退耕还林补助的粮食，一亩地给三百斤，分几次领。这一次领的两袋米中，拿回去，有一袋的袋子底下，因为潮湿，有小半袋米发了霉，还结了壳，变黑了。他就寻思着有时间到乡里来办事,看把这小半袋米能不能换。这是第三次。本来不会有三次的,一次都想算了,淘洗了给鸡吃,或者干脆倒掉。可正好要到丁家铺买农药,还有生活用品,加上儿子要过生日,得割点新鲜肉办酒,正好顺道,就来到了乡政府。

　　刚开始,退耕还林办的陶主任倒是很爽快的,说这得换。称了一下,十三斤半,就算十三斤吧。李细鹄与陶主任吃了一支烟,陶主任说:"我不是反悔,现在都要讲纪律讲规矩,你这米暂不能给你换,得乡长签个字,到时被人告到领导那儿,说我和村民一起合伙骗国家的粮食呢,你说得清楚?今天乡长不在,米就不放到我这儿,放到苏老鹳那儿去,十三斤,我记住了,不就是十三斤吗,但你得写个申请,三言两语即可,米潮湿发霉,申请调换,行了。"就从抽屉拿出了一张纸,让李细鹄写了。说乡长批两个字同意,这事就有个凭据,不然,现在非常严,要处分的,干什么事都得讲纪律讲规矩。为了陶主任不受处分,这事就按他说的来,虽然就十几斤米。

　　就等乡长的字,等了几回了,问题是,乡长总不在。这天又等到快天黑,还是不在,陶主任说他也不知道乡长会来还是不会来,现在脱贫攻坚战,各管一村,哪个晓得领导去哪儿了。这个卵乡,太偏僻,在螳螂山里,拿乡政府门口苏老鹳的话,乡政府常常是他义务守的,鬼都没一个,孤零零地在这里。过去是一个什么学校的实验基地,搞药材种植的。

　　乡长不在,拿着自己写的一张调换大米的申请,找谁都没有用。平时乡里本来就只有三四个人,是个小乡,听说要合并了,现在又是扶贫驻村,有理由不来。央求陶主任能不能通融一下,陶主任说:"你若是领米的时候,当场发现有霉,一下子就换了。你出了库,拆了封,必须领导批。"李细鹄想,既然来一次,就死等,回去后再来,不划算。于是就这么,走也不是,留也不是,自己的马在咴咴大叫,催他回哩。

　　正当他踌躇不定的时候,天已经麻黑了,陶主任出来在野外小解,见到木桩一样竖着的李细鹄,这么树一样站着一定是个老实人,就喊他到苏老鹳家弄口酒喝。乡政府没厨房,不开伙,平时都在苏老鹳家搭伙。搭伙了也没有高桌子低板凳的,就一个火塘上煮一锅肉,加上香菇木耳青菜洋芋。就是县长检查工作来了也就这个接待,可问题是所有的人都很喜欢这么个吃法,酒就放在火塘边的石板上，还可以剥几个薄核桃下酒，吃完满头灰，但每个人脸上都吃得红彤彤的像杜鹃花开，酒上劲儿加上木疙瘩火一通猛烤，谁不是神清气爽焕然一新？

李细鸹不想进去的意思是，这个苏老鹳以为住在乡政府门口，就是乡政府的人，就是管全乡的，就是乡长，或者是乡长他爹。苏老鹳头仰得很高，就像一只鹳，又加上是个鸟嘴，就叫上了这恶名。平时对来乡里办事的农民都是趾高气扬，冷嘲热讽的，说话酸溜溜，好像不占点便宜就不舒服。李细鸹特别不想去他家，宁愿坐在外边的石头上。陶主任热情相邀，拉疼了他的膀子，他拗不过，就跟着从门边侧身进去。里面人很多，以为有什么大人物，不敢坐，加上苏老鹳没让他坐，他哪敢坐！这时候的苏老鹳却少有地好客起来，说："细鸹，坐，你走狗屎运，口福好啊。"李细鸹面前有了酒，也不知是不是别人喝剩的，杯子有点脏，根本不敢喝。先问乡长今天还来不来，苏老鹳就说："乡长晚上来你开加班费呀？人家上班下班都是有作息时间的。"陶主任就说："也不是，也不是，是有事情，难道我们加班的时候少吗？有时一夜不睡值班你苏老鹳又不是没看到。"苏老鹳的鸟嘴翘了几下，有点不高兴，说，山里养猪放牛的人是没有时间概念的，二十四小时想叫谁就叫谁。苏老鹳的口气有些大，可他不也是拿条鞭杆放羊的黑老农吗？却跟陶主任一样，把个老气宽大的中山服衣领扣子扣得像铁箍。陶主任让李细鸹坐的，就挺直腰杆坐了，你苏老鹳狗日的还不是条狗看陶主任的脸色吗？你有个什么嘚瑟的！但李细鸹这样一个住在深山沟穿力士鞋的农民，陶主任让他与他们一起喝酒，总觉得有点虚情假意不自在。但还有两个人，却是不错。经陶主任介绍，脸有浮肿的是土地局的什么王局长，李细鸹要记住；一个是县扶贫办的，胡主任。一个王，一个胡。苏老鹳说，细鸹你不敢喝是怎么？你不喝你坐这里打鬼！李细鸹被噎在那儿，就硬着喉咙喝了一口，还是不敢下箸。苏老鹳盯着看他出洋相，给领导们说，他喝酒不吃菜惯了，领导们有所不知，他过去穷，喝酒炒一盘石头子儿喝的。这揭了李细鸹的老底，李细鸹脸没处搁，恨不得找个地缝钻进去。好在领导们说他们的事，没细听苏老鹳的。

陶主任就说，这是野猪肉，细鸹你吃过野猪肉没？李细鸹就说，我吃过，吃过不少。苏老鹳说，野猪现在是保护动物，细鸹你再打要坐牢的呀，要遵纪守法晓得不？李细鸪懒得听苏老鹳插嘴教训他，就搛锅边没人吃的白菜木耳吃。心想：这不是野猪肉，不是陶主任不识货就是苏老鹳骗他们的，就是一般的熏腊肉，在乡政府住了几年，就学会说谎诳领导了。但听说是野猪肉，两个领导吃得更欢。李细鸪含着烂白菜，咸死，吐不敢吐，吞不敢吞，就囫囵吞了，喉咙里烫得像刀割。

说到李细鸪换米的这事，扶贫办的胡主任就说，老陶，你给人家换了，不就十三斤米吗？土地局的王局长也附和说，换了换了，让人家回去。哪知陶主任说，你们这是不负责任的酒话，现在讲纪律讲规矩，我可不能擅自做主啊！衬衣领口也扣成铁箍的陶主任，讲话时上气不接下气，李细鸪担心他会因为领口的扣子把他勒死，他就不能解一颗扣子吗？

爱插嘴的苏老鹳也给陶主任帮腔说，陶主任好心肠，但形势比人强，不能怪陶主任。李细鸪有点烦这个鸟嘴苏老鹳，就说："我也没怪陶主任呀。"就说："来来，我借花献佛，给各位领导敬一杯。"他就干了。苏老鹳说："你一杯酒敬一桌人？有诚意一个一个敬。"这么一说，李细鸪没了台阶下，也就拼了命，一个人一杯敬大家。这一圈下来，七八杯酒下去，肚子里全是酒精，没吃一口菜，烧得胃生疼，也没哪个在意李细鸪敬与不敬，大伙儿都喝得差不多了，李细鸪还空着肚子，马在叫，他的肚子也在喊。他想回去，喝点稀粥暖暖胃，家里最好。米没换着，胃喝坏了。按着肚子上马，天黑得像锅底了，风大得像老虎了。换米这么难受，这点米真的不要了，打死也不要。酒不是好东西。霉米又让马驮回去吗？不会，老子不要了。后头苏老鹳在喊："细鸪，你的米！"李细鸪说："不要了，你喂猪算了，喂野猪算了。"是讽刺他。你他妈的饲料猪，还野猪咧！乡政府门口一蹲，你就变成了孬人。

摸夜路走螳螂山的山颈子是如何惊险，不用说了。回去半夜三更，米未换，肚子疼得打滚，呕出了黄胆汁，把苏老鹳的劣质酒全呕出了，找了些大龙胆草煮水喝了几天才有所缓解，等于大病了一场。

人好点后，这事就放下了。加上已经撬了些红砖回来，心里早就平衡了。田里的活儿还得干，一场雨一下，天一晴，茶得采，草得薅，自家吃的茶和苞谷，不能用除草剂。

16

李细鹄在家里干了几天活儿，闲了一点，就做了一个梦，梦见苏老鹳说霉米给他留着，并给他找乡长换好了，让他去拿，结果他打开蛇皮袋子，是些砖。

这梦怪，又是砖又是米，弄杂了。米抵了砖，砖抵了米，都不是个事，咋就进了梦里呢？杂交稻本身就不值钱，不好吃，娃都不爱吃，一块多钱一斤。总共二十来块钱，换三斤苞谷酒还不够，几次摸夜路回来，还费了几对大电池。但米终究是米，山里也不种稻子，种苞谷洋芋，十几斤米，咱这坡耕地，永远种不出来。

做梦的第二天，他正在家里修猪圈，就见山顶上有一个人喊他："细鹄，细鹄，细鹄！"那个人背着东西，"莫非是给我捎米回来的？"定眼一看，是后坡的刘烂脚。刘烂脚一走一跛，满脸乱抖，又干又瘦，他被蛇咬后烂掉了几个趾头，因为走路不稳，蹬得坡上的石头哗哗往下掉，好像有什么急事。天要变了，要下雨。可他气吼吼地下来，连水也没接过去喝一口，就给李细鹄说："听说你也有半袋米霉？老子背的米有大半袋是霉的，这些狗日的，这样糊弄我们啊！我们的田也退了树也栽了，就吃霉米？"刘烂脚一把一把将急出的汗往短裤上抹，颈子气得像钢筋那么硬，还露出鲜红的牙龈，像一只猴子。

"你是约我去找他们评理的？"李细鹄问。

"就是，捣他们狗日的。"刘烂脚莫非带着刀子，他扯着头发，裤带吊在前裆里，眼露凶光。

被刘烂脚激起的一些不满，这时候却压下去了，没了。这点屁事，再加上个人，去找乡里论理，不蚀人吗？而且刘烂脚有人陪着，这样的脾性，还不知会做出什么激愤的事来，这人老丈人都打的，在家里有暴力倾向，操什么砸什么，家里两个电视机都是他砸的，如今的娱乐只好听广播，半夜听莆田系的巫医诊前列腺阳痿不孕不育。

李细鹄的冷淡态度让刘烂脚很不高兴，见有狗舔他的脚，就朝狗一脚踢去，那狗明明是表示亲昵的，哪知这人不识抬举，差点踢断它的肋骨，嗷嗷叫着跑了。

"你是不想换了？我再找其他人，我们村少说有四五个，全是那些霉米，

17

猪都不吃的，让我们吃，太坏了！"

"霉米是今年雨多，仓库里潮湿了，应该不是故意的。我不是不换，我的给苏老鹳的猪吃了，我拿什么换去？"

"哦！就是倒河里也别给苏老鹳，他是个什么东西你不知道？"

"我喝了他酒。"

"哈，他还有酒给你喝，你当了乡长吗？你不是瞎呱！"

"我真的喝了他家半斤酒。"李细鹳说。

"吹牛不上税，你买的吧？"

"还吃了他家野猪肉……"

"细鹳你不换就算了，你伙计忍了？跟苏老鹳一样当狗！"刘烂脚尖细的双颊往下淌着汗，喘不过气来，那是气的。

"我真的喝了他的酒！"

"你成了乡长！你成了乡长！哈哈哈哈！……细鹳你这怀包……"

刘烂脚不信，以为李细鹳怕了。刘烂脚嘲笑了他一通，笑声扑打着空气，还故意恶狠狠地往崖下丢了一块石头，峡谷里弄得像是炸弹爆炸。

雨就下了。李细鹳后悔没给刘烂脚一块雨布，看到雨砸在山上，砸在地里，砸在屋场上，看到鸡蔫蔫地往檐下跑，气就来了。是哩，是欺负人哩，就那么好说话的，不活该被人欺负？明明是他们的错，可你就是抓不到他们的把柄，你还不好发脾气。明明是小看了咱，你还要感谢他……人贱无药医。咱当时连菜都没吃一口，连敬了七八杯，跟喝农药一样的，狗日的苏老鹳起哄，害老子差点倒在他家了……

雨声和风声呼呼啦啦响，全是白汪汪的雾，山呼海啸，离乡政府好远，离那些当官的好远，就像与他们毫不相干似的，不是这米，我真的与他们不相干，也不会去喝苏老鹳农药一样的酒，当然，更不会去拆那几块砖，净做噩梦……

李细鹳再次骑着马往螳螂山的山颈子走去，那天天还没亮。又做了梦，有人拿砖砸他，是霉米结成的块儿，方方正正……

老婆还在沉睡，如果老婆知道是不会让他去的。老婆说："李细鹳你眼很小眉很小，叫小眉小眼。"老婆怕他又闹胃病，说算了。是算了，得买农

18

具买薄膜去丁家铺。如果老婆赶上来，他也说丁家铺。去丁家铺不行吗？本来就要去丁家铺，乡政府和苏老鹳，最好一辈子再见不到他们。

走在螳螂山的山颈子上，听到几声戴胜的"臭——姑——姑——"叫，后头就上来了一个人。这个人背着个蛇皮袋子，手扒着石壁在跛行。因为路太窄，李细鸹就下马来，让马先走，自己跟在后头。他以为那个人脚崴了，一看，是刘烂脚。

李细鸹想起他是经过了刘烂脚的屋，从后面走的，马叫了一声，这就让刘烂脚发觉了，就跟上了自己。这人缠上我，这不是好事。又碰上了棺材鸟戴胜，感觉晦气。

"细鸹，我可不是看你出来，我已经连续去了三天……"

看着刘烂脚像狗一样喘气，李细鸹很烦。如果跟很衰的人在一起，自己也会衰的。

"就为这十几斤米？"

刘烂脚说："就是，十几斤不是米吗？不吃上好几天？"

"你有病。"李细鸹说他。

"你才有病，软卵病。"

"你软卵病！"反击，这是侮辱，老子的蛋硬得很。

"你不也是换米去的吗？"

"给米老子都不乐意，我去换米？"

"领导说了，都得换，你不换，你去干什么？"

"哪个说的？乡长批了？"

等李细鸹在那儿扯着缰绳发怔，刘烂脚却急匆匆地在前头走了。

也许他说的是真的。李细鸹在那儿想。那就去看看。

磨磨蹭蹭到了乡政府，苏老鹳在路口一脸阴笑候着他哩。

"细鸹，你那米袋子生的蚰子把我家床上锅里爬满了，你搞破坏啊！"

什么米袋子？不是让他喂猪吗？李细鸹进去一看，果然，那垃圾一样的米袋子还在门缝里，并且真的到处爬着米蚰子，看着就恶心，密密麻麻的。

"我姑娘和外孙这里待了两天，小外孙全身都红了，被蚰子咬的，你狗日的好害人，你看着办吧！细鸹，我杀人的心都有。"苏老鹳喊，让来往的人都能听见。

"米里的蛆子又不是蛆，能吃的。我说了给你喂猪，你还放这里，是你的事。"李细鸹小声地分辩说。

"细鸹，你说的？"

李细鸹转身想走，可被苏老鹳拉住了。

"现在公家讲纪律讲规矩，你就不讲一点规矩？你有啥本事啊？我外孙才满月，蛆子咬了一身的疱！"

蛆子是不会咬人的，苏老鹳瞎说。上次在你这儿喝的七八杯枯酒，胃疼了几天，还没找你，你倒找我了。

"由你，米扔了没事。"李细鸹说，抓起袋子想挣脱苏老鹳。可苏老鹳的手有劲儿，不让。

"扔米遭雷打，你没有饿过肚子吗？"

"给猪吃。"

"猪吃米也遭雷打。蛆子咬人的事……"

"那你要么办哟？给你家打扫，消毒？"

苏老鹳摇着头不表态。

"你说呀，赔你金山银山？"

"你这号穷鬼还金山银山……两包红塔山！"

"米值两包烟不？"

"那你就把你的蛆子吃进去啰。"

"你先吃。"

"你的蛆子你吃。"

"要吃不是我，要吃也是乡政府的人，是乡长是陶主任他们……"

"你讲横啊，可千万不要弄烦我……"

这时刘烂脚来了，听到陶主任吃蛆子的话，就替李细鸹抢过来蛇皮袋子，说："我背去给他们吃！"

李细鸹怕刘烂脚闹事，要拦住他，就大声说："苏老鹳你放手！"

苏老鹳像猪叫一样笑着："你家在林子里种了南瓜没？种了药材没？你

复耕了，你还有粮食补助？有钱补助？想得美！等把你补的粮食全吐出来，你还刁七刁八的，有霉的给你就不错了。你能耐，有种你拆乡政府……"

莫非他知道我拆了砖回去？这是诈哩，就硬气说："老鹳，我看不起像你这样的，以为你是乡长的舅子？你当了官了？你这个老鹳就是个尿罐……"

等李细鹆终于挣脱了赶去乡政府，就看见刘烂脚举起米袋子在哗哗往外倒，边倒边撒，像下暴雨一样，撒到陶主任的头上、办公桌上，边撒边说："是李细鹆让你们尝尝鲜，吃点米蛆子……"

满屋子都是那些霉米和蛆子，满屋子都见陶主任在躲。李细鹆感觉事情坏了，我不过是说的赌气话嘛，这狗日的刘烂脚闯祸了，这下要让我栽……

"哎哎哎，刘烂脚，刘烂脚！李细鹆，你们好匪！"陶主任躲着霉米，差一点绊倒在地。他跳出去，拍打着头上和脖子里的米，狼狈不堪。"刘烂脚，李细鹆，你们冲击国家机关，扰乱社会秩序，好大的胆！"

李细鹆一听陶主任的这话，喉咙就发紧，得赶紧跑，几乎哭着对陶主任说："我可没有啊！不是我！"

他在跑出乡政府大院时，看到有两个干部模样的人从一辆公务车里出来。

李细鹆策马奔跑在山路上，生怕后头有人赶上来抓他。

李细鹆在马上，想到自己的老婆在树苗的空地中的确种了些独活和重楼（就是七叶一枝花），这不是叫林下经济吗，政府是提倡的，又不影响树苗的生长，但如果就像苏老鹳硬说的是复耕呢？他说你复耕就是复耕，嘴在他们那儿长着。得赶快晚上全部扯掉算了，为十几斤米闹的，不仅每亩三百斤的米都没了，连每亩三十元的补助也没了……

其实，三十块钱，三百斤大米，现在根本不算什么，李细鹆可以用腊肉去镇上换大米。李细鹆的腊肉从来就是几家米店喜欢的，一斤肉换五六斤米，这样算，损失的这些米，就两三斤腊肉，多不划算呀。他这时候突然想起二十多年前，他欠人粮的事。是远房的一个叔叔，已经出了五服。那时候，他们家借了远房叔叔的三十斤大米。平常家里吃的是洋芋和苞谷面，吃大米是因为家里来了两个木匠，要给他哥哥打结婚的家具，爹让他去找这个叔叔借。

李细鹆那时家里还没有马，在山路上全靠步行。远房叔叔住在山下，种水田，吃的是米。他背着背篓，按在八九岁时的记忆去找叔叔借米，他走了一整天还没到，他走错了路。他在人家守秋的一个棚子里蹲了一夜，没有吃的，没有火。他那时只有十四五岁，他在黑暗中蜷缩在棚子里，准备了野兽把他吃掉。但他也找了几块石头，还有根棒子。他穿着一双哥哥穿坏了的皮鞋，又大又硬，比石头还硬，把他的脚打了好多血泡，血泡磨破后，血水全粘在鞋子里面，他因为脚的疼痛忘记了危险。

第二天的中午，他才在马鹿坳找到远房叔叔的家。他顺利地借上了三十斤米，本来说的是借十五斤的，可叔叔借给了他们家一倍。少年李细鸪背着这三十斤米，因为脚疼痛，就像背着一座大山。刚出门时还吃了一顿大白米饭，加上这么多米，李细鸪高兴地往回赶，生怕叔叔反悔把米要回去。可越走越沉，脚上血肉模糊，皮鞋里像有无数把刀子戳他的脚。他干脆把皮鞋脱了，拴在脖子上，这才好受些，可脚板心又在路上被石头划出了口子。渐渐肚子也饿了，就拔路边的草吃。那是夏天，野果还没成熟。

那一趟还不算生死路，等过了半年，他去还米时，可就遭了罪。先是三十斤米叔叔死活不收，说是送给他们吃的。不仅如此，还给了他一刀腊肉，少说有十多斤。一共四十多斤东西在背篓里，李细鸪记着爹的话，说有借有还，再借不难，亲兄弟明算账。可叔叔说："你爹不容易，拉扯你们兄弟姊妹几个，一身的病，这点米还什么呢。"还说："你哥结婚我还没上人情呢，就等于上个小人情，送点米。"李细鸪的眼泪簌簌往下掉，跪谢了叔叔，当即返程。

四十多斤的米和肉多么金贵，可就像石头一样，压在他的背上，回来的路，四十斤相当于一百斤，实在走不动了，在山林里这腊肉的气味又逗来了两匹豺狗子，紧紧跟着他。两只豺狗长得怪头怪脑，嘴里淌着涎，新鲜人肉的气味可能比腊肉更诱人。李细鸪听大人说过，豺比狼更凶狠，先从人的肛门动手，先不吃肉，吃的内脏。如果他背不动了，倒下，那就成了两只豺狗的美食。好在出门时爹让他腰里插了一把小开山刀，一是开路用，二是防兽和坏人。他就把腊肉取出来，割了一小块丢给后头的两只豺狗，两只豺狗一拥而上去抢食，争斗得青烟直冒哇哇乱叫。李细鸪就是要让两只豺狗争抢而忘了他，赶快往前跑。以为终于甩掉了豺狗，在一个垭口休息时，后面又听见了咿咿呀呀的声音，一看，两只豺狗又跟上来了。李细鸪好害怕，再切了一块肉丢给豺狗。就这样，一路上喂豺狗，走到村里时，那刀腊肉正好割完……

想起这点霉米让他睡不着，还拆了人家的砖，心里的疑团终于解开了，十几岁时的两趟借米还米记忆太深，是拿性命换来的。米不是米，是命，是沉重的人情。

这一趟回到家，就惦记着刘烂脚是不是被派出所抓去了，是不是供出他，或者陶主任也连带了怪罪他。否则与他一起，落个聚众闹事的罪名，肯定吃不了兜着走。于是他去刘烂脚那儿打听，这家伙竟然大摇大摆地回来了。看他有没有伤，没有。嘴上还叼着烟，有凯旋的意味。

李细鹉本来不想见到刘烂脚的，可刘烂脚发现他并叫上了他。刘烂脚说："你小子好毒，跑什么咧，怕他们吃了咱不成？"李细鹉就说："你还不躲躲？""躲什么躲？老子躲他们？乡长和老陶，都倒霉啦，你不知道吧？"

"怎么？"李细鹉问。

"乡长被双规了，老陶也被捉走了，我看到啦。"

"就是你撒米时？"

"你没看上稀奇，两个纪委的人把陶主任带走了，腐败分子的下场，太解气啦……"

哦，是看到两个人和车，是这样的！刘烂脚如果说的是实，那么我就错怪了，乡长本来被纪委双规了，哪能来这儿签字换米？大快人心，大快人心，那我这砖就拆得无理。

李细鹉一夜未睡，想着将这砖物归原主，还得将砖砌上去，最好是弄点水泥砂浆，拆人的墙是不对的，当时太气，就干了这傻事，还驮回来，完全是混蛋。

几天后，老婆回娘家了，他一个人喝了点酒，想到自己拆公家的墙，折磨得人夜不能寐，提心吊胆，强烈地滋生了将那些砖还回去的念头，他不应该是这样的人。

下雨后的山路湿滑，他牵着马，砖跟当时驮回时一样叉在马背上，砖硌着马的骨头，让马难受，现在他更难受。把这些垫菜园的砖重撬起来，装进蛇皮袋子里也不容易。沿着咆哮的螳螂河在山颈子上小心翼翼地走着，他想只当是一个恶作剧，这样心里会好想一点。

在下山坡时，他谨慎地牵着马往下面走，希望马不要弄出任何声响。也许是因为没站稳，也许是因为胶鞋脚滑，也许是因为紧张，他手上牵着缰绳，在屁股着地的时候，牵带的马打了一个趔趄，他坐在了青苔泥水里，屁股全湿了。因为良心折磨着他，他只盼赶快了结，将砖放那儿就行了。可是当他在暮色四合时摸到乡政府门口，看到的院墙几乎成了废墟。那个他拆成洞孔的地方，已经成为一个大豁口，小孩都可以跨过院墙去。后面拆墙的人跟着第一个拆墙的人来，而李细鸹就是第一个拆墙人，第一块拆的砖就在这蛇皮袋子里……

好端端一个院子，砖都被偷完了。他嘀咕了一句。因为他生气，开了个坏头，这个院子就成了断垣残壁……

正当他把砖倒出来时，突然两个黑影一把压住了他，并且把他的双手扭到背后，一阵剧痛。他大声说："我是还砖来的。"黑影说："你是偷砖来的。"李细鸹还听见猪叫一样的笑声，是苏老鸹的鸟脸。"细鸹，知道你迟早是要来的，你偷上瘾了……"

他被摁在废墟上，什么也看不见了。天黑得很彻底。

（原载于《青岛文学》2019 年第 10 期）

赵日天终于逮到鸡了

我们几个人决定进山里抓鸡。因为快过年了，我们几个耐不住寂寞的老伙伴也想去山里玩玩。又下了雪，拍些雪景在微信里显摆。另外，山里有许多土鸡土猪肉土特产，搜罗一些回来过年。特别是赵日天，这位老兄说他几个晚上梦见吃土鸡。他说他炒的土鸡忒好吃，姜是用刀拍的，不可切，切的姜不出味。少放水，甚至不放水，将鸡炒干加点南泉豆瓣酱一焖，那个味道，喝酱香型53度酒就成神仙了，个斑马的。我们都知道赵日天喝不起53度的酱香型酒，何况到了年关市场上已经没有53度酱香型酒了，有钱也买不到，有的店一瓶两千还指不定是假的。淘宝上八百块钱一瓶买了，到店里两千卖你。就问："赵日天你喝的什么53度酱香型酒？多少钱一瓶的？"赵日天说："老子在网上买的，茅台镇的，买一箱送一箱，一瓶只花二十六块钱。"开车的孔瞟眼说："二十六块你喝酱香型，你喝酱油去吧。"

我们一路说说笑笑往田架山进发，对土鸡的渴望让我们在风雪中飞驰。我们有三辆车，有几个还带上了老婆。老婆们穿得花枝招展，做少女状，准备在冰天雪地的山村里摆pose（姿势），回城上微信。

我们坐的是孔瞟眼的车，我和赵日天，还有马夹头、杜老眯。有点挤，但也只能如此了。马夹头的头很扁，像是马夹过的。杜老眯眼皮撑不起来，老是眯着犯困，他老婆要他去割了松弛的眼皮，再做个双眼皮，又怕他花心。孔瞟眼是个瞟花眼，所以眼睛不好使的杜老眯特别担心孔瞟眼的车，很揪心，时常提醒孔瞟眼开车向右。"夜壶哥，你咋老往左偏咧？"孔瞟眼说："你眼不好使。"事实上，孔瞟眼开车很稳，虽然有时会偏左。孔瞟眼爱好收藏，顾景舟的紫砂壶就有三把，也不知真假。他还收藏湖北的马口窑黑陶，有中国最大一把夜壶，可以装七十斤尿，说是长工用的。改革开放后，他将这把壶报了吉尼斯世界纪录，竟弄来了一纸证书。所以，我们介绍他时不提什么顾景舟，提中国最大的夜壶，这永远是一个超级话题，而且可以挖掘出源源不断的话题，因此我们不叫他瞟眼，都叫他夜壶哥。

一路上赵日天在叨念他的拍姜炒鸡，他说拍姜之所以好吃，在于把汁拍出来了，再就是不要放水。他还说土鸡爪虽然没肉，但喝酒的人啃的不是肉，是意境，喝酱香型啃土鸡爪，是最高境界的喝酒，可以从酒盅里听到古琴声。孔瞟眼说："赵日天你真可以日天了，你肯定要上《舌尖上的中国》。"他学着《舌尖上的中国》解说：赵氏土鸡的做法，食材取自田架山土鸡，姜拍出的神秘的香味儿与土鸡独特的肉质强烈地碰撞，产生了奇妙的融合。马夹头说："那还放豆瓣酱呢？"孔瞟眼说："还不是豆瓣酱神秘的香味儿，与田架山土鸡独特的肉质强烈地碰撞产生了奇妙的融合。反正赵日天上《舌尖上的中国》上定了。"赵日天说："夜壶哥，你上央视的鉴宝节目也应该有谱。"孔瞟眼与赵日天见面就会打嘴巴仗。赵日天虽然说得玄之又玄，见我们兴趣不大，又说出了一个惊天新闻。他说："那些肥得厉害的像野人脚的饲料鸡爪，都是从美国进口的，美国人从不吃这些鸡爪鸡翅还有猪脚。凡是肥的大的，都是从美国进口的，而且你们不知道，美国专门培育出口到中国的鸡爪猪脚，都是畸形的鸡畸形的猪，鸡长六只爪子，猪长八只脚，全是转基因。"他这么说，我们都不信。杜老眯眯着眼慢条斯理地说这都是"黑"美国的，爱国粉干的事，我国进出口肉类食品是经过严格检疫检验的，不要信，不要传，是谣言。

赵日天喝劣质酒后，脸是浮肿的，还有一块是黑的，表明他身体的一部分已经死了，赖在他身上。他满脸堆笑，围着老婆给他从网上买的假巴宝莉围巾，戴着方格绒线帽。因为有痛风，脚有点瘸了，像被严重的鸡眼折磨着。不管怎样，那就是瘸了，那就是老了。喝酒满面红光一时，浮肿黯淡已成常态。

走到郊区，田野没有一点绿色，满目萧瑟，雪下得纷扬，河流曲里拐弯冻上了凌，白茫茫大地一片真干净。前面的对讲机在说："婆娘们吵，要停下来拍照。"孔瞟眼说："我们进山了有好景，比这好一百倍，现在雪下得很大，赶路吧。"前面的车说："婆娘们要尿，好吧好吧，拍照吧，这些老妖精。"前面的车里已经在向他们摇自拍杆了，等不及了。下了车，河上的冰很厚，有人试了试，蹬不破，人上去没问题。有人就踩上去了。赵日天竟然也跑上去了，一拐一拐，瘸了还胆大，赵日天做溜冰状，竟很轻盈，在冰上看不到瘸。他年轻时一定风流倜傥不痛风，滑过冰的。赵日天的老婆与他一样很会搔首弄姿，一声召唤，一群老娘们就跑上了冰面，栽了跟头，更加嘻嘻哈哈，手上高扬自拍杆，开始做动作，扮笑，找角度，咔嚓，自拍完成。再来，再照。还有老头们，也凑上去，大家一起笑，一起搞怪，来张合影，OK！

孔瞟眼和马夹头都拿出单反，装好长镜头，给他们抓拍，咔嚓咔嚓！赵日天坐到冰上，仰头，脸承接雪花，一副陶醉状，这家伙会摆cool，娘们肯定也要这么照，闭上眼，仰头，雪花给拍出来啊。绿围巾，红棉袄，白茫茫中，强烈的反差就出来了，这样的雪景简直千载难逢啊！可孔瞟眼还有更好的创意，有更好的道具。他从车的后备厢里拿出了他随车携带的一整套茶桌茶具，让大家搬到冰河上。这是什么意思？难道要在这冰天雪地里烧水煮茶？不是不是，给你们这些老妖精拍照哟！大家一片欢呼，夜壶哥太有创意了，烹雪煮茶，白首天涯。煮雪问茶味，当风看雁行。夜壶哥老子服了你！马夹头是武昌区楹联学会会员，转了个文大赞孔瞟眼。来来来！摆好茶桌茶具，盘腿坐在冰雪上，雪花飘落，手捧茶盅做品茗状，神闲气定，到哪儿找这样的照片上微信？今天你不是微信之王，谁是？谁与争锋？让那些只会在小角落拍咖啡拍热干面拍盖浇饭拍地铁拍小花小草的家伙们见鬼去吧，让他们嫉妒去吧，让他们把咱屏蔽拉黑吧，旷野气势，雪花漫天，山川河流，盛大景色，就是比你那曲眉小眼的滥片子好。还有这白茫茫中一点红，一个女子在冰河中独自品茶，简直太壮观了，太壮美了，太壮丽了，太壮阔了，太壮怀了，太壮举了！

好好好，一个一个来。问题是老娘们都想穿赵日天老婆的红棉袄，赵日天老婆怕冷，不让脱，那些姐妹就强制给她扒衣。扒好衣，表演开始，都是在微信上久经考验的老戏骨，年纪大了，照远不照近，镜头一对准，迅速入戏，拍了长镜头还要自拍杆，不相信你们的相机手机，看见别人的照片好，故意不发给别人就悄悄删了，你若要，就说拍坏了。好了好了，赵嫂子快冻得不行了，让她穿上棉袄，咱们快出发吧，不能耽搁了。

　　进山的路上雪积得很厚，有的地方已有十厘米，前后的对讲机叮嘱大家车要跟上，要小心驾驶防车轮打滑。但车内的坐车人高兴，前面的对讲机里传来婆娘们的歌声：北风那个吹呀雪花那个飘，雪花那个飘飘年来到。一忽没有人家，全是山；一忽又有了人家，有了柿子树，满树的红柿子，还有橘子，在白雪里红得像灯笼一样，真是好看啊。赵日天说："不知老婆感冒没有？"大家说："你老婆的棉袄买得好。"赵日天说："老婆的底裤都是我买的，在打扮女人上我还是有一套的。"他说，他刚才耳朵冻了，说："夜壶哥，你怕费油，就不能把暖气开大点吗？这鸡巴冷的。"孔瞟眼说："老子开到最大了，你咋这么娇嫩呢。"赵日天说："让大家说说，是不是冷，你小气。"赵日天与孔瞟眼一开口就要互掐。但今天赵日天估计是真动了气，因为冷，血压升高，有中风危险，就迁怒于孔瞟眼，开始酸他。"夜壶哥，你今天为什么不把夜壶带来拍照呢？你举着夜壶，一群婆娘围着你，那不是很有气派吗？"马夹头说："风雪夜归人就成为风雪夜壶哥了。"赵日天说："什么夜壶茶壶，你老孔哪有几把顾景舟的壶，我到宜兴紫砂壶博物馆去看了，人家那么大个博物馆，才有两把顾景舟的壶。"孔瞟眼也不恼，说："日天，你晓得个卵子，那两把是顾景舟的阳春壶，还有一把提梁壶，都是几千万的，老子没有，说壶你说不赢我。"马夹头说："讲夜壶你也是世界第一。"孔瞟眼说："我是武汉大学兼职教授，专讲中国的夜壶文化，这有假？我说你们别影响夜壶哥开车了，没看山高了吗？"赵日天还缠着说："夜壶也是顾景舟的？"孔瞟眼说："我的梦想是建一个中国夜壶博物馆，你们的臊夜壶都给老子送来。"

　　刚才还是丘陵，路也不险，眼前路就险了，窄了，弯道也多了，山也大了，就是盘山公路。雪还在下，好像比山下密集。孔瞟眼说快到了，他打开了导航，说还有十公里。这山里没有什么过年的气氛，也许是山深人稀。赵日天说他们那儿的乡下，就是前一二十年，到了腊月，就是过年了，进入冬月也就热闹了，开始杀年猪、写春联。小寒大寒，杀猪过年，最迟不能迟过小寒。挖藕的、打鱼的，还有炸鞭声，叭叭叭叭，现在叫什么过年！马夹头说："我们小时候下多大的雪，这样的雪简直不叫雪，有什么可高兴的！"孔瞟眼说："我记得那时候河里跑汽车。"赵日天说："那时候有汽车吗？"孔瞟眼说："汽车有了，雪没了。"赵日天说："你这叫车！"孔瞟眼说："下去，赵日天，你下去坐客车去。"

　　沿途到处都是村庄，为什么要到田架山抓鸡？这是孔瞟眼搜索百度的结果，加上过去到过这里拍过片子。他给我们发了田架山的介绍，田架山的土鸡非常有名，田架山的鸡下的蛋全是双黄蛋。田架山还有一个怪事儿，这村里有许多双胞胎，不仅田架山的女子生双胞胎，嫁到这里来的媳妇也生双胞胎。可要到这个村太烦，差不多要到了，路变窄了。路是按"村村通"标准修的，不到两米，就一个车宽，不能会车。路途有车来咋办？只能一个退，或者会到沟里去。好在没有车，我们的三个车长驱直入，孔瞟眼喊菩萨保佑，千万不要来车。还有杜老眯的老婆开车，杜老眯就不犯困了，对讲机里连连提醒开慢点，开中间。说着说着，来了一辆车，一辆农用车，车孬，宽度不孬。前面一停，后面就明白了。为啥不修宽点？就笃定农村没人买车吗？这是在山区，在平原现在哪个农民家里没？赵日天焦急，说："想吃个土鸡看样子是吃不成了，个斑马养的！我们下车去前面查看。"杜老眯的老婆和一车婆娘在骂那个农用车司机："你不能往旁边开点，让我们过去吗？故意挡着，不让我们走啊！"我们一看，还真不是故意挡的，农用车轮子快掉下去了，旁边的路肩离路面有至少一尺深，掉下去就爬不上来了，要用吊车。那农用车司机是个农民，急得大声争辩，农用车声音太大，烧柴油的，听不清。这路真是的，村长干什么去了，两边把路肩填起来，一边填五六十厘米宽，填实，不就能够会车了吗？春节一定会有大量车回来，那这条路不就堵死了？我们看了一下，前面有一个宽点的岔路口，就给农民商量要农用车退。那农民被一帮城里老女人骂得狗血喷头，头都大了，先犟着，后来我们做工作，他只好退。退也不容易，不像我们的小车，但还是接受了现实慢慢退。终于成了，我们的车可以过了，皆大欢喜，上车，再走，是石子路，虽然更窄，更烂，坑坑洼洼，但再没碰上车，田架山就到了。

哇，老树，池塘，石屋，炊烟！这是个沉静的村庄。进村抓鸡开始了！口号是赵日天喊的，拍打盹的杜老眯，杜老眯一个激灵就来了精神，跟着下了车。池塘里有厚厚的冰。哇，有水埠，还是条石，长长的几块条石伸进塘里。塘冻了，村民在冰上砸了一个圆圆的大洞在那儿淘洗，条石上堆一大堆青菜，绿莹莹的上海青。这儿的房子依山而建，有的像古堡，有的像兵寨，有的是豪宅——至少建造之初是很用心的，很有气派的，是准备住一千年的，是光耀祖宗和子孙的。那个洗菜的男人在这个古老村庄的水埠上，多少有点不协调，如果是一个村姑，一个红衣少女，那意境就更美了。何况还有静静落下的雪，银白的世界，好美好美呀。那些婆娘们都大声叫嚣着停车停车！车一停，门就开了，大伙儿一窝蜂往水埠跑下去，去拍池塘、水埠和洗菜人。那真是一幅冬日山村的静谧生活图啊！题目就叫《冬日村庄》！我们进村了，我们要抓鸡了！"老乡，你洗菜啊，冷不冷啊？我们是从武汉来的，来看看山里雪景，请问你们哪家有土鸡和双黄蛋的鸡蛋，我们想买一点，听说你们这儿有许多双胞胎，是吗？"

那个洗菜的男人有四十多岁，说洗菜是今日他们家请村里人喝猪血汤。赵日天说，那就是杀年猪啰。因为喝猪血汤就是杀年猪的一种风俗习惯。我们就说太好了，太妙了，赶上了杀年猪！我们这些摄影发烧友各自挥拳猛砸同伴表达我们的惊喜，互相祝贺运气来了，这可是绝妙的机会让我们撞上了！杀年猪杀年猪。"老乡你家的猪是土猪吗？""当然当然，我们这儿喂猪都是山上放养的，没有饲料猪，我们的猪叫百草猪。"那个人姓田，叫田建成。我们就问："猪肉卖不卖呢？"田建成说："不卖，自己吃的，腌腊肉的。""那你家的鸡呢？""鸡卖，鸡也不多，自己吃的，你们要买，可以买几只去。""那其他老乡呢？""其他老乡呀，我们村里没有其他老乡，喂鸡的人少。""那你们村里的人呢？""都出去打工去了。""过年不回来吗？""回来的不多，都到外头买了房子，最差的在镇上住去了。""那你们村现在还有多少人？""全村有八十多户人家，三百多人，现在剩下十一人，基本是老人。""那你不老啊？""我四十五了，还不老！我也是在外头打工的，脑梗死，在武汉动了手术，不能再外出打工了，我女儿在外打工，老婆照顾我也没出去。"

我们说着，跟田建成进了村，这村里真没人了，都是比时间更老的房子，全部条石台基，端端正正，门框门楣门槛台阶都是条石，雕得精巧讲究。有一些墙是干打垒，却因为无人收拾居住，被一种土蜂蛀得千疮百孔，触目惊心，令人肉麻。我们兜了一圈，大约看到两处新楼房，夹在那些破碎不堪的老房中，呼吸困难。田建成说，新房子都是老人守的，一家一个老人看家。田建成的房子在斜坡上，用石头砌的屋场，工程很大，但这已是多年前的事，现在房子也破旧了，好在有人住，有点生气，加上猪喊鸡叫，还有炊烟冒出。其他的，他左邻右舍都没了人，大门紧闭，阁楼敞开，堆放着陈年农具、家具。往屋里瞄，黑咕隆咚，阴气袭人。走到田建成屋场，旁边屋山头避风处，两个屠夫正在磨刀，咔嚓咔嚓。猪已经牵出来了，肥壮油黑，估计有两百斤以上。田建成的老婆在哄猪，将它往屠凳那儿赶。猪虽然是猪，也有灵性，看这阵势知道自己的死期来临，就挣扎着不肯往那儿去。这真是让我们赶上时候了，我们的摄影家伙包括手机到哪儿能捕捉到这么好的画面，创作年俗大片，输送微信大图，还有第二家吗？有的还拍视频，记录下这一历史场景；有的自拍杆伸出，要与猪来一个最后的合影。

屠夫让田建成的老婆走，因为他老婆虽在那儿假装唤猪拖猪，却在那儿抹泪，想是与这猪有了感情。喂养了一年，朝夕相处，就是一块石头也焐热了。我们几个就悄悄走近，去拍流泪抚猪的田建成老婆。田建成老婆穿着廉价的胶底厚棉鞋，棉衣上戴了两个绿袖套，污脏的围裙，还戴着一个老年人的毛线帽子，就是一个老年人，其实年纪不大。老公脑梗在武汉住院，想必欠了一大笔债，也不能外出打工，家里不富裕，还守着个空村。

我们拍了几张田建成老婆的照片，她发现了，不好意思，就不流泪了，就起身去了屋里。这时，一个屠夫拿着挠钩一把钩住猪的鼻子，一个屠夫抄尾，猪要作垂死挣扎了，我们见状一拥而上，帮他们制服猪。猪怎敢这么多人，我们三把两下就将猪摁到杀凳上，这时屠夫大喊让开让开。田建成端来盆子，里面放了盐，是接猪血的。我们让开正好要拍照，看屠夫怎么进刀捅死一个庞大生命。说到底，我没见过，其他人也没见过。饥渴的相机和手机，准备留下一头猪死亡的瞬间。

猪的叫声太惨，太悲伤，太绝望，在这漫天飘舞的雪花中。因为是杀年猪，大家也没觉得惨，倒是很喜庆。那些老娘儿们，假装很害怕，躲得远远的，又忍不住要往这边看，露出了嗜血本性。猪在杀凳上嘶号，腿踢蹬，想摆脱死亡。可猪这么肥，就为这一刀。年关一来，猪只能去死，任何挣扎都是徒劳的。刀捅进了那个脖子的柔软处，斜着进刀。屠夫经验老到，千百次地捅刀，练就了一剑封喉的本事，一刀下去，血就来了。这样，大光圈，1/60 秒，200 毫米长焦用 1/1000 秒，微单用 1/30 秒。喷溅出的热乎乎的猪血就在空中飞舞时定格，片子就有了，这真是好片子，不要摆拍，不要美颜，不要 PS，来源于生活，片子叫《杀年猪》，或者叫《血花与雪花》，等等。赵日天老婆要拉着他，与号叫的猪一起自拍。赵日天中风过，面对这场杀戮没有反应过来，糊里糊涂走近了。赵日天老婆做动作造型自拍时还要嗲着念念有词："哇，个斑马好漂亮！好一头大、肥居（猪）呀！"因为猪在咽下最后一口气时也要挣扎，每挣一下，血就飙很远，赵日天与老婆自拍时没防备，那飙出的血就溅上了他的羽绒服与他老婆的牛仔裤。这可晦气了，赵日天就在猪号声中骂他老婆。给他们抓拍的孔瞟眼就说："开门红！开门红！"我们都说："开门红！开门红！"赵日天那黑了的一块脸也溅了血，看起来很滑稽，脸上挂着猪血，面无表情。我们就一通笑，有的拿出纸巾来上去帮他们擦，可赵日天老婆不让别人擦，好像是恼怒别人取笑他们夫妇的意思。

有乡亲们来了，也就三五个，大多是老人，估计村里的活人都来了，来喝田建成家的猪血汤的，说是喝汤，其实菜不少。我就给田建成说："我们也想体验一下在乡下喝猪血汤的年俗，吃个中饭，一个人给你五十元怎么样？"田建成说："就是不给钱，撞上了，也要喝这猪血汤。""这哪行！"我们一共十一人，给他五百五，他就收下了，说："你们太客气。"我说："一是一，二是二。"我又说："你有多少鸡卖给我们？"他说："就十多只，全部给你们，你们太好了，我还有些土鸡蛋，要的话全部拿出来给你们。"我问："鸡多少钱一斤？鸡蛋多少钱一斤？"他说："鸡平常二十六，今天还是二十六，昨天来的人要出二十八一斤我都没卖。鸡蛋一块五一个，是不是双黄我不保证。"我说："好的好的，不讲价了，快过年了。"我觉得患了脑梗的田建成也可怜，这么冷还砸冰洗菜，这样会再脑梗的，不讲价等于是扶贫，何况也贵不到哪儿去。大伙儿一商量，特别是几个婆娘，天天进菜场的，一听就说不贵，跟武汉差不多，武汉菜场卖的不一定是真土鸡，鸡蛋还不一定新鲜。这里不仅新鲜，还没有假，货真价实，可得可得。至于鸡嘛，田建成说："鸡在外头，鸡逮着了就是你们的。""那么肉呢，猪肉呢，也卖点给我们吧，这么大的猪你们也吃不完，腊肉腌多了不能老是吃，吃新鲜的才不会得病。""你们要多少？""一人一刀行吗？"田建成说："这不行，我还要给我姑娘准备一些的。""那一人五斤行吗？""可得可得，一斤要三十元。""好好好。"我们就与田建成谈妥了。田建成说："天气冷，各位领导进屋喝茶。"我们说："茶喝了，我们先去村里转转，雪也不大。"田建成说："你们不走远了，一个小时喝汤。"

好吧好吧，正好。村里那么多老屋，那么多老树，山上有泉水，村中有池塘。老树有乌桕、银杏、木梓树、枫杨树，还有松杉，几个人合抱。我们进入的人家，有太多好看的红漆门、铜环。锁不好看，弹子锁，生锈了，有的没锁，大门敞开。真是的，好歹生活过一家子，好歹总有些东西。我们进了一个没锁的院子，屋是破了，墙倒塌了，进去就是曾经的厨房，有好多坛坛罐罐，有木蒸笼，有碗柜，有木箱子，有盆，有水桶，有装苞谷的大黄桶。有毛巾，有挂在墙上的棉鞋，还有一株冬天也没死的绿油油的土大黄。孔瞟眼打开一个坛子，里面竟有着半坛发臭的酸菜。锅生了锈，还有锅铲，有土灶台，这可有年头了。孔瞟眼发现了一个好东西，一个青砖筷篓子。"看啊，"他喊，"这东西好怪。"这样的筷篓子是头一次见到，里面装有十几双筷子，一个铝瓢子。"这是个文物。"马夹头说。孔瞟眼已经牢牢地将它攥在手上了，任何人休想夺走。他把筷子倒出来，用纸巾将里面的蛛网擦了擦，左看右看，翻来覆去看，爱不释手。挂绳是一根电线，结实，孔瞟眼喜滋滋地提着了，这是第一件战利品。我们又来到敞开的堂屋，墙上牵的绳子还搭着衣裳，灰尘蒙面，也没人要。另一面墙上挂着许多夹小兽的"铁猫子"，都生了锈。孔瞟眼说，这也是文物啊。他自个儿取下一个，要我们也各自拿一个。我们认为，这捕兽夹在腊月拿着不吉利，都没有拿，这破玩意儿也没什么用，我们也不搞收藏。孔瞟眼进了一个房门就不见了，我们走进去看，孔瞟眼趴在地上了，朝床底下搜寻。那床有蚊帐，床上是些农具。噫！噫！我们看见壁虎一样趴着一动不动的孔瞟眼，就知他又发现了好东西。他开始往床底下爬，我们很好奇，看他从床下拖出一个物件，竟是一把黑乎乎的夜壶。夜壶哥又找到文物了！

这是一把好夜壶。想建一个中国夜壶博物馆的孔瞟眼是不会放过任何一把夜壶的，何况这真是一个老物件，釉上得非常好，尿垢金黄，晃一晃，干的。孔瞟眼一只手伸出大拇指，不说话，他激动得话都说不出了。走出院子，孔瞟眼说："到处都是文物，都是好东西，全村都是，都丢了，我好想把这个村买下来。"他对我们说："我们租也行，反正没人住了，我们在这里搞个艺术家村、摄影驿站怎么样？然后在这儿养老该多好，这儿山清水秀，为什么他们要跑出去？个斑马的搞不懂，我们买下来搞民宿也赚钱啊。"马夹头说："你说得有道理，但要有人投资啊，你卖几个宋代夜壶投资？投资了，谁又来这儿住？鬼？鬼住？这村子阴风惨惨的，老子是不会住的。"赵日天说："土鸡是不是文物？你看什么都是文物，看雪呢，是不是文物？几年没下雪了，这雪是哪个朝代的？"孔瞟眼说："你们不住，我搬来住。"赵日天说："你是来偷文物的。"杜老眛说："你那夜壶给收破烂的都没人要。"就要拿石头砸孔瞟眼手中的夜壶，孔瞟眼连忙笑着躲开说："莫疯哕！"

走进另一家，门口有一棵大泡桐。进去就看到一口棺材，上面盖着一个破床单之类，好不瘆人，看上去就像里面躺着死人，我们赶快退出。可这时黑暗的屋里有一个活物动了，孔瞟眼的脚下，竟卧着一条狗，他以为是一堆破絮什么的。他踩着了那狗的腿子，狗连叫也没叫一声，站起来，是条瘸狗，后腿的一个爪子没了。"狗啊！"马夹头惊慌说。他吓了一跳，以为是个鬼。还真是个狗，老狗。你个狗日的狗，你叫一声啦，柴门闻犬吠，你这狗不是白养了！这狗是个野狗，不然，是这家人家的狗，陌生人进屋就得叫，你不吠不叫的，是什么狗呢！细看，狗很衰弱，刚才卧在棺材头前，身边一个狗食盆，是个石头凿的，很厚的盆，盆里两根苞谷芯子，没一颗籽粒。石盆里像生了苔，水也没见一滴。赵日天踢着狗食盆说："夜壶哥，这又是一个文物。"孔瞟眼在研究棺材头上的一个大红"奠"字，被叫看狗食盆。一看，果真斜眼亮了。又看那狗，撵狗，咄！咄！感到没有威胁，不会反抗，就抱起那个石盆，到了光亮处，再看，不是太大，也不是太小，不是太重，也不是太轻，青砂石凿的，一件少见的好器物，连连惊呼道："有点味儿，有点味儿，回家养一盆铜钱草，绝对有点味儿！"那狗呢，见人抢走了自己的饭碗，不急不恼，大家看它，骨瘦如柴，四条腿像四根篾片，一根还是短的，就是条死狗，夹着尾巴，先我们跑了，也没跑远，躲在泡桐树下，踩着雪，瑟瑟发抖。赵日天看不过去，说："夜壶哥，再怎么也不能抢别人饭碗好不好？"孔瞟眼抱着狗食盆就往外走，手上还叮里咣啷提着夜壶、筷篓、兽夹。那条狗呢，站在风雪中，瞪着愤怒的眼睛，看着一个陌生人抢走了它的食盆，大摇大摆地走了。狗终于从喉咙里发出低低的噗噗声，表示了自己无可奈何的抗议。这群进村抓鸡的城里人，无辜地"顺"走了它的饭碗。

对于贪婪的收藏家孔瞟眼，你是没有办法的，他如果看见了一泡屎，也可能鉴定出是宋代的。我们回过头望了一眼那狗，它仍在风雪中，它好可怜，它快死了。

旁边有一个真正的大宅子，高高的木头门槛，但门没了，窗棂的木雕花却完好无损。孔瞟眼说，这没有保护，没人给挖走吗？上了七八级台阶往里一看，屋顶开了天窗，堂屋落下厚厚的雪，但有一扇巨大的屏风，有四个浅雕的大字：耕读传家。这四个字敦厚、饱满、自信，张扬，虽没有留款，但一看就是至少是清末或者民初的字，写字者有儒风，笃诚，豁然，大气。屏风脚已腐烂，穿孔，但基本完整，有气势。马夹头问孔瞟眼："这个东西好吧？耕读传家久，诗书继世长。"孔瞟眼说："这东西要是弄到武汉古玩市场，最少值十万不止！"赵日天说："夜壶哥，咱们动不动手？"孔瞟眼说："去你的，老子又不是强盗。"几个老妖婆一挤进来，就要在这四个大字下照相。孔瞟眼说："慢，慢，要找一把椅子。"杜老眯果然从里屋找到一把圈椅，只是坐垫木没了，腿也只剩三条。我们先绑上腿。赵日天找来一根木头和绳子，就绑椅了。孔瞟眼蹲着看了说："这是黄花梨，绝对是黄花梨。"我说："这不是，黄花梨木比黄金还贵，敢丢在这里腐烂啊？"孔瞟眼说："黄花梨也分海南黄花梨和越南黄花梨，越南的不值钱。"我看了看说是楝树的。孔瞟眼说这个造型就是明代的。赵日天说："你夜壶哥的造型还是秦代兵马俑的呢。"孔瞟眼说："老子是活生生的兵马俑？个斑马！我是讲真，好了好了，大家坐在椅子边上假装耕读传家吧。"老妖婆们自拍他拍，一派大家闺秀气息。有人又找出一本书，是小学数学课本，让她们翻开，假装读书的样子。还是赵日天老婆的中式服装出彩，大家又要她脱，她又是被强脱了，冷得在门口打喷嚏。赵日天就催婆娘们快照，不要摆姿势了。头上开了天窗的屋顶有雪落下来，落到他们头上，每人一张，手捧小学课本，耕读传家。这照片真好，真好，在这村里随便照都是好片子，都是怀旧情绪和怀旧场景。问题是，到哪儿找这么绝的道具去，而且是实景拍摄？道具越来越多，有人拿来渔罾，有人拿来山里的挖锄，还有背篓，有蓑衣，有一大串生虫的红辣椒白蒜头，有斗笠。可雪越下越大，雪涌进了屋子，涌进了耕读传家的屋子。等大伙儿都照了，孔瞟眼对马夹头说："你明晚回去把你家儿子的卡车弄来，咱把这些拆了拖回去，反正也是没人要的东西。"杜老眯说："夜壶哥，你真这么做啊？"马夹头说："我是不敢半夜来，小心被村民捉了打死。"孔瞟眼说："我给大伙儿真的建议，咱们老伙伴们可以吆喝些人来买这儿的房子，修整一下养老种菜，又没有雾霾，又没有噪声，简直太舒服了，不是神仙的日子吗？"赵日天说："夜壶哥，你买下来是要拆里面的东西，谁不知道你心里的小九九？"我认为，孔瞟眼是真爱上这儿了，他的建议很好，老哥儿们在这儿养老，就等于是到了桃花源，远离城市，回归自然，这是趋势，也是一种觉醒，我表示举双手同意。

我们往山坡上踅回，边走边看时，看到迎面走来一个老头，背着一捆从山上砍的枯树枝。马夹头说欲投人处宿，隔水问樵夫。樵夫穿着臃肿，胡子拉碴，朝我们友好地笑，砍刀别在腰上。老妖婆们就要跟樵夫照相，她们见谁都要照，主要是想让那些皱了吧唧的山里人衬托她们的光滑高贵。有人还抽出了老汉腰上的砍刀，高举着，与肮脏的老汉勾肩搭背做亲昵状，把老汉喜得咧嘴傻笑。"好，好，一二三，OK！OK！太好了，太好了！老哥你贵姓啊？""田。这里是田架山，都姓田。"老汉说虽然都姓田，但有土家族的田，也有汉族的田。"老田，你家里有几口人哪？生活还好吧？过年物资准备得还丰富吧？"孔瞟眼当过几天学校汽车班班长，有派头，问田老汉。田老汉说，有六七口人。田老汉虽然眼睛糜烂，但盯住了孔瞟眼怀里的狗食盆，欲言又止，后来就指着说："喏喏，这个盆子是不是三九老汉家的？"孔瞟眼说："三九？怎么三九？"孔瞟眼故意装蒜，拿了人家的东西，心里发虚。田老汉就说："我昨天还给狗放了两个苞谷的。"孔瞟眼很不好意思，田老汉就说："这是我家里的，给那狗拿去的，有大泡桐树的那家是吗？有一口棺材的。"为缓解孔瞟眼的尴尬，马夹头就问那狗是咋回事，田老汉说："三九跟我同庚，他到城里去了，给工地看场子去了，听说死了，死人运不回来，就在城里火化了，这棺材也就没人要了。""狗呢？""狗啊，丢在家里了嘛。这狗可是条忠于主人的狗，哪儿也不去，就天天守着那口棺材，谁知道中了什么邪。又没有人给它吃的，到处蹭食，可能是棺材有三九的气味，它还以为棺材里头睡着三九呢，就这么守着。村里的人有记得的就给它一口食，不记得就让它饿。早年它不老实，偷鸡，被发现了总是一顿打，它就上山逮鼠逮野鸡，有一次在山里逮鼠被别人下的'铁猫子'套住了，在后山哀号了几天，没一个去帮它解套，大家想让它死了好，后来它挣断腿又回来了。三条腿逮不了什么，眼看要饿死，我就有时给它拿个苞谷、拿碗剩饭来，有时人老了记性不好，忘了，它就只有挨饿，它快不行了……"

我们听后心情沉重，都拿眼睛去看孔瞟眼抱着的狗食盆，太不应该，一条残疾狗，饿狗，你还抢走它的饭碗，良心上说不过去。孔瞟眼也很不自在了，丢下不是，抱着也不是。好在马夹头又引开了话头，问田老汉这儿双胞胎的事，田老汉说他生的就是双胞胎儿子。再往下问，田老汉说，一个儿子在温州打工，成了家，有小孩；一个儿子在武汉读大学后上了班，工资有几千块，但后来就没跟家里联系了，说是失踪了，好久未回来。失踪？这事儿！怎么失踪？一个男孩？田老汉听说我们是从武汉来的，来了精神，就说起这个儿子。说当时一胎化，但田架山就是生双胞胎的地方，好多从外地来的人偷偷住这儿怀孕，也大多是双胞胎。双胞胎是可以上户口的，不能把多出的一个掐死，是吧？他说："我老大比老二大一个小时，但很懂事，打工帮助他弟弟读完高中再读大学，读的是光谷软件学院。""是光谷软件学院？""是的是的。""巧了！那我们的孔教授就是那个学校的老师。"孔瞟眼这卜成孔教授了。

田老汉说："啊，孔老师你一定认得我这娃，你一定帮我找找我娃子！我娃叫田二春，我老大叫田大春。"孔瞟眼说："不认识，学生太多，哪能都认识！""您一定教过我娃的，我这娃不爱说话，戴个眼镜，不像有些娃嘴花。大学毕业后在光谷一家公司上班，蛮好的。可我娃突然不在公司上班了，不见了，打他电话是空号，有人说在网吧里看见过他。他哥专门从温州回来与我一起到武汉找过他，找了整整一个月，找了几千家网吧，武汉所有的网吧找遍了，寻人启事贴了不晓得多少，还受了不少骗。"杜老眯说："这娃怕不是染上网瘾了？"赵日天说："你们报警了吗？""报了报了，问了几次警察，警察就定为失踪人口了，就要下户口的，现在离下户口还有几个月。我后来又去武汉找了几次，在武汉边捡破烂边找，都没有找着。我家里还有些寻人启事，我待会儿给这位……孔老师，麻烦老师帮找找，我全家对您感谢不尽！"孔瞟眼说："好的好的，我们在田建成家喝猪血汤，您去吗？""我不去，我不去，他叫了我，我没有还礼的，不好意思喝人家的汤。我是准备去温州大儿子那儿过年的，儿子也打电话要我去，我怕二春回来，春节家里没人，我就在家等他。"

唉，原来是这样啊，可怜天下父母心啊！终于明白了他给那狗添食，害一样的病啊，同病相怜。"这样这样，那到时您把寻人启事拿过来，我们的孔教授一定会帮您找的。"赵日天对老头说。"好的好的，孔老师是好人，大好人！"田老汉恨不得给孔瞟眼磕头，作了一串揖，背着柴火一溜小跑往村里去了。

山里的景色很好，可有人很悲伤，狗也很悲伤。树林里有落叶乔木，有不落叶的常绿乔木；有落叶的灌木，有不落叶的常绿灌木，都与山与村庄共存着。石头房子、青瓦、白墙，还有炊烟，有山脊，有叮咚作响的泉水和封冻的池塘，有弯弯曲曲的田畈，有庄稼，有蔬菜，在冬季如此美妙，在春季夏季秋季还不知美妙到什么程度呢，简直藏着当代人生活的所有幸福元素，藏着安宁、温暖，藏着城里人所有的想象。"这个村要买下来，要买下来。"孔瞟眼抱着狗食盆对我们说。

喝汤啦，喝汤啦！我们像禾场上的鸡一样飞奔到田建成的家。那猪已被大卸八块，收拾成肉的模样，不再是猪。屠夫在洗大肠，鸡在啄食猪粪中的食物，它们也将被抓到城里去，成为鸡肉，不再是雄赳赳气昂昂的鸡，它们的好日子也快到头了。屋里已经摆上了两桌，我们一桌，村里的人一桌，火锅热气腾腾，热泡咕噜。新鲜的猪肉炖萝卜，心肺煮海带，辣椒炒肉，炒蛋，当然少不了猪血豆腐汤。还有一些我们最爱的乡村坛子菜，什么泡辣椒、酱萝卜、酢冬瓜、尖椒豆豉。还有自酿的苞谷酒，饭是土灶锅巴饭，那个香啊。田建成的老婆端菜，田建成用一个大锡壶给我们倒酒。他老婆说："你们莫要客气，山里也没个好招待的，尽管吃，尽管吃。""好的好的，不客气不客气，这酒好，好酒。"我们就给村里的几个老人敬酒，给他们拜早年。菜是真好吃，全是土菜，辣，辣得有模有样。塘里洗的菜是青嫩青嫩的，绝对的绿色蔬菜有机食品，猪是有机猪，蛋是有机蛋，这儿的水好，这么想，那双黄蛋双胞胎就是与这儿的水有关系。赵日天见了酒就忘记了抓鸡，说今天终于吃到地道的土猪肉了，而且是田架山的百草猪，这肉是甜的，萝卜可以生吃。"来来来，喝喝喝！"夜壶哥端起酒杯向大家一一敬酒。他老婆过来夺他的酒杯，说："你这个痛风鬼、高血压，喝死的！"赵日天说："我吃了药没事，不关你的事，跟我夜壶哥喝酒。"正喝着，田老汉来了，手上拿着一沓纸片，很薄很薄的花花绿绿的纸片，另一只手上提着一只鸡，鸡绑住了脚。田建成见田老汉来了，远远地就打招呼说："田爹来喝酒。"田老汉说他已经吃了，就径直找到孔瞟眼说："孔老师，这是我娃子的寻人启事。"启事上印着他儿子的头像，印得模糊，像是乡镇印刷厂印的。他儿子看起来很端正，斯斯文文，戴着眼镜。孔瞟眼正在与赵日天干杯，已经喝得神魂颠倒了，就接过那摞纸片放到椅子的屁股后头，说好好好。田老汉将土鸡塞给孔瞟眼说："这是代儿子孝敬老师的一点心意。"孔瞟眼说："这不行这不行。"田老汉说："那有什么不行，学生孝敬老师天经地义，天地君亲师，一日为师终身为父，这就拜托孔老师了。"孔瞟眼再三推辞，我们说，就拿上吧，盛情难却。

等田老汉走了，田建成说，田爹可怜，他在武汉找了他小儿子大半年，大儿子他老婆是个二婚，有个孩子，后来又生了个孩子，负担重，也没管他老父亲，他就在村里等小儿子回来，天天在路口盼。因为婆娘们不喝酒，我要代孔瞟眼开车，我也不能喝，气氛就上不来，加上两个杀猪师傅还要到别处杀猪，天又冷，几个婆娘想抓了鸡、割了肉快点回家，雪还在下，就说吃饱了。田建成说："没有喝好，往年村里哪家杀年猪，都要接七八桌客喝汤，肉要吃几十斤。我家吃了吃你家，冬月腊月吃两个月，到了正月，又请春客，又要闹一个月。往年到了这时候，狮子龙灯采莲船蚌壳精都出来了，村里热闹得要命。好吧好吧，你们抓鸡吧。"

　　鸡们吃过桌下的残羹后，都在禾场的雪地上唱歌消食，公鸡雄壮，母鸡肥壮，但怎么抓是一个问题。田建成说："我来唤鸡。"他准备了两个网兜，网鸡的。他抓了些米，就把鸡往隔壁没锁的红漆门屋里撵，米撒在那黑暗的屋里，那里原来成了他的养鸡场。咯咯咯咯咯咯……鸡见了米，就像见了亲娘，撒腿就往那屋里跑。等鸡们都进了屋里吃食，田建成将门关住了，喊我们过去抓鸡。我们悄悄进了门，再把门掩上，立即动手。鸡发现了我们的意图，就拼命往外面跑，但有网兜伺候，鸡就成了我们的鸡。门是破门，鸡可以钻出，有的鸡就钻出了，撵鸡的就开始到处撵鸡，屋里屋外，到处是抓鸡的男女。有的老娘儿们用自拍杆打鸡，有的飞身扑地抓鸡。我抓了两只，孔瞟眼也抓了一只。杜老眯、马夹头和赵日天因为年纪大了，手脚不利索，抓得满脸污渍还是两手空空，加上吃得太饱又喝了酒，眼神也不济，跟着鸡满村跑。鸡飞上了石墙，鸡钻进了草垛，鸡跳上了竹篱，鸡在逃亡。抓到鸡了的，交给田建成老婆过秤，再去称猪肉，再就没事了抓拍那些抓鸡人，还大喊。鸡把他们带到雪沟里，带到断墙上，他们张着网兜，嘴里骂骂咧咧，就是逮不到。赵日天喝得太多，摔了一跤，手上只有一根鸡毛。他老婆瞎指挥，说这里这里，那里那里，光动嘴不动腿，一网兜下去，网到一坨干牛粪。他老婆大骂他废物，"个斑马的把兜子给我！"赵日天毕竟是个男人，有自尊，痛风也有自尊，就是不给，霸着网兜，再网。人本来就蹒跚，但拗着劲儿了，要与鸡一争高下。加上有酒精烧脑，血往上冲，我们都怕他绊在石头上摔下去中风就坏了。

　　那鸡与他周旋了十几个回合，不分胜负，他碰上了一只狠鸡。那鸡不止跑得快，还展翅高飞，又飞进了那个破屋里。赵日天紧追不舍，进得门去，只听一声惨叫，鸡被擒获了。赵日天手上抓着一只大母鸡，从红漆大门里伸出头来，脸上露出胜利的微笑。孔瞟眼就抓住了这精彩的一瞬间，拍到了赵日天抓鸡的经典镜头，后来获得了中国夕阳红摄影大赛银奖，题目就叫《赵日天终于逮到鸡了》，自是后话。杜老眯就喊："赵日天日天了，赵日天日天了！"马夹头推了赵日天老婆一掌，要她去迎接逮鸡英雄。我们几个起哄道："嫂子过年我们到你家去吃土鸡。"赵日天老婆说："好好，没问题没问题，留着你们喝酒。"

好啦，满载而归啦，又是土鸡又是土鸡蛋又是土猪肉，还有人有了别人送的鸡。我们逮鸡时，田老汉一直在远处看着我们，等我们把账结清了，他又跟着我们到村口停车的地方，一再嘱托孔瞟眼帮他找儿子。孔瞟眼说了一句话安慰田老汉，说："万一找不到了，你还有一个儿子两个孙子，只能往好处想。"我们都觉得他这话说得不妥，我们看田老汉凄伤失魂的表情，不想插话。田老汉给我们小声地说："建成那儿哪有土鸡，他的鸡都是从山那边养鸡场买来的，他一年在这里要卖几百只鸡。"我们想，不会吧，我们的车后备厢里全是叫唤的鸡，怎么会是养鸡场的饲料鸡？算了算了，我们不会再去问田建成，天色晚了，雪在下，鸡也没几个钱，我们要赶快返程了，山路险。

走到半途，因为赵日天喝过量了，再加上这日怪的苞谷酒度数高，山路颠簸弯又多又急，还加上撵鸡吸了太多冷风，就开始呕吐。第一口没止住，就吐到了车里。然后我们停下来让他吐。他吐了再上路，上路后又要吐。这可咋办，赵日天太老啰，下次不能让他出来折腾了。我们停下车看他吐，把胆汁都吐出来了，他身上全是秽物，各自身上带的纸巾都擦完了，遭罪啊。孔瞟眼在车上找了半天，翻箱倒柜，没有了，最后拿出一些纸片来，是田老汉交给他找儿子的寻人启事。他说只剩下这个了，"日天的赵日天呀赵日天，用这个擦吧"。寻人启事全部擦完了，那些沾上了难闻的呕吐物的一堆纸坨儿，就丢在了北风呼啸、风雪弥漫的荒野上，丢在了我们车的后头。天气真冷。天气真冷啊！

（原载于《上海文学》2018 年第 5 期）

归　来

　　喜旺的媳妇和喜旺的妈从城里回来了。村里人都看到她们从进村开始，就哭哭啼啼，声音尤其夸张悲恸，拖腔又惨又长。喜旺的小舅子扶着他姐姐，他姐姐抱着一个殷红色的匣子，那就是喜旺，从城里的脚手架上摔下来死去的喜旺。喜旺妈哭得跌跌撞撞跟在后头，由喜旺的弟弟喜华扶着。喜旺那四岁的儿子小喜打老远就跑过去了，有人给他说"你妈和你奶奶她们回来了"，小喜就高兴地往村口跑。喜旺媳妇见了儿子，一家人一起抱着就哭。小舅对小喜说："还不快给你爹磕头！"小喜就被人按下了，就给那个小匣子磕头。他看到了匣子上有他爹一张头发蓬乱的照片。他爹外出时他还赶过脚的，爹说回来就给他带糖果吃的，他朦胧地想起这个。他被小舅拉起来时看到好多人围着他们，他听见妈在哭"喜旺啊喜旺"，奶奶在哭"我的儿啊"。

　　后来，喜旺媳妇他们就让人引到了后山，那里要把喜旺埋下来。

　　这时候，一群人哭哭啼啼放着鞭炮往山上走时，村头六指的小卖部里，给小学代过几天课的阮白脸坐在板凳上，接过瞿老倌的一支烟，凑过脸点燃后往深处吸了一口道："摆脱贫困，总是要一代人做出牺牲的。"他咳嗽了一声，很舒坦地抽了一下鼻子，接着说："桃花峪有二十几个妮子长梅疮，就是梅毒，没了生育，可人家楼房都做起来了，富裕村哪，哪像咱们这儿！后山樟树坪穷死，可去年死了八个，挖煤的，瓦斯爆炸，一下子竟把全村的人均收入提高了一千多块，为啥，山西那边矿上赔的嘛……要奋斗就会有牺牲……"

"可是，"瞿老倌说，"喜旺是自己栽下来的，听说是看了一夜黄色录像，人昏沉了，也赔吗？"

"赔是要赔的。"柜台里用一只小手电照着墙角的六指说，"哦，你看喜旺媳妇的包……"

大家就看那款包，果然有点鼓。

"那……"瞿老倌正正他的一顶黄色的军帽，里面塞了报纸或是纸壳，帽子棱角分明。他说："既然喜旺媳妇大上个月去城里看过喜旺，他为什么还要看那个……"

"人心是不能满足的。"坐在旁边的阮白脸说。

一只红着鼻子的小鼠从鼠洞探出头来，六指跺了一脚，鼠就缩回去了。柜台外的两个人朝他看着。六指收了小手电，说："按这个时间算，喜旺家今年过年就有楼房住了。"

"为什么人家说喜旺媳妇大上个月是回了娘家？"瞿老倌坚持说。

"听说喜旺媳妇在娘家时就有个相好，青梅竹马……"阮白脸说。

"那个扶她的是她弟弟吗？"瞿老倌眯着眼看远处问。

"那是的，一个长相嘛。有相好也不能这么明显。"

六指又跺了一脚，把说话的阮白脸吓了一跳，转过头去想看个明白。

"老子要搞点三步倒来的。"六指说。

"喜旺媳妇的屁股好看。"瞿老倌说。

"吓！"六指大吼一声。

"喜旺媳妇解放了。"瞿老倌说。

"到底……人还是死了，唉！"阮白脸丢下烟头，站了起来，显然对六指在里面咋咋呼呼不满。

"三步倒要你们的命！"六指说。

埋了喜旺的盒子回来，喜旺媳妇头有些昏，一路的号哭颠簸，舟车劳顿，睡不安实，喜旺媳妇就想坐在床上打个盹。她弟抱着小喜，给喜旺的灵位上点着蜡烛，添香。一会儿喜旺媳妇就梦见了喜旺，她看见喜旺还是一走一歪，吊儿郎当地从外面回来，放下他的那个拉链处加了很多针线的旅行包，好像到处找什么的样子，眼鼓鼓的，头发长长的。睁开恍惚的眼睛，看见了喜旺在那儿熏着香火，惊异的眼睛看屋外。喜旺已经成了一张照片。只有一个空空的家了，喜旺媳妇就明白男人没了，又一阵暗自伤心，又抽泣起来。

"嫂子呢？"

听见声音，是小叔子喜华。喜华进来说："嫂子，我来拿点烟的，爹说，为办哥赔偿的事，盖章开证明，村长还是蛮爽辣的，那几包烟，拿不出手，爹说，拿一条。"

烟在房里的衣柜中，是为喜旺办丧事用的，喜华好像知道放哪儿，径直走来，准确拿到了烟，喜旺媳妇也就懒得下床，让他拿。

拿了一条，又拿了一包散烟，喜华就说："嫂子，我走了。"

昏昏沉沉躺了一个时辰，小叔子喜华又来喊他们去吃饭。吃饭时，喜旺爹就问喜旺的小舅子："几时回去啊？"喜旺小舅子说："明日。""不玩几天了？""这次耽误了不少时间，家里还有事。"喜旺爹就说："这事把你也扯住了。喜旺生前是没害过人的，这次害了你们。"喜旺小舅子说："哪能这么说呢！我姐是个苦命人，她和小喜就拜托伯伯伯妈照顾了。我们兄弟姊妹隔得远，打不上招呼。"喜旺的爹就说："哪儿的话，你姐把我们当她亲爹亲妈，我们也把她当亲女儿的，小喜一直就是他奶奶带着的，自己的亲孙子，不会让他吃苦的。只是，小喜从今以后就成没爹的娃子了，小喜可怜啊。"喝着酒的喜旺爹竟老泪纵横起来。大家就劝他，一家人又悲痛起来。

吃完饭，喜旺爹就对喜旺的小舅子说："你先跟小喜回去，我们跟你姐姐商量点事。"

喜旺的小舅子见他们要商量家事，自己是外人，就抱上小喜走了。喜旺两口子结婚后，从喜旺爹妈那儿分了出来，在花栎岩下做了个两间的干打垒瓦房，离喜旺爹妈有两三百米。

喜旺媳妇留下后，喜旺一家就说话了。先是喜旺爹咳嗽了一声，看看在一旁的小儿子喜华和老伴儿，说：

"是这样的，喜旺走了，你跟小喜也孤单，看是不是……住一起来。就像小喜舅舅说的，大家好有个照应。你们孤儿寡母，住在一边也怪可怜的，免得别人说我与你妈的闲话。这个……这个……住的问题……"

"您是说要做房子吗？"喜旺媳妇好像早知道他们要跟她说啥了。

"也是没有办法的事。我们不得不这么想，"喜旺爹看着老伴儿和小儿子，深思熟虑、有条有理地说，"喜旺不在了，我们也老了，靠喜旺是靠不上了，就指望靠喜华了，这就沾点喜旺的光，把楼房做了，替喜华把媳妇接了，也跟小喜备下一层，你们母子住，我们二老也有个窝。这房子，漏得不能住人了，起楼房又是如今的风气……我们算了一下，刨去自己的劳力，也花不了多少钱，三层的话……"

"也要一万。"喜华插嘴说。

他爹显然不高兴，说："你插个什么，我跟你嫂子说话。一万不够你脱裤子卖？最低可能要个一万二。"

"喜华的事，也就嫂子帮了他一把。"喜旺妈哑哑地说。

"大家都住的，"喜旺爹说，"先是小喜一层，喜华结婚一层，我们两个老不死的好说，楼做起了，旁边搭个茅草偏厦就可以了。地基还是在这儿。"

喜旺媳妇心里估算着，喜旺赔了两万八千块钱。包工头是给她的，可临走时喜旺妈说，一个人拿着不保险，两人分头拿好些。小叔子喜华就拿了一万，这一万回来时喜旺妈就给话了，说靠不上喜旺了，只有靠喜华养他们的老了，这当然，喜旺得用自己的半条命支援弟弟，帮弟弟就帮了爹妈养老。只是喜旺媳妇没想到，按这么算，她还得给小叔子两千元做房子。而且公爹说了，"都住的"，那她就被封了口，话里面已逼得很紧很紧，她没了退路，只有接受，便说：

"你们先用了再说。"

回到家，有两个来看她的乡亲跟她弟弟说着话，她要她们坐会儿，两个乡亲安慰了她几句，就走了。弟弟问她商量了什么，她不好说，还是说了，说要这个钱给喜华起房子，要她也住到一起去。弟弟就问他们要多少钱，她便说："差不多要一半。"弟弟说："他自己的儿子，我知道他们开口就会要一半的，姐，你跟他们住一起，行吗？"她便说："那房子还不就有我和小喜的一半了！"弟弟说："那姐夫不在了，你又跟他们住一起啊？"当姐姐的就叹了一口气道："小喜不管怎样说是他们家的人啊！"

早晨起来，喜旺媳妇就看见弟弟在给她的猪圈出肥。几月前垫着的东西要出了，原是准备让喜旺回来休息时出的。垫圈的是花栎叶、苞谷秆和割来的杂草。她帮弟弟装，弟弟不让，说："姐姐你歇着去，你休息几天，这事我来干。我在这儿反正也没事。"她只好袖手旁观，回屋给喜旺添香。弟弟背着背篓送到田里，回来就说，他看到喜华押车回来了，拖着刚刚出窑的青钢砖，还冒着热气。喜旺媳妇就跑到岩上去看，果然看到公爹门口有一辆突突突响着的拖拉机，有几个人正往屋场上卸着砖。心中想，他们好快啊！

弟弟的心情比姐姐的更坏，弟弟对她说："姐，当初你就不应该把钱给喜华拿着。"姐姐说："我还不是以为他妈对我好，听信了她的！""这是一个阴谋，"弟弟说，"他们商量好了的，就是想黑这笔钱。你当时没想到是肉包子打狗？"姐姐说："想到了。"弟弟气鼓鼓而又悲哀地说："姐夫不死，喜华还不能成亲啊。这不是他哥哥救了他一命？"姐姐劝弟弟说："别说那么多了。"

她实在不愿谈这个，她就去猪圈出粪，帮弟弟装篓。天气有些闷热，汗下来了。她闷闷地耙粪，就想到这活儿往年是喜旺做的，喜旺是个勤快人，三耙两下就做完了。可现在喜旺没了，年纪轻轻的就没了，她以后的日子怎么过啊？正忍着鼻头往酸处滑，就听见人喊：

"侄媳妇，耙粪哪！"

抬头一看，是三伯，喜旺的三伯，手上提着个包袱，用手一揪的。

"三伯，屋里坐。"

"粪你放着，明日我给你出就行了。"

喜旺媳妇就放下手中的钉耙，把三伯让进屋里，给他倒茶。

"我不喝。"三伯说。三伯脖子上吊着一个大瘿袋，足有一个小南瓜大，是小时没盐吃长成这样的。他接了茶，把那包袱打开，是些鸡蛋，他找了个笤箕往里捡，边捡边说："你三婶让我拿过来的。"

喜旺媳妇就推辞说不要，要三伯拿回去，说鸡蛋有的。三伯说："你有是你的，这你多吃点补补身子。"

推托不掉，看三伯捡了鸡蛋，大约有二十个。三伯又说："唉，人都是个命哪，喜旺没这个命伴你到老了。"

喜旺媳妇红着眼睛没说话。

"别急坏身子，身子才是最要紧的，侄媳妇。你看你三婶，唉。"三伯的眼睛往外瞅着，他看到了背粪回来的她弟弟，"是你弟弟啊？"

"是。"

"看我这眼睛，还以为是喜华呢。"

喜旺媳妇的弟弟进屋来喝茶，三伯给他打招呼，又不走，干坐着。喜旺媳妇的弟弟总算去了猪圈，喜旺媳妇想去帮弟弟耙粪，见三伯不走，自己也不好意思出去，便又给三伯敬了一支烟。三伯见她弟弟出去了，点燃烟，同时搓了搓几下人中，说话了："是这样的，侄媳妇，我是说不来的，你三婶呢，硬要我来，我又不会说话，又怕说不好，你回绝了。"

三伯期期艾艾的，让喜旺媳妇糊涂，不过她马上明白了三伯来的用意，便说："您有什么事吗？"

"我不好开口，我从来没给你开过口的，"三伯小声地说，像个小毛贼一样，瞅着猪圈挥耙的她弟弟，生怕他听见似的，"你三婶一直病得不轻，侄媳妇你是知道的，她'阴挺'也有好些年了，身上都一股子臭味儿了，儿子媳妇嫌，我也嫌，听说，房县那边有个老中医，专治这个病的，我想给你三婶去看看，你看能不能借几个钱……"

三婶的"阴挺"喜旺媳妇听说过，"阴挺"就是子宫脱垂。可这让她为难了。她说："三伯，您是知道的，就赔这几个钱……"

"我是说不来的，你三婶的病又拖不得。喜旺是最喜欢你们三婶的，当年喜旺没奶吃，喜旺妈晚上讨鬼吓了，奶吓回去了，喜旺是吊在他三婶的怀里长大的。"

"这个我知道，我常听喜旺给我说，三婶是待他很好的。"喜旺媳妇说。

"你三婶就喜欢他，不是不喜欢自己生的，而是喜旺讨人喜欢，又是我弟媳的头一胎，所以，宁愿自己的娃子没吃的，也要喂饱他。"

"这事……三伯，这事我一人做不了这个主，等我跟……"

三伯的瘪袋就晃了起来，声音也干脆明亮了："侄媳妇，钱可是你的，你的男人的钱！我看到拖拉机闹得欢腾了，就算做房子也不能全让喜旺出啊，喜旺若还活着，他能让这么胡来吗？喜旺生就老实，老大总比老幺老实的，你也跟喜旺一样，你们两个配得好啊。喜旺命不该绝，你三婶这些天没哪一天眼睛是干的，这么老实的一个人，就这么走了，真是好人命不长啊。我都听说了，那些钱，如果你全部给他拿着，全部都要不回来了。这可是喜旺一条命的钱啊，喜华凭什么……"

喜旺媳妇头脑昏疼，睁开眼，三伯已经走了，带出去一股愤怒的、失望的风，喜旺媳妇忙喊："三伯！"

她给弟弟说："三伯要借钱给三婶看病。"

她弟弟哑着看姐，脸上颜色不对，说："他们家的人怎么都这样呢，姐？"

姐就问弟："你几时回去？"

弟答："我准备明天回去，把家里的事处理了，再让妈来伺候你陪你。"

"你把那些钱带回去。"

"姐你说什么，我不会带那些钱回去的，我不要，我不会碰那些钱的，姐夫从十七层楼上摔下来，我碰都不敢碰那些钱，想想姐夫都可怜。我不是那种黑心人。"

"我不是给你，我是让你帮我拿回去存着，拿走，免得……"

"不，姐，我不会碰你的钱的！"弟弟决绝地说。弟弟哭了起来，好像很委屈似的。

弟弟空手走了的这天夜里，初秋的虫鸣得有些厉害，暖风如绸。因为钱在家里，她把前后门闩好，把窗户关好，正准备睡觉，就听见了低低的拍门声。这时候是谁呢，又不说话，她就说了，同时抓起随时放在手边的菜刀，问："谁？哪个？"

"妹子，是我。"

想了想，是村长的声音。喜旺媳妇放下刀，把门打开，果然是村长，轻手轻脚的，踏地无声，像猫一样就进了门，面带微笑加一点沉痛。

"村长，这么晚了……"

"这几天忙，本来想看看你的，刚才到那边处理了一件事，正好路过，就顺便来了。我放不下心啊。"村长说。村长看看堂屋灵位上喜旺的遗像，说："喜旺是个好同志。"又说："你千万要想开些，大妹子。以后啊，这村里，有我，什么事你给我打个招呼，我会照顾你的，你若不嫌弃，我会常来的。你也别想窄了，毕竟，喜旺还给你留了个儿子……小喜睡了吗？这娃也懂事，真难为他了。"

村长喋喋地说着，喜旺媳妇要给他划火柴点烟，他忙说："我自己来，我自己来。"可还是凑过头去接火了，喜旺媳妇划了两根还没划燃，凑过头去预备接火的村长就去盯看喜旺媳妇的脸和她穿着有点宽松、但胸乳分明晃荡着的、大约是喜旺生前的 T 恤。

"拿烟给我干啥？"村长直直的眼睛被自己的烟雾刺到了，眨着眼，想流泪，闭住一只眼睛说，"你们太客气了。"

喜旺媳妇说："谢谢村长给开证明。"

"哎呀，这点小事。以后有什么叫上我一声就得了。"

"您坐哪。"喜旺媳妇说。

一直站在喜旺媳妇旁边的村长就"哎哎"地坐在了喜旺媳妇指的一条板凳上。

"田哪什么的也不拿，喜旺虽不在了，田还是那么多，有人说，我顶住就是了。"

"谢谢村长。"

"一直以来，你在村里口碑就很好，这些年，村里进来的六七个媳妇，就你……"

"看村长，这么说……"

"人又漂亮，又知书达理。"

"村长笑话我。"

"是真的，我说的是真的，平时我总是向着你们的，我这人有个怪毛病，看哪个顺眼就偏心，你看，这两年我为啥每年给你们家减十个义务工？喜旺不知道，你可能也不清楚，这是放在我心上的，今天我说出来。"

"谢谢村长。喜华说要请您喝酒的，他说他今天来跟我商量这事的。"

"喜华来？他哥刚走他就来？你真是的！你哄我，你是怕我吗？"村长去拿桌上给他倒的那杯茶，那只手拿茶，这只手就挨到了喜旺媳妇身上。喜旺媳妇显然很生气，脸白，说："村长！"可是村长不依不饶，喜旺媳妇躲着，抗拒着，说："村长！村长！"

村长失败了，很僵地笑着，说："你劲儿好大。"喉咙里哽了两下，说："嗬，这么大的劲儿……"又干咳了一声："我真的好喜欢你，你不觉得。我今天就走了，我知道你还很伤心。"走时又说："有什么事你给我说，听见吗？"

喜旺媳妇说："听见了。"

门关上了。喜旺媳妇背靠着门闩，一正眼就看到了喜旺那冷冷的、惊异的眼睛——那张照片。那么长的头发，那么慌张的神情。你是怎么没站稳，像被鬼赶了的掉下来呀，喜旺！包工头说你是看了整夜的黄色录像，没睡好，一头栽下来了，可以不赔你的钱，不是工伤事故，赔一点是出于人道主义。你在想什么歪心思啊喜旺，你这一走，没个跟我挡门的人了，过去我可以说，喜旺是个吃横的人，小心他跟你们拼命。现在只有我自己给他们拼命了，可哪个怕我啊？这么想着，又是一阵低泣，弄醒了儿子小喜，从帐子里探出头来，红着大眼望着他妈。喜旺媳妇抹了一把泪，就去抚弄儿子重新睡下。

山涛在外呼呼地吼窜着，树叶哗哗乱响。喜旺媳妇的眼皮没离开过那大门。

早晨起来就去了喜旺爹妈家，老远就听见拆墙的声音，原来老房子开始拆了。好些亲戚也来了，见了喜旺媳妇，说："准备去看你的，先忙完这一阵。"喜旺媳妇谢了他们，心里想，"头七"还没完呢，总要把"七七"做了才动土啊，好像他们就等着喜旺死一样，好热火朝天的工地啊！

她就去给喜旺爹说，要请村长吃个饭。

喜旺爹说："是准备上梁时请村长的。"

喜旺媳妇问："上梁？"

"上预制板。"喜旺爹纠正说。又看了她一眼，说："你怎么提起这个事来了？烟我已经给村长了啊！"

"我怕得罪他们。"她嗫嚅着说。

这时喜旺妈喊她了："你来厨房帮帮忙。"

喜旺媳妇就把小喜交给了喜旺妈，去了厨房里。

忙了一会儿，饭菜都做出了，上桌了，喜旺媳妇以为他们会先为喜旺"叫饭"的，可没有。喜旺媳妇就忙问喜旺妈，为何不给喜旺"叫饭"，喜旺爹这时说："大家来这儿热热闹闹帮我们建房子，叫饭怕不好，有许多外面的人，让人家心里不舒服。"喜旺媳妇就说："那我盛碗饭回去叫。"

她盛了一碗饭，夹了一些菜，就往家里走去。开门时，发现家里有些异样的响动，一打开门，一条黑影就从后门闪了出去，跃上石坡就往山林里跑。喜旺媳妇立马大喊："有强盗呀！抓强盗呀！"

这一喊，就有许多人出现了，按喜旺媳妇指的方向去追。

喜旺媳妇去看房里，有的地方翻动了，再看自己藏着的钱，谢天谢地，完好无差。如果迟回来一步，事情就坏了。

去追强盗的人没追到人，就陆续回来了，问喜旺媳妇丢了啥没，喜旺媳妇说："还好。"有人问她看清楚强盗的模样没有，喜旺媳妇说没。

强盗是拨后门的门闩进来的，邻居们查看了屋里，要喜旺媳妇提高警惕，干脆把后门堵了，又七嘴八舌议论说现今盗贼太多，估计这盗贼也不是远处的，就是本村的无疑，或是有内线。不然，不会在屋里刚没人时就来偷了。

喜旺媳妇谢了捉贼的乡亲，自己关上门，就在房里移了口苞谷柜子，挖起土来。挖了个尺把深的洞，把那一万多块钱用塑料纸一层一层包好，放进洞里去，把新土弄得一点不剩了，再把那口苞谷柜复原。累得满头大汗，又听见敲门声。她去开门，是小叔子喜华。喜华说，刚听见人讲嫂子家里有盗贼来了，问偷走了什么没有。喜旺媳妇说，没偷走什么，幸亏她回来得及时。钱她已经存了，是由她弟弟拿到镇上去存的。

当她说钱已经存了时，小叔子喜华脸上露出一丁点的不快，但也没说什么。喜旺媳妇就要喜华帮她把后门堵上。喜华就去搬石磨子，将磨子与磨架一起搬到了后门，死死地抵住门扇，门就堵死了。

喜旺媳妇等小叔子走后，把冷冰冰的饭菜放到喜旺灵前，坐到那里，默默地对着自己的丈夫，看着他，看着那张放大的照片，说："吃吧，喜旺，你吃饭。"揩着淌出的泪，又说，"你在家跟我守屋，你总有些杀气的，怎么就不能吓跑强盗哟！你得看家，喜旺，我总得有事要出去一下，这个家，你不帮着看谁看哪，喜旺！你不能吓我跟小喜，你应该吓吓强盗，喜旺！"

到六指的小卖部买了几只蜡烛和一把香，六指问："小喜他妈，强盗没捉到吗？"

喜旺媳妇摇摇头。

正了正帽檐的瞿老倌就说："收音机里说，城里的治安不好，他们不到乡下来看看，乡下是什么样子！"

六指说："强盗的鼻子比狗都灵，一闻就晓得哪家有钱。"

瞿老倌说："就那几个人嘛，小地方，谁瞒得了谁！"

阮白脸用牙齿咬着尖指甲壳，说："这两天没生人进村，船舱里面不见了针，团年桌上无杂人，还不是村里的一些小哥哥！"又说："小喜他妈，你瘦多了。"

瞿老倌说："如今城里以瘦为美……"

喜旺媳妇迅速地离开了小卖部。她想起她还要打个电话，只好又硬着头皮走回去。

她打通了娘家，是个呼叫电话，要别人给她弟弟传个话，让他有时间还是来这儿一趟。放下电话，就见有个人往村头走来，好像在唱歌，是个女人。阮白脸说："这才是个生人。"

喜旺媳妇觉着那人走路的样子有点熟，慢慢分辨，很像娘家的一个亲戚，一个表嫂。果然是表嫂，不是在唱歌，而是在哭号。

"我的妹夫呀，我的可怜的喜旺妹夫呀！"这人一路哭着就进村了，见了喜旺媳妇，就哭喊道："我来晚了，妹妹呀！"

喜旺媳妇还真有点不好意思，就架住了要歪倒的表嫂。这表嫂八百年没走动了的，她是怎么知道我死了男人？不过人家远道而来，风尘仆仆，也难为她了。把表嫂往家里带去，还没进门，表嫂就惊天动地地大叫一声："我的妹夫子呀！"疯狂地扑进去，抱住喜旺的遗像就哭得翻了白眼，口吐白沫倒在地上，不省人事了。

喜旺媳妇慌了，又倒了一个，在自己男人遗像前，这如何是好，想去喊人。可见表嫂还有气，就把她扶坐起来，掐人中，找了杯水，给表嫂灌。水灌进去了，表嫂粗粗地吐了几口气，眼珠子动了，回过神来了，看着喜旺媳妇。喜旺媳妇说："嫂，嫂啊！"

　　表嫂平静地说："啊嗬。"坐了起来，手抚着双腿。过了几秒，猛地一把抱住喜旺媳妇，又惊天动地哭喊起来："我苦命的妹妹呀！"

　　喜旺媳妇被她紧紧地死搂着，搂得动弹不得，呼吸困难。

　　"嫂、嫂、嫂！"她连连喊。

　　因为哭得太唐突，气又没运好，哭了两声，又哭闭气了，直挺挺地躺到了地上。

　　喜旺媳妇骇得不行，只好跑到外面去叫人。邻居以为又是强盗，一见，是哭昏了人，就舀来一瓢凉水，倾情泼去，泼了两瓢凉水，地上的人再一次复活了，水淋淋地抬起头来，说："我这是在哪里？"

　　当喜旺媳妇告诉她以后，总算缓过一口气来了，又大哭起来："妹妹呀，我跟你一样，也是苦命人哟。我没有地方说，才跑到你这里来给你说说的呀。"

　　邻居们见她们要说家事，就走了。喜旺媳妇问表嫂是怎么回事，表嫂就说了："本来我是不想来说你表哥坏话的，我找不到人投说了，我实在是走投无路了……"

　　"嫂子你有什么就说吧。"

　　"你那表哥，去年赌那六合彩，输得可惨了，家里的事儿也不管了，地不种了，娃子上学没钱也不管了，五亲六眷哪个不骂他，把他骂得狗血喷头，可狗改不了吃屎，借钱也赌，没钱还债，就吞了烟丝，后来又屙不出屎来，差一点死了。讨债的人上门，你表哥不敢回去，就牵走了我们家两头母猪，我如今圈里空了，我的好妹子呀……"

　　喜旺媳妇就劝她，要她别急，说还是把表哥找回来，便给了她五十块钱。表嫂一看手上的钱，哭是没哭了，说："这还买不到一只猪崽呢。"

　　"我确实也没钱，嫂子，能头一只是一只，明日不是大集吗，买一只再说，很对不起的。"就拉她去喜旺爹妈家里吃饭。

　　到了那里，看到喜旺爹妈正在拆房，大兴土木，表嫂好不羡慕，就问是不是托喜旺的福，当得到肯定的回答后，表嫂就说："我们那该死的怎么也不出去打工从屋上掉下来摔死呢，还能给我赔一栋楼房啊。"喜旺媳妇就说："表嫂别讲这样不吉利的话。"表嫂又哭了起来了，道："你表哥还是个人吗，害了我一辈子哟。"见了木工用的钉子盒，顺手抓了一大把钉子，说：

"我正缺这个。"

一路骂着表哥，连吃饭时也在骂，喜旺媳妇就听不下去了，对表嫂说："夫妻之间不要诅咒，咒成真的后悔也来不及了。"

"你肯定是向着你表哥啦，可吃苦受罪的是咱们女人啊，妹子，你就再帮一手，求你救个急，再借我五百块钱吧，我把母猪赎回来……"

喜旺媳妇逼急了，家里本来就头疼，只好一咬牙，又给了她五十元，表示不要她还的。

这表嫂喜旺媳妇实在记不清有几年没来往了，前年路过她家一次，喜旺媳妇记得在她家，连口水也没给喝的。

"三七"上坟回来的那天，她弟和妈来了，一阵痛哭之后，她讲了些该讲的事，比如遇上强盗，就要弟弟把钱赶紧帮她存到银行去。弟弟就将姐姐挖出来的钱绑到身上，姐姐给了他一把长刀，以便路上防身。

应该是傍晚才回来的，可弟弟走得快，到三四点钟就回来了，还带来了两个人来，一个是阮白脸，一个是学校的耿老师。耿老师是阮白脸带来的。阮白脸先对喜旺媳妇说："你弟弟跟你长得一个相。哦，这是老妈妈？"他发现了在旮旯里的喜旺媳妇妈，又说，"老妈妈，你可好福气呀。"

老妈妈泪眼婆娑，说："福气个什么，女婿都死了。"

阮白脸说："话不能这么说，您老人家儿子、女儿都孝顺哪，再说，您看您孙子小喜，一副聪明相，长大了可不得了，一定是名牌大学的毕业生，好好培养，我看娃子很准的。"便对喜旺媳妇说上了正题："耿老师跟你谈重要事情。"

耿老师是个戴着眼镜、脸上僵硬、虚胖、长有黄褐斑的一个人，脖子上还吊着一块菩萨玉坠。他说："学校不是要撤到乡里去了吗，合并吗？合并了也好，全校一共才七个学生，分五个班，一个老师少了，两个老师多了。我也懒得教书了，没有学生我教什么书？是这样的，喜旺嫂，有个七座的小'面的'，人家只卖两千块钱，牌照一应俱全，买回来只需再花千把块修修就可以上路了。是这样的，我想买回来跑县城的客运，这一路都没有载客的，一路开去总能捡一车人，不知嫂子愿不愿意？咱们合伙，你弟弟现在也在这儿，一个开车，一个收钱，不到半年，成本就回来了，下半年就是干赚。"

阮白脸用细长的指甲弹着烟灰道："这是生财的路子，稳赚不赔的。钱放到银行里是死钱，投资做生意才变成了活钱，钱要生钱才划得来。"

喜旺媳妇说："耿老师为何不想教书要做生意呢？"

耿老师说："人各有志，再说，机会是稍纵即逝的玩意儿，我老婆也积极支持我搞，当老师，我五个月没发工资了，这样的学校跟包工头拖欠民工的工钱有什么两样，唉！"

喜旺媳妇看着弟弟，拿眼睛征求弟弟的意见。可弟弟的表情模糊，不置可否。喜旺媳妇说："耿老师，您知道，我男人又不在了，这事儿……"

耿老师说："说白了，村里没人能投得起这个资。"

"那假如亏了呢，半年收不回来呢？"

"看嫂子说的，有车还没人坐吗？再说，亏又不是你一个人亏，我们一人一半。你说呢，你说做不做得？"耿老师把手搭在了她弟弟肩上，在拉拢他这个能主事的男人了。耿老师看出来喜旺媳妇犹豫的眼神在找着最后拍板的。

可喜旺媳妇的弟弟还是不表态，还是很暧昧。耿老师又去看阮白脸，"征求"阮白脸的声援。阮白脸抽了喜旺媳妇的烟，也夹着耿老师的烟，几条指缝里满是白花花的烟，就不好偏向哪方了，很嘟囔地说："先看看车是可以的，让你弟弟去与他看看车倒是可以的。"他对喜旺媳妇说："不过，机不可失，时不再来。过了这个村就没那个店了。"阮白脸的眼睛从喜旺媳妇的脸上游移到胸脯上，然后游移到了房里。

"我没有钱。"

他们终于听见喜旺的媳妇说。那声音非常肯定，也非常怠倦。

耿老师很失望，阮白脸很讶异。

"你再想想吧，嫂子，这是很生财的，不是害你。害你不是害我吗，相信我这个人还是蛮稳当的，不是那种二不愣腾的人。"耿老师走时再说。

"怎么都找上我了，不就死了个男人吗？"喜旺媳妇一阵生气。

她妈说："他们说的是什么呀？"

她弟弟说："让姐去跟他们搞生意。我看都没安好心。姐你是不是心动了？"

姐说："能赚钱哪会不心动，我只是想怕亏，这一万多块钱，就是小喜日后所有的钱了。再一亏，我就对不起你姐夫了。"

过了两天，喜旺爹又让小叔子喜华来唤喜旺媳妇，喜旺媳妇一过去，天哪，房子都耸好高了，墙高高低低的，有的人开始上楼板了。村长在那儿吃酒，有人在给预制板挂红，还放鞭炮，好不热闹。村长眼神怪怪地说："妹子，马上要住高楼大厦了，以后还认不认得我们啊？"可喜旺媳妇看那些半截半截的墙，就想到喜旺从高楼上摔下来的情景，仿佛这楼就成了城里的楼，堆着砖头的墙角里，似乎将再一次看到摔成肉饼了的可怜的丈夫喜旺。那整个半拉子墙也成了喜旺的身子，残残断断的。喜旺的身子正顶着他头上的预制板！这房子是喜旺撑着的！我不能住在这里！

她就想要跟公爹讲，她不能住在这里，还是住在她跟喜旺当年自己建的干打垒房子里，她不想往这边看。

可公爹找她，却是要那当初说好了的余下的两千块钱。

"门窗还没开始做，你都看见了。反正一楼二楼由你挑，喜华住三楼。"

"我不住这儿。"喜旺媳妇说。

"为啥？"

"我不想住。"

"那门窗还得做啊，那两千块钱……"

"我不住，能不能把我跟小喜住的一层减了呢？"

"两层成什么样子，百年大计，如今要就不做，做就是三层，你看桃花峪那边的房子。"

她想说，那都是些卖×的人做的房子，你家里没有人卖×啊，你是死了儿啊！你讲这个排场，图这个虚名干什么！可她没说出来。她只是说："钱真的已经存了，存的是定期。"

"你怎么……"公爹气得脸煞白，嘴角一阵抽搐，说，"村长正好在这里，打个证明去把它取出来。"

"小喜也不会住的，"她说，她流着泪，"小喜不会住在他爹的头上。"

"你说什么？"喜旺爹没听清楚，不知媳妇说的是啥意思。

喜旺哆嗦着肩扛着那些楼板……

一路上她的眼前全是喜旺的这个动作，喜旺好可怜。

喜旺的"五七"过了，房子也矗起了，银色的铝合金窗户也镶嵌起来了。那钱喜旺媳妇是被小叔子逼着去镇上取的。许许多多的乡亲都去参观那新房子，在村里，除了村长家，就是喜华的房子最气派了。可喜旺媳妇再也没去，喜旺妈来接，她也不去。

她要跟她妈和弟弟到娘家小住了。几个人正走出村口，就被喜旺爹和喜华喊截住了。

"嫂子，你还回来的吗？"小叔子这么问她。

"我为什么不回？猪和鸡不是托付你跟妈照看的吗？还有家里。"

"家里也没什么了。"小叔子说。

家里本来就没什么了。喜旺媳妇虽不完全明白他们的用意，可诧异之后，猛然感到他们还是有事要说的。

"小喜就不跟你们去了吧。"公爹就要从喜旺媳妇妈的背上取下小喜。小喜又不干。他不要爷爷。

"他为什么不跟我们去？"喜旺媳妇更不理解。

"他奶奶说不见到他心里难受。"

"就那么几天呀。"

喜旺媳妇真不理解了，平时喜旺妈并不喜欢伺候这个孙子，烦得很的，总在背地里说喜旺媳妇不管孩子，自顾着玩，可今天怎么啦？

"小喜他要跟着我。"

"小喜你不能带走，我跟你妈就这个孙子。"公爹横在路中间，一副又凶又可怜的乞求相。

"你们真以为我不回来了？"喜旺媳妇好一阵失望。

"他们都这么说。"

"谁？哪个？"

"嫂子，你是不是已经给小喜找了个后爹？"喜华就问了。

"没有，你哥才死了几天啊！"喜旺媳妇大声说。她好委屈。她的男人可怜地在城里摔死了，可村里的人怎么会尽在背后嚼舌根子？喜旺媳妇嫁到这个村里有五六年了，这几年来，还是觉得这村里很温暖的，田地、庄稼、人畜、早晨的太阳、傍晚的夕烟，都很熨帖在心里。也有死了丈夫，死了老人的，大家都是互相安慰，陪着垂泪。自己死了丈夫，莫非就因为给赔了几个钱，就成了人们的眼中钉吗？

"我反正是要回来的，小喜跟不跟我去无所谓的，"喜旺媳妇流着泪说，"我不回来我去哪儿？哪儿是我跟小喜的家？好吧，你们不相信我就把小喜押在这里吧。"

喜旺媳妇从她妈的背上去抱小喜，小喜不从，死死趴在外婆肩上，拽着衣服，可喜旺媳妇不知从哪儿来的一股力，将小喜硬是生生地扯下来了，交到小叔子喜华手里。小喜又踢又打又哭号，说不不不，不呀，不呀。惊动了狗，狗汪起来，又惊动了人，人来看热闹。

小喜也是个小男人了，犟起来跟他爹喜旺一样，大人哪能卡得住他！他终于犟下地来，追着妈跑去，哭喊道："妈妈呀，妈妈呀！"叔叔和爷爷在那儿干愣愣地看着，又怎么样？

好多人都看到喜旺媳妇把她儿子抱起来了，母子俩哭作一团。当时的情景真是有点心酸。她们就那么走了。

村头小卖部里外围了一圈人，六指因此机灵地提上了他的钱箱，他那只赘指向自己翘着，好像在自己夸自己。

"鼠灭光了，现在三步倒不好买啊，我在镇上转了一老圈。"他说。

鼠就堆在门口。这时一只狗跑过来，对死鼠们嗅了嗅。

"去！去！"六指举着钱箱赶狗，"这是能吃的吗，都是这样的，见了肉就想吃一口，怪事！"

"喜旺媳妇的脸有了红色。"阮白脸说。

"你们猜喜旺媳妇究竟会不会回来？"瞿老倌说。

"那房子有她一份。"六指说，"当然要回来啦。"

"你们错了，"阮白脸说，"喜旺爹和喜华是故意激她的，这是他们的伎俩，其实他们巴不得喜旺媳妇不回来……"

"放着的楼房不住了吗?"有人说。

"咱们赌什么?我说她不会回来。"阮白脸说。

"赌什么?一包烟,外加一瓶汽水。"有人说。

喜旺媳妇果真没有回来。

春节前,喜华就把婚结了。初一的早晨,才想起要跟新媳妇一起去哥哥喜旺的坟头拜个年,走到后山,发现哥哥的坟上有丰足的供品,还烧了一堆堆的纸。是有人晚上悄悄来上了坟的。喜华知道了是谁,就跪下来,磕了个头道:

"哥哥,谢谢你了。"

(原载于《上海文学》2005 年第 1 期)

洪水六记

胡太与猪

胡太快死了。她瘫了。她躺在床上。

"儿，你走吧，别管我了，我都听见水来的声音了。你挑上快走吧。"

儿正在装煤。他把那些藏在鸡笼旁边的蜂窝煤一块块码进箩筐里。儿说："嗯。"

儿的手上是黑的，脸上也是黑的，汗水却把黑迹冲出了几道汪亮的白槽，使脸上像鸡刨过一样。

儿在装煤，娘听见了猪叫。儿也听见了。儿只当装着没听见的，娘把她的头偏向窗子，靠南，她的深陷的眼珠已经睃到眼角了，窗外的猪叫声成团成团涌进来，就是见不到猪。

"走吧，儿。"

门外有许多杂沓的脚步声，有鸡叫、狗叫、牛喊。还有板车经过时在土路上的弹跳声。还有拖拉机的声音，在远处。

儿站起来，他的一只筐是空的。一些煤依然在鸡窝旁。

"你为什么不全装上咧，儿？"

"我装你。"

"儿啊，"娘说，"这么多煤，你让水泡了！"胡太说："你真不心疼东西，这没掺泥巴的煤，原是准备过年炖猪蹄的呢。这么好的煤，让水冲了？我是没用的东西了，快死了，煤还有用！"她说。

儿没说话，儿绾着箩筐的绳子，绾着那四根系绳。儿过来了，儿提着空筐。

"糊涂！混账！"娘破口大骂，"败家子！"

"娘，我们走吧？"

"我是没用的东西了，你要挑把猪挑去！"娘气咻咻的，娘气堵了。儿忙给娘擀胸擀颈。顺气。

"猪太重，猪就让它去，命大命小，它的福了。娘，我们走。"

儿就去抱娘，他要把娘从床上抱起来，放进箩筐里。

他的娘没有一床絮重了，娘轻飘飘的，但此刻娘却像粘在床上一样。上身还是灵活的，两只手乱挠乱打，不让儿抱。

"娘、娘。"儿说。

"猪也比我有用，煤也比我有用，你是个苕！"

"娘。"

儿跪在床面前，儿求情，向娘。儿说："娘，走吧。你是我的娘，猪不是我的猪。"

"猪是哪个的猪？！"

"猪是杀猪佬的猪，迟早是杀猪佬的猪。水一来，猪就成了别人的猪了。"

"放屁！猪也是你的猪，煤也是你的煤。"

"猪去了有回的，娘去了就没回的了。"

门外还是杂沓的脚步声，间或有人喊："水来了，快走啊。"

胡太说："快走啊，儿，到时水来了，一个也跑不出去了！"

"娘也要，猪也要！"

儿这下发了蛮，儿毕竟是儿，年轻，有劲儿，把娘一夹就丢进了箩筐里，挑着就跑。

一头轻，一头重；娘太轻，煤太重。

"儿，"胡太说，"你丢几块煤进来还强些。"

娘哭了，娘哭起来，在儿朝她怀里放蜂窝煤时，她说："儿啊，煤能烧，我又不能烧啊！"

压了煤，两头就一般重了。这下，扁担就能听见愉快的吱呀声了。

可是，猪在叫唤，猪这时候叫得最凶，像被杀一样。

胡太说话了，胡太扯着绳子："把我换猪吧，它不想留在水里。"

"我挑不动。"儿说。

"总能挑动的。"

"除非把它杀了剁一半走。"儿说。

"你真是放屁。"

"那总比它淹死好。"

"你忍心杀了它，那是过年的年猪呢。"

"过年……"又是过年，娘老提到过年。想到过年，那雪，那对联，那烧香放鞭，那大肉大鱼，和一切四处闲逛穿着皮鞋走亲戚的人，还有每餐的酒，儿就有一股柔情变成冲向前的动力，就得想累死累活地活下去。洪水不算什么，一切都不算什么。

"娘，走吧，过年会有年猪的，没年猪，咱去买肉，只要有人，有娘活着，人都活着，还有这些煤，我给您炖猪蹄。"

儿有了激励，将头伸进扁担里，用肩膀扛起楠竹扁担，挺起了腰："走，娘！"

"儿啊，"胡太说，"娘是负担呢。"

"走了。"

但胡太扯着箩绳，胡太让儿停下来。

儿说："水都来了，再扯咱们一个也跑不出去。"儿急了，儿的干干的嘴冒着火，眼里也冒着火。

"你停下！"胡太很坚决，话如石头。

儿镇住了，儿望着娘，把箩筐迟迟疑疑放下，眼里闪着可怜巴巴的驯善，像做错了事的孩子，像童年，像过去的许多日月。

胡太的声音软了："戳一袋谷，沿屋脚撒吧。"

儿不知道娘有什么心事，又在弄什么迷信。娘有许多稀奇古怪的举动，都是儿不懂的，都是从娘的上辈身上学来的。

也许是要敬龙王吧？儿想。儿的第一直觉想，便跑进屋。还有几袋谷子，放在阁楼上，转移不出去了，放在阁楼上，看能不能躲过洪水。只当是丢了。

儿就不心疼，就一根耙齿地戳进去，谷就哗哗地落下，像瀑布流入一个塑料盆里。

"多撒些！"胡太在屋外的箩筐里喊。

儿端着沉甸甸的盆子出来沿屋撒。他撒得飞快，时间太紧了，他想做做样子算了，他想娘也许是要他做做样子的。

可娘虔诚，娘又喊："连着撒，不要断了……撒到猪栏屋门口去！"

儿撒了一圈，又撒到猪屋栅栏那儿。他淌着汗，看到猪正朝他走过来。猪栅栏早就打开了，以备水来了猪能逃生。这时他去撒谷，猪一下子就冲了出来，猪闻见了谷香，猪依然在哼哼；它现在是哼哼了，不是叫。

"去去去！"他不让猪吃谷，怕得罪了什么神。

"让它吃。"胡太说。

儿就不驱猪了。

"再端一盆子来。"胡太说。

儿又去端了一盆谷出来，胡太赶忙说："那就走吧。"

胡太端着一盆谷，坐在箩筐里，边走边向后撒谷。路上的人已经不多了。

走着走着，儿猛一回头，看见猪跟来了，跟着这条谷路。耳朵上的绳子拖在后头。

儿了明白了，娘是让猪顺着谷吃，在外头奔一条活路，躲得过水的话，猪再顺着这条吃出去的路回来。娘还存一点希望。

儿的眼热了，儿的脚步就慢了下来。后面的人都超过了他们。

娘发现了，娘停下撒谷的手说："儿，怎么了？"

儿没说话。

但是娘看见儿的眼睛在望哪儿。娘说："那就把猪牵上吧，我坐在箩筐里赶猪。"

"赶得动？"儿问。

"猪听我的。"

儿就横下一条心，放下担子去赶猪。

他捉住了猪绳，猪果真就很听话，直往前冲，猪从来没有这么听话过，猪是不肯走路的，猪爱睡，爱困泥，猪是猪。

儿把猪绳交给了娘。娘拉着猪绳。儿又从路边捡了根杨树棍，酒杯粗，让娘打猪。

猪就赶在箩筐前面了，娘开始打猪，打猪屁股。

猪走得很快，像小孩子去赶街一样高兴极了。猪莫非也晓得它是去躲水？它喜欢跟主人在一起。它晓得主人没抛弃它。

步伐就很快了，已经赶上了一些人，还超过了一些人。路上丢弃着一些鞋子、谷包、酱坛子。一些无主的鸡、猪，在路上路边到处跑着，睁着迷惘的眼睛。

胡太的猪却只顾往前跑，它看也不看一下那些无家可归的同类。它浑身淌着汗，嘴边和鼻孔里挂着洗衣粉似的白沫，有一忽它看见了一个水洼，可它没去困，绕过水洼继续行走。它解人意，也因为胡太的那根棍子打得它疼。

"那你不怪我了，猪。"胡太说。她抽打着猪，因为猪愈来愈慢，而儿子身上的汗也愈来愈多，步子也慢下来了，猪一慢，人就慢，他挑着那么多煤和一个无用的娘，慢了脚步就会挑不动了，而离大堤还那么远，同行匆匆的人与车都在匆匆越过他们，说水已经来了。

胡太只有一个脑袋和一只握树棍的手露在外面，其余都偎坍在箩筐深处。她不停地打猪，戳猪，这样走了三个湾，七座村庄，十几道桥。这样，人没喝一口水，猪没喝一口水。儿说："娘，你不喝一口水吗？"

娘说："到大堤上了喝长江去，人也喝不完，猪也喝不完。"娘不安地问："儿，你是不是走不动了？"

儿说："猪走不动了。"

娘说："那就歇歇吧。"

那里有一棵树，可是江堤的影子还没有看到。儿没歇下来，猪也没歇下来。猪绳拉在胡太手里，有一只耳朵拉破了，流着血。猪好像麻木了，戳它不动，拉它不动，打它更不动。

走得很慢。

太阳很毒。

猪崴着四只脚，像喝醉了酒一样的。

"娘，放它的生吧。"儿心疼地说。

"那你不如把娘放生！"娘说。

娘是什么意思？放不了生？救它的命吧，那就走吧，慢慢吞吞地走吧，离堤已经不太远了，两边有树，水来了，托了娘往上爬。

有大树的地方就走得慢一点，有小树的地方就走得快一点。快也快不到哪里去。

到了傍晚时分他们才走上江堤。到了堤上，猪就一头栽倒在地，再也没有爬起来。

这时候水来了，几十里外溃口的洪水卷过来了，那边是洪水，这边是江水。

"猪啊，猪啊，早知如此，何必当初，"胡太抚着猪大哭，"猪啊，猪，要你走你不走，活该打，打死你！"

两边都是水，人都挤在一条窄窄的江堤上，猪没处埋，没土。儿就将它掀进了长江里，让它流得远远的，免得见了伤心。

他掀了猪，用混浊的江水洗了洗手，又猛喝了一气水。抬起头来，看到他的瘫娘在箩筐里，还举着那根打猪的树棍子。

农　药

老鬼没有穿那件背心有洞的汗衫，就直接套上了中山服。中山服的领、袖都烂掉了，扣子也只有三颗，颜色已经被太阳和肥皂水以及汗水轮番折磨得面目全非了，就像一块抹布，可这会儿老鬼穿上正适合，他要去喷药水。喷药水要穿长衣服，以免药水落到手臂上溻得疼，还会起疹子、红斑。

老鬼背上喷雾器，喷雾器是空的，里面的一点剩水在晃荡中发出咣咣的撞击声。然后，他迈出门槛时，在门旯旮里提起了那瓶亚胺硫磷。

就这样，他出了门。门没带，门是敞开的，屋里已经没什么了，屋里空了，都转移了。上头说，要扒堤行洪。

村子里是静静的，只有棉花在地里响亮地生长。它们碧绿的叶子舔着老鬼的裤腰，那种绿，是生命奋发的绿，是事实，从它们身上，你不会相信洪水会到来，会淹没泥土。树，会让一些从远远的四川来的鱼游荡在它们的梗叶之间，会把它们压在几米深的水里，让这么好的棉花烂掉。

　　老鬼不相信。老鬼说不会的，今年的棉花多好啊，要是有人来看了他的棉花，哪怕只看一片叶子，就不会同意炸堤分洪了。

　　"不会的，你们瞧吧。"他在那里煽动说。老鬼说："我是不走的，你们等着瞧吧。田里的虫你们不治，都跑了，真是！"

　　老鬼果然没走。儿子媳妇都走了，孙娃来劝他，说："爷，走吧，咱们到江北钓鱼去。"孙娃爱钓鱼，一个暑假天天捧着蚯蚓钓鱼，额头都晒得冒光了。老鬼说："要钓鱼，你不会躲在咱家屋顶钓！"

　　儿子媳妇说："爹，人家都挪走了，又不淹咱一家。"老鬼说："说的是，都一样，心就平了。这与我有什么关系，你们走你们的。"

　　老鬼在楼上招手。儿子媳妇说："爹，在楼顶别下来。"老鬼等他们前脚走，后脚就下来了。

　　人走了，牲畜也走了，炊烟也走了，连鸡都没有一只，空旷的村子里突然只闻到棉花的气息，从棉花梢出来的一丝丝带点苦味儿的生长气息。这就是棉花。它当抻着秆儿生长的时候，就会抻出这股汁液的味道。而在这股味道里，还夹杂着一丝儿农药味道，这是老鬼过去所没有想到的。他拼命地嗅了嗅鼻子，是农药的味道，是从棉花叶子里发出的。每年打农药，农药就扎进了棉花的深处，就像一个人的体气一样，是从内部发出的。这农药和苦味儿的棉花在一起，嗅得他沉醉。他一个人，这么大的田野和村庄，只有他一个人，他拼命地抽着鼻子，不明就里的棉花，仿佛给他暗送秋波，蓊蓊地生长着，还不知道自己的死期来临了。

　　"棉花……"老鬼说。

　　站在田垄里，那是他家的三亩七分棉田，棉花已经开始挂果了，青溜溜的桃子。他注视着一颗桃子时，看见一只灰褐色的虫从桃子里爬出来，它蠕动着，很紧急，灰色的波纹在身上伸缩，浑身长着棘子。

　　这就是棉铃虫，老鬼叫它钻桃虫。

　　只要人一走，虫就来了，虫精明得像鬼魂，虫要把所有的棉桃都吃完，然后，等水到来时变成蛾子飞走？老鬼这么想就看看四野，真是安静啊，阒无人迹，细细听来，只有虫啃棉桃的声音。

　　水快要来了吧？洪水就要铺天盖地而来。老鬼从背上放下喷雾器。他揭开亚胺硫磷的盖子，又拧开喷雾器的盖子，往里面倒药水。然后，他走下旁边的小沟，兑水。

他兑水决不要一千倍，五百倍就够了，这是他的窍门。即使棉花含着农药，钻桃虫也不怕，它们似乎不怕农药了，它们吃含有农药的桃子，有滋有味。

他开始喷洒。

整个上午，太阳在云里，不阴不阳的，因此并不炎热，倒是一望无际的风吹得他有些发晕。那波浪般起伏的棉花，自己的棉花和别人的棉花，这村的棉花和那村的棉花，连成一片，就像水，大水，碧绿的水，洪水。有一忽他想，洪水也并不是可怕的，这样的水就很令人陶醉。干吗要跑呢，要转移呢？

他站在棉花地里，喷洒过农药的棉花更碧绿了，虫子的啃啮声消失了。他想到了棉桃的炸裂，想到了白如絮云的棉花，一嘟噜一嘟噜挂在枝头。想到了拖着高高的棉花口袋走进棉花采购站，卖掉，数钱，然后去黄二的肉案上割两斤带皮的猪肉，到刘寡妇的铺子里打两斤高粱酒。然后呢？当然就是嚼着带皮的红烧猪肉，喝得稀里糊涂，然后，进入梦乡。

这就是棉花的生活，棉花是温暖的。

但棉花的过去却异常痛苦。这一片田，三亩多地，其中一大半在水洼里，棉花长得像香签子。那时候，他，他的老伴儿和很小的儿子，哭着望天。望天是没有用的，老鬼一狠心，数九寒冬拉着板车，全家出动，硬是去七里地的湖底取泥，把这片田垫了起来。老伴儿就是那时落卜了类风湿关节炎的毛病，关节变形，最后死了，她总是说冷冷冷，四肢一年四季冰凉，在老伴儿的棺材里，全盖满了那一年长得像云朵的棉花，让她在另一个世界里有些暖意。

垫好的地是自己的，怎么看就像放在手心里一样实在。放在手心里攥着，谁都夺不走。今年的政策看来不会变了，上头有精神，又要续订合同，而这片地村里人都知道，是他垫起来的，是用他老伴儿的一条命换的，老伴儿如今就安睡在地头的南边，坟不大，可向阳，暖和。她周围的棉花，又高了，又绿了，又结了一串的棉铃。现在的村长说过，谁的汗水谁收获。现在的村长是个小子，有文化，与儿子是同学，当年高中住读时，两人睡过一个铺呢。这地，谁敢夺走吗？

"我给你们喝酒呢。"他对棉花说。

这么说是有道理的。亚胺硫磷的味道，在这安静的垄上，有一股醇香的气味，而棉花静立着，承受着，好像咂巴着嘴巴，吮吸，喝酒一样，醉了。

这是安静了。这是没有一丝声音，整个大垸里没有一丝声音，连鸟叫声都没有，好像在等待着那远处堤上分洪的鸣枪声。

是时候了吧？

老鬼在田头生吃了两个瓜，睡了一觉，这样就到了傍晚。

还是没有鸣枪声。

水也没来。

老鬼躺在凉风习习的傍晚，天空一片金黄，他发现，农药、喷雾器、树，都裹着那种金黄的安静调子。天底下就他一个人了，这世界也就他一个人了。

那种金黄色的调子也就像一种金黄色的棉花泡松软和，高高的，把什么都可以陷进去。它又是无形的，只能凭想象，就像在棉花加工厂那个棉花仓库里，躲在棉垛上小憩。在谁都不注意的地方，暗暗地睡上一觉。

后来他就看见水漫过来了。他斜躺在老伴儿的坟上。没有鸣枪的声音，水说来就来，好像是从天边卷过来的一样，突然来了。

"那我就喝一口酒吧。"他看了看身边的那个亚胺硫磷瓶子，农药。他揭开盖，晃了晃，里面还有不少，好像打药水时先就悄悄地留下了一些，以备急需。

他喝了一口，下喉困难，跟年轻时第一次喝酒一样。

他搁下了，品了品，吞进肚里，又操起瓶子来，喝了一口，想把那最初一口的不适压下去。

这样他就喝完了。他的脚蹬着那些渐渐变得有劲儿的棉花梗子，他躺下了，手上抓着两颗绿色的棉桃，抓在手心里还有些分量，比鸽蛋大，比鸡蛋小。

这天傍晚，以拉网式搜索的治安队经过这块棉田时，发现了老鬼。他已经死了。那个把一大片草都溇黑的农药瓶子歪倒在草丛中，瓶口像一只黑洞洞的眼睛，盯着老鬼流血的耳朵。老鬼微笑着，好像刚从酒桌上下来，还想啰啰唆唆地说几句什么屁话。他一副想说话的样子，想说醉话的样子，乐观极了。

水终是没有来。

坐在屋顶上

水一直淹齐屋的天灵盖，只有上面的那个天窗在水里喘着气儿，在太阳下标明着这是她的家。空气里飘浮着一股隐隐的臭味儿，从水面上漂来的一些草垛挤着猪、鸡的尸体，互相依贴着，东奔西突，让人的眼睛晕眩不已。

她站在孤岛的水边，拿着蒲扇遮挡着太阳，望着自己的屋顶。自己的屋顶没啥，在西北边另一家韩忠的屋顶上，倒很热闹，几个人穿着红色的救生衣，在太阳底下翻晒一堆粮食和衣物。那是韩忠的儿子媳妇们，一条小船用绳子拴在屋顶旁。有了船，就给人有点安全感。没这条船，屋顶上的几个人好像随时都会坍塌进茫茫大水里面去，被水冲得无影无踪。事实上，她的屋顶，韩忠的屋顶，就这两家，还有点影儿，但是方位不同，一个在东南，一个在西北。都是无边的水，都是水中的一点挣扎。水把什么都按进水里去了，不让它们浮头。

她今年七十二岁了，她姓李，有五代住在这儿了，是从湖南益阳过来的，民国三十二年嫁给了一个湖南籍的湖北人，跟她一样。洪水来的时候，儿子让她往高岗上跑——现在成了孤岛。高岗（孤岛）上住着她的大女儿。她慌乱中不知拿什么好，后来她拿着一把蒲扇出了门。后来她十分后悔，随手拿两件衣裳或者提个盆子夹两双鞋出来也强些，但那时候……

没啥好说的，都淹啦，如今的衣裳还是穿的大女儿的，蓝色的短褂子。儿子媳妇孙子在大堤上住，说是在那儿可以领到政府发的方便面、矿泉水。那堤上听说生病的人多。她老了，抵不住，在孤岛上，就跟这里的人一样只得了一种小病：红眼病。不碍事，看东西的时候都是红的。水是红的，天是红的，水中的一些树巅也是红的，看着像一蓬蓬火燃烧在水面上。

一连几天，她都在水边站着，望着，望自己的房子。大约第四天的时候，来了一条船。孤岛上的人都以为是村长带粮食来看望大家的，船一拢来，是一个年轻的、嘴上没毛的记者。记者上了孤岛，把岛上面的灾民激怒了——他们抱怨记者没给他们带来吃的喝的，一个喝了两口白酒的老头要把记者丢进水里去喂王八。说记者总是报道好消息。等灾民情绪稳定下来的下午，记者的船也要走了。这时才在水边发现站着默望着的老大妈。

"你们把我送到那边去。"她对船老大和记者说。她说那是她的房子，那是她的家。那一天，大堤决口的那天，她刚刚挖了几十斤土豆的，放在水缸旁边，她说她都没有提出来。

她的大女儿恶语制止，说："您老糊涂了吧，到那边去，坐在屋顶上？喝水去？"

她说："你们两三天再去接我。"

"那您吃什么？两三天不饿死？再说哪儿来的船？"她的大女儿说。

船老大也说不行，说："我只运灾民，将人运到堤上去，连猪啊羊啊都不运。"这时那小记者说："大妈，您不要伤心，虽然洪水淹没了我们的家园，一切都会有的，一切都会重新回来，等水退了，插筷子也发芽，俗话说水淹三年不施肥嘛。"

众人劝不住她，她说什么也要往船上去。她就上了船，她的大女儿拉，记者拉，船老大拉，拉不下来。

有人就对她大女儿说："你去给她拿点衣服拿些吃的来，她想窄了，她觉得那才是她的家。"

于是，抽抽泣泣的大女儿就回家去拿了两件衣服，一条床单，拿了一筲箕红薯，都蒸熟了的。她大女儿把这些拿来了，却不送到船上，于是孤岛上的人以及其他人又劝了一会儿这位李姓大娘，没用。就把衣服、床单和煮的红薯交给了她。

"你要死在上面，你就不回来了。"她的大女儿恶语哭着说。

她也垂着泪，却不言语，什么话都不说，好像做错了什么，嘴却嗫嚅着。船老大厉声对岸上的大女儿说："不要说绝话！"

船就离开了孤岛，重新进入滚滚波涛。水手挑开高压线，掌舵的避开树丛，按她指点的那个屋顶前行。

那个屋顶看起来很近，却又不近。

后来就到了，船头正对屋顶。小记者扶她爬上空空的屋顶，关切地说："大娘，你在这里守什么呢？强盗未必下水去偷？"

"我还有一个电视机。"她说。

"这水可不能喝，喝了要得病的。"于是小记者给了她一瓶矿泉水。另一个中年水手还给了她一件救生衣，要她穿上。

她不会穿，水手们七手八脚就给她穿上了。

太阳西下了，但热力还在，屋顶四周是水，却很炕人。船老大又给了她一顶草帽。然后说："您守什么哟！"

后来船就走了。

船走了，她坐在屋顶上。

这屋顶过去晾过衣服，当然是她了。有自己的衣服，有孙子的衣服，有儿子媳妇的衣服。当然，还有过孙子的尿布。这屋正是生孙儿的那年做的，做起了，孙儿也生出来了。晾衣服，晾尿布，都没人偷了，偷不到了，楼房的屋顶就是好。从一楼到楼顶的楼梯，她是上下得最多的，有一阵子，腿疼，右边的胯子从上到下一条都疼，拔火罐，扎针，贴伤湿膏，都没有效果。她想以后不能爬楼梯了，这晾衣服的事，怎么办呢？再晾到门口树枝上去？如今你什么东西晾在外面，转身就有人偷走。也不知道是为什么。但慢慢地爬着歇着，腿竟然好了，真是老天保佑。孙子爱尿尿，她就得勤换尿布。当然了，还有媳妇的衣物。自从媳妇进了门，她总是很害怕她。害怕媳妇虐待公婆的事落到自己身上。因此，媳妇换点什么，她就赶快去找来洗了，裤头，小衣，都洗。她洗，还得注意别把洗衣粉放得太多，又要洗干净，又要节约洗衣粉，免得媳妇说她大手大脚。洗衣粉有时洗不出泡，退不了污，只好多搓多洗。洗衣粉肥皂什么的都是媳妇买来的，有一次买来的两袋洗衣粉，放进水里就像面粉一样，哪是碱水！不能说媳妇买差了。在家她总是看着媳妇的眼色行事的。她小心谨慎，媳妇不会跟她吵架，不会骂她，不会不给她饭吃。媳妇是有文化的人，媳妇就是不爱说话，自己的娘家人来了，话倒多。

坐在屋顶上，她想起与媳妇的那些磕绊，想起孙子（现在已经四岁了）。她坐在那个柳木小凳上。过去她就这么坐着，在水没来之前，她经常坐，是为了歇歇腿，坐一会儿，就下楼去再忙别的。她坐在小凳上，可以看见大女儿的那个村子，在高高的土岗上，有几棵大榆树，有一条斜坡，时常有牛和板车走过，也有驴子。还可以看见自己的那几亩水田，儿子和媳妇正在水田里劳作，薅草或者喷农药。没有人的时候，田里的秧苗就特别地绿，风吹过去，秧苗一阵阵倒伏，就像有只手摸在一只猫的背上。毛茸茸的秧苗，比秋天的谷子更好看，更让人怜爱。看着这些秧苗，她在家做事就有劲儿，忘了腿疼，剁猪草，喂鸡喂鸭，洗衣，做饭。她虽然七十多岁了，做这些一点都不累，不做，倒骨头疼。

现在她坐在屋顶上，什么都不见了，太阳也往水里扎去，水好像是突然从地底下漫出来的，她从来没见过这样的水，它太多了，它不盛在塘里、渠里，它冲出地下，晃晃荡荡又严严实实地把啥都填满了，把人像撵鸡一样地赶到堤上、屋顶、岗子上，把啥都一口吞下去了，吞下去连骨头渣子都不吐一点出来，比鬼还恶啊。

天就黑了。

她也不想吃那红薯，躺下盖着床单就睡了，以救生衣作枕头。四面是汩汩作响的水，头顶上是蓝得出奇的夜空。没有什么声响，好像有鸟叫，不是在树林子里，是在水面上。若是往常，儿子就要回来了，孙子就要嚷着吃饭。如今充斥在屋里的全是满满当当的水。这里就她一个人了，这世界全死了吗？全不在了吗？

她恐惧，她想到自己的老伴儿，后来就睡着了。

醒来的时候天亮了，空气里有股水腥气，也有股臭腥气。

我怎么睡在这里呢？怎么睡在水的上面？有一刻她不相信。这个老人，她突然听见了鸡叫声，是自己的鸡吗？在水下的禾场上叫吗？不是。是水中的一个小草垛流过来了，有只公鸡在那上面拉长了脖子叫，还有两只母鸡，还有两只鸭子。鸭子缩着脖子蹲着，母鸡在啄食。那草垛上有什么食呢？鸭子也不能扎进几丈深的水里寻食。这些鸡呀鸭啊，没人管它们了，在这么大的水中，迟早是一死。

美好的太阳出现了，它像过去一样的红，一样带着湿气。水淋淋的，昂扬的，好像从集上回来摸到了大奖的样子。可是现在人都没有一个了。韩忠的屋顶在雾气蒙蒙的深处，有个影子而已。她又发现了有个影子，在自己的脚下。在西南角的屋顶旁。她寒毛倒竖，以为是个死尸，黑乎乎的，大大的。等她定了胆看时，是一只冰箱，浮在屋顶旁；她抓到了看时才知是个冰箱。

她家里没有冰箱，大女儿家有，她认识这个东西。

她拽着冰箱的一角，心想不知是哪家的，她想找个绳子把它绑住，屋顶没有，晾衣的是铁丝，解不下来。冰箱是个大东西，不知里面装着些啥。她这么拽着，想拽上来，太重。一失手，冰箱就晃晃悠悠地漂走了。

她开始吃红薯，她坐着。她想一切都是命吧，冰箱有冰箱的命。该归你的归你，不该归你的不归你。现在，一切都不归你了，只剩下一个屋顶。

可她坐着踏实，简直什么事都不想了。在大女儿家她却坐卧不安。

这一天她就这么坐着，坐在屋顶上，看水，看水上的东西。有一条机帆船来过，在远处响，并没有朝这边来。好像是到韩忠的屋顶那儿去了，好像有人往船上搬东西。

她坐了一天，吃了两个红薯，喝了一瓶矿泉水的一半，另一瓶水拧不开盖子，她丢在一旁了。脚下有的是水，她喝了两口，浑的，有沙，硌牙。她穿着红色的救生衣，坐在屋顶上。救生衣很厚，前后有几块又泡又硬的东西，还有衣领，卡着自己的脖子。

她想起庙里打坐的和尚，泥菩萨一样的，她就这么坐着，想和尚的样子，她也闭上了眼睛（眼睛因红肿生疼），就这么坐着，一动不动。

她不知她就这么坐着要坐多久，也不知水什么时候从她的眼前消失，好让她踏着干爽的楼梯下楼去，去灶膛点火，去洗衣和喂猪，去给孙子掖被赶蚊子，去端出自己的针线笸箩绣个鞋垫，绣个枕头，鸳鸯喜鹊仙桃什么的，胖崽老寿星什么的（这可是自己年轻时就拿手的活计）。要不从屋后的小路慢吞吞地走到大女儿家去，看庄稼，看别人的菜园和门前晾着的干萝卜、盐菜、干豇豆，找张妈、李妈和剪窗花的何妈说说话，看在路上拿棍子唬人的张妈的憨头儿子（这憨儿举着棍子但从不打人）。她就这么坐着，忘记了时间。

坐着总会腿酸。她想到楼下灶屋后头自己有个寿木（棺材），夫年生病的时候要儿子上漆，儿子没上，可她也好了。要是把寿木抬到屋顶上来，她躺在寿木里，那就轻松多了。寿木还在不在呢？还有寿木旁的两头猪，还有大女儿为她做的一身装老的寿衣，一套蓝的卡的新棉袄？没冲走也烂了，谁还帮她做寿衣，那样泡松暖和的寿衣？大女儿？让小女儿做？小女儿不提她了，小女儿嫁回了老家湖南，听说今年也淹了，现在也没有消息。小女儿嫁给了老家一个收铜钱的本家，这本家还收一些坛坛罐罐，乡下人装盐的罐子，装油的罐子，还有夜壶，他都收。那赚啥钱呀，有一回到长沙去卖这些铜钱呀罐子呀，全被人砸了，差一点命都丢了。小女儿说，这女婿赚的钱都赌了，好赌，好赌的人败家。话又说回来，不赌的人也败了，儿子不赌，如今也全败了，被水败了。唉。

坐着吧，坐着。她说。

第三天，有一只船划来了，是捕鱼的，小船，很小，不像船，像用几个盆子绑着的筏子。在水里下丝网，丝网上有许多跳跃的阳光。那船没有看见她，看见一个在屋顶上干坐着的老太太，枯树蔸一样的老太太。他们肯定以为那是一堆杂物，不是人。

第四天的上午，她的儿子、媳妇和大女儿终于来了，坐机帆船来了。老太太还是老太太，只是瘦了，还是端坐着。那些红薯似乎没有吃，全被她捏成了一些小玩意儿：有两只猪，有鸡，有鸭子，有碗，有脚盆（脚盆里还放着一个小搓板），有床，还有寿木。最绝的是有个长小酒壶的胖崽，正翘着酒壶对准碗滋尿呢。

酒

桑田是在拆檩子时被檩子戳中的。

是他的爹戳中的。戳在腰上。

没有当一回事，继续拆檩子。拆到后来，腰越拆越疼。喝了几口槽坊的酒，还是止不住。往常，哪儿疼喝几口槽坊的酒就止疼了。连胃疼都止得住，今天腰疼止不住了。头上的汗一颗颗冒出来，揩了，又一颗一颗冒出来，像筛子往外冒黄豆。

老婆说："那就去医院。"

桑田说："越快越好。"

桑田的爹说："我不是故意的，把我枪毙我也这么说。"

桑田说："没哪个枪毙你。"

桑田的爹一点都不认错，看着酒厂的人把厂长桑田扶上那辆小轻卡，站得远远的。他不认错，他气呼呼地抽着烟，吐唾沫。

车没了，檩子都堆在路边，还有酒厂的那些设备，有两台电机。桑田的老婆说："要淹是没办法的，让它们淹去。"

桑田的爹说："大家快拆呀。"

没有谁拆了，都住了手，有几个去了医院，陪桑田，屋上只有桑田的爹一个人，爬在高高的地方，拆檩子。

"小心你又捅到别人了。"有人这样说厂长的爹。

"我操你们的妈。"厂长的爹也就是桑田的爹在屋上骂。

桑田被抬到医院里，医院里住满了人。

桑田对医生说："不要紧吧？打一针我就回去，还要拆机器、檩子呢，听说今天晚上非炸堤不可了。"

医生说："抬到手术室去。"

桑田的老婆脸都白了，说："他是厂长，转移都等着他。"

医生说："你是要钱还是要命？"

桑田的老婆说："要命。"

医生说："这就对了。"

马上给桑田开肠破肚，在里面割出一个破裂的肾脏，舀出两大碗干血来，说："再迟一个小时，命就没了。"

桑田十分清醒，破他的肚，割他的腰子，他都清楚，药没把他麻倒。他是个下岗工人，所以他不在乎疼与不疼。他看了看医生递来的东西，那盘子里血糊糊的家伙，说道："跟猪腰子没两样。"

医生说："是不是扔了？"

桑田说："扔了。不扔难道炒了吃？"

割了一个腰子，人就软了，没劲儿了。命是保住了。厂里的人都来看他，都是过去的下岗哥们儿，后来他另弄了个酒厂，把甩手闲玩的哥们儿都招到了自己的门下，弄碗饭吃。这饭吃得不错，餐餐有酒喝，哥们儿姐们儿都感谢他。来看他的人络绎不绝，挤破了病房门，都眼巴巴地望着他。他是他们的主心骨，是他们的饭碗。

"就那么捅了一下，就能把腰子捅破吗？"他们说。

晚上的洪水没来，大家松了一口气。要桑田的爹去安全区的医院看看儿子。桑田的爹不去，说："我又不是故意的。"

别人说："你儿子的命差一点断在你的手里了。"

桑田的爹说："我难道要害他？没有道理。"

别人说："你去看看嘛，他没有生命危险了，就掉了个腰子。"

桑田的爹说："我又不是故意的。"桑田的爹中气十足，因为他有两个腰子。

桑田那时候下岗了，是准备大干一场的，他邀了两个人，在分洪区乡下靠马路买了地，发誓造自己的好酒，醉倒天下人。酒厂后头有猪圈，猪圈后头有鱼塘。酒糟喂猪，猪粪喂鱼，循环生产，一点都不浪费。桑田的儿子这天傍晚在鱼塘的一条船上吃饭，他端着碗，躺在船头，仰头看天，桑田的爹也就是桑田儿子的爷爷过来了，上船拎起桑田儿子的耳朵，拎上岸来，劈头两巴掌，说："要你不在水边玩。"

桑田的儿子很有些高了，很倔，反驳说："你把我爸腰子打破了，又想把我的腰子打破是怎么啦？"

桑田的爹说："打破就打破。"又甩过来两巴掌，后被人拽住了。

桑田的爹怒气冲冲地说："打破就打破，打破就打破。"

桑田的儿子突然跑了，跑进茫茫的分洪区里。大家连忙去找。有手机的每隔十分钟问一下114，打听沙市的最新水位。114新增的项目是报水位。桑田的儿子不会水，万一分洪了，桑田的儿子在分洪区就险了。

找了两个小时，总算找到了桑田的儿子，躲在一家菜园壁子下哭泣。有人照他的脸和眼睛，都是肿的，是被他爷爷打肿的，眼睛是哭肿的。他哭着说："我爸只剩一个腰子了。"

桑田在医院得知儿子的话，哭了。在手术台上没哭，这下哭了。他哭，是说他儿子到老了是能依靠的，这伢心好，懂事。

桑田也骂发誓不来看他的爹，说："他死得着了。"

桑田也是个孝子，可今天说这个话。桑田天天给他爹酒喝，他爹七十多岁了，喝得红光满面，他的工作就是照照鱼塘，看有没有人偷鱼、钓鱼。没事了就跟鱼塘周围的生人说："我儿子是大老板，大哥大都有两个。"儿子桑田得知后，说："小心人家把你我都逼在屋里杀了。"爹说："那怕什么，有钱就是有钱，装得了穷！"桑田说："你儿子可是下岗工人，晓得啵？"爹说："莫哄我。"

爹莫非已经返老还童了？爹不来看他，是不想承担将儿子弄残的责任。他很虚了，既不想承担，也不想承认。

桑田在医院里待了七天，刀口就痒起来了，就要出院。医院说，可以出院。桑田问，今后是不是就废了？医生说，割一个肾没问题，人其实一个肾就够了，工作量只有一个肾的十分之三，你说多一个少一个怕什么事！

"腰还是不硬了啦？"桑田说。

"反正重活儿少干一点了。"医生说。

"喝酒呢？"桑田问。

"你看着办吧，"医生笑着说，"最好是不喝。"

桑田出院了，住在堤上，扒口行洪了，酒厂在滔滔的洪水中。他的死活不去医院看他的爹坐在堤上的棚门口，不搭理他。

有人说："你给桑田说几句话嘛。"

桑田的爹横着眼睛说："没有说的。"

桑田说："你还有气吗？"桑田说话蔫蔫的，脸也苍白。

桑田的爹说："要杀要砍由你的便。"

桑田没理他，叫了一条船，让人划到大水里面，在自己含辛茹苦建起的酒厂上空转了一圈。酒厂的牌子挂在公路边的一棵树上，离水不到两尺。公路成了水路，走着许多船。

他觉得腰软得很，好像没有支撑了。

"怎么水来了，我就少了个腰子呢？"他很伤心。

晚上吃饭的时候，大家都说好话，都端着酒，说："真是捡了一条命。厂长还是要的，大家不能散。"

端着酒，最后撤出时出的一甑子酒。桑田不能喝。大家有意促成桑田与他爹的和好，便说："让桑伯代厂长喝。"

桑田的爹坐在棚门口。人们把酒递给他，发现他在那儿哭。对着堤下的洪水说："我又不是故意的。"

一时间，棚子里安静了下来，都把酒放在桌上。

好久，桑田的老婆说："爹你喝酒，多说些话！"

但是这时候桑田的爹突然放下酒杯朝堤下的洪水中跑去，跑得飞快。大家知道桑田的爹做什么，赶快冲出棚子去抓桑田的爹，终于把那老头从水里捞出来了，桑田的爹一下子就中风了。

在医院里，桑田的爹不能吃，不能说，眼巴巴地望着他的儿子桑田，想说什么，已经说不出来了。

各个销售点来要酒的人，找到棚子里的桑田，桑田说，只有水，没有酒。以后有没有酒也难说。因为我不敢喝酒了，水退后再造出酒来，我都没有兴趣喝了，我不喝，你们还销我的酒？

桑田是一个能喝的人，早晨起来，一根油条喝三两酒，喝自己酿的酒，醉人。过去喝厂里的酒，醉是醉，但不香，现在是又醉又香。因为厂是他的。他喝酒，才有说服力，就凭着他脸上的那种酒光，他的酒也会成紧俏货，他就是活广告。

他的爹也是一个活广告，恨不得整天睡在酒缸里。十几天以后，他的爹就死了。桑田将甑里的酒把爹浇透推进炉子里烧了。烧时桑田直抽自己的嘴巴，说："我咒他了。"

丢了一个腰子，死了一个爹，桑田站在堤上说："水啊，水。"

试着喝了一口酒，要老婆朝酒坛里丢了十支西洋参，说是补肾。

老婆不让他喝，可他非要喝，偷偷地喝。

每餐三口，每天三餐，共九口。没有滋味。

水就退了，他在泥泞里上檩子做厂房。将他肾戳掉的檩子又上了屋顶，撑起一片天空。

他需要资金恢复生产。销售户来了，都知道他需要钱，都知道他掉了腰子不能喝酒。他要他们投资，年息两点，三年还本付息，说，一口酒一千。

五十万集资款到手了，东北的红高粱用火车轰隆隆地拉来了，猪场里有了猪叫，鱼塘里有了鱼跃。

又是一片酒香。

他又能喝酒了，早晨起来，几口酒，看着槽房顶冒出来的蒸汽与炊烟，对人说："已经掉了一个，没有啥可怕的了。"

他给爹起了个坟，坟高五米，沙市四十五米五的水也淹不到了。坟里埋了坛好酒，给爹喝。他对坟说："您欠我一个肾，我欠您一条命，两不找了。"

自己的酒自己品，用洪水酿出的酒，比什么都香。

倒　塌

抢救子堤的有八千人。这八千人全是解放军战士。八千解放军战士全成了泥虫，蠕动在堤上堤下。从孟凡的楼顶往那儿看，那些官兵就是一窝泥虫，衔着泥，子堤一寸寸见涨。听说洪水离这里只有七公里了，能听见隐隐的咆哮声了。子堤抢起来，这子堤里的人就有时间转移了。

时间已经不多。

"你们不能往子堤上搬，子堤是保不住的，水有五米深，子堤才两米……"永和村的副书记孟凡声嘶力竭地喊，"你们把电视机搬到我家楼上去，我家房子最高，你们相信我！……"

他的房子的确最高，也最好。

那是他在武汉打工挣的。那时候他想到武汉寻点事做，见识见识并赚点比种谷来得快的钞票。他曾在解放大道的一个街心花坛里露宿了四十多天。他忽然明白了一点，他不过是一个乡下党员。于是他拼命挣钱，准备回去做一栋好屋，善待老婆，然后过乡下党员的生活。

他先是在码头上挑沙，后来跟汉正街的"扁担"打了一架，才谋到了一份下河挑瓦罐的活计。后来又卖菜，半夜三更拖着轴承小车在无人的大街上行走。他租了一间小阁楼在里面四十多度的高温下写了一些打工辛酸的小文章，断断续续地就让一家晚报给登了。凭着这几个小文章，蓄着小胡子的没有文化的瓦罐店老板不仅大方地付了欠他几个月的工资，还重新要他回店里

79

来，帮他照店。后来，他又跟一个荆州老乡在汉阳的宜黄公路旁合伙办了一个竹木场，专门卖咸宁的毛竹与楠竹，他忍受着荆州老乡的算计和当地恶棍的骚扰。在近五年的时间里，他赚了钱，却换来了满脸的皱纹，还有一双忧郁的眼睛。

回家后这个不到二十六岁的小伙子，就像四十岁的男人了。他做起了全村最高的房子，还有一荷包的活钱。在家乡，他受到了那些穷乡亲的尊敬，人们说他有能耐有文化，在村里写出的标语跟书上印的字一样。他被选为村里的党支部副书记，专抓计划生育工作。

这个在外闯荡了几年见过世面的小伙子依然很腼腆。这个孟副书记让人上环就上环，让人结扎就结扎，不说多话。他带领一队妇女去镇上上环的时候，一个人走在后面，以防她们逃脱。上环，村里没钱，他就用打工挣来的钱垫付。等上了环，给妇女们一人买两个锅盔。然后说："你们先回去吧。"妇女们有一点遗憾，想跟这个满脸皱纹却脸皮很薄的副书记开点玩笑，想扒他的裤子给他灌沙，但无从下手。

带着男人去结扎那就麻烦多了，结扎得在镇上住上几天。结扎，住旅店的钱，也得他垫付，村里穷了。这个副书记，知道为乡亲们做些什么。他买了几个煤炉子，又是自己先垫钱去买了一筐肠子，为结扎的男人们煨肥肠汤喝。结扎后他还得当担架队员，将他们一个个从医院抬到旅店里去。

这个副书记跟所有村干部都不同，不穿西服，不会喝酒，也不抽烟。他颇受人抬举。都听他的，连最难做的计划生育工作他都做得好。今天，洪水要来了，他的声音很弱，听他的不多，村里的人都像炸窝的黄蜂。

"搬到我家去啊，只准搬电视机！"他在村里到处喊，"只放电视机，不放别的！……"

电视机值钱，在乡下，除了牛，就是电视机了，电视机，不管黑白、彩色，都是宝。电视机比乡人的命还宝贵。于是，他决定把自己的三楼腾出来，不放别的，不从一楼二楼转移自己的东西，给乡亲们。关于这一刻的决定，可能在多年前露宿汉口的街头就想好了。人最后可能应该这样，不吃，不喝，不睡，也应该这样。

乡人先是不想搬，后来电视机就涌来了，潮水一样涌向孟凡的家，还有锅盆碗盏，还有被子衣物。"都不准放，只放电视机。"他说。他阻止人们放别的，在三楼向外扔不相干的东西，一捆一捆往下扔，也不管是谁的，也不怕骂。

电视机码成三层，密密麻麻地堆在楼上。后来，堆上了楼顶，他找了雨布，将楼顶的电视一点点盖上，压好。

"还有没有，都搬来呀！"他站在楼顶上喊，"没有，我就锁门啦！"

他锁上了门。那是防止水淹后有人偷窃。他用了一把大锁，锁住三楼的门。他粗略地点了下数，有一百五十多台，大大小小，最大的也就是二十一英寸，什么牌子都有，红的、灰的，各种颜色，有的像从垃圾里掏出来的，烟熏火燎，都乌黢麻黑了。

这下万无一失了，这比分散到河堤上好，河堤上不安全，连睡的地方都成问题，还怎么管电视机去！

孟凡是爬上最后一辆解放军的抢险车撤离的。洪水冲向子堤的那一刻，两米高的子堤筑起了，八千子弟兵一声令下，爬上了已经发动的汽车。他看到许多士兵已经累瘫了，被战友们抬上汽车。轰轰隆隆的车队向河堤开去。

子堤漫溢是在第二天的八点钟，这时天空异常明亮，太阳像金子一样抹在孟凡的三层楼墙上，四周的轮廓像镶了一道金边，像汉口夜晚高楼的霓虹灯。也看得到子堤。不过一眨眼，子堤就漫了，又一眨眼就冲决了。

孟凡的房子在子堤外一百多米处，水刚开始漫进一片棉花地里，然后直朝村里扑去。这些孟凡在高高的河堤上看得清清楚楚，他的眼很好。他看到水从子堤的决口处扑向村里最高的房子——他的房子。

他还真真切切地看到，那洪水不是冲击，不是朝他房子的两边流去的，它直捣他房子的地基底下，这洪水像一只凶猛的野兽的巨爪，往他房子的地基深处掏。

孟凡已经看傻了，他看到他的结实的三层楼房被掏空了，底下形成了巨大的空洞，恍惚中那三层楼房似乎被洪水抬起来了，离地三尺，洪水撬开楼房，向更远的地方扑去。没有几分钟，这高高的楼房就在没有了基础的情况下訇然倒塌了。他看得十分清楚，看到一台又一台电视机朝前倾泻而出，冲进洪水里。那是电视机的瀑布。全村的电视机。

八点钟的太阳镶出的金边不见了，那金边散成了碎金，在洪水的波涛中点点闪烁，闪出一片寂然。

整个河堤几乎在同一个时刻爆发出了一片哭声。孟凡才知道，所有河堤上的人，都在盯着远处他的房子。暗暗地盯着，揪心地盯着，比他看得还清楚。

跟着蜂走

如果将蜂子失去，他基本上什么都失去了。他——黄兴武，今年快五十三岁，头发白了，牙齿已经掉了七颗，由于长期在外养蜂（拿文化人说的是追花夺蜜到天涯），患上了严重的胃下垂毛病。酒不得喝，茶不得喝，就用没齿的嘴嚼点馒头，然后——他一个人，逮到啥菜吃啥菜。一个炒豇豆啦，或者二两猪头肉啦，要不就是一碗咸酱。他想喝酒，尤其是每当蜂群奔向三月油菜花开的田野，风像女儿小时候的手摸过他的面颊，洼地的紫云英就像那黄闪闪的田野中的一件小花衣。蜂采着蜜，把所有的阳光都酿成嗡嗡的叫声，听起来浓得像蜂王浆一样化不开。但是他不能喝酒，他生活中唯一的乐趣就是收蜜，然后——在入秋后，押送着十几箱蜂子入川。

他第一次入川是在哪一年呢？据今年多少年了，他记不太清楚，反正那时候还是一个小伙子，还没有结婚。他内向，无言，整天低着头走路，加上头上的两块癞疤，这样，他就一狠心跟一个养蜂人跑到了四川去养蜂。这样，他与遥远的景物和人打交道，获得了解放。他吃馆子，睡牛棚，也干啃山芋。

在他三十一岁那年，这个流浪成性的单身汉，引回了一位比蜂蜜还漂亮的女人。这个巴山女人脸色白白的，圆脸，年轻，背着个巴山背篓。这么漂亮的小女人竟跟上了成分不好的"癞武"——癞武是他的诨名。而他只花了五十斤粮票。就这样，癞武因为养蜂，找到了比全村女人都漂亮的媳妇，而如果他在当地找的话，连瞎眼的女人也不会轻易地跟他。

但是结婚后，巴山女人没跟他过几天安逸的日子，在巴山女人生下一个女孩之后，这个流浪成性沉默寡言的养蜂人就慢慢露出了他暴虐的本性。在他低矮的茅屋小院里，常常传来巴山女人杀猪般的惨叫声，之后，大家就会看见那个背篓背着一些脏衣、胸前用兜布兜着一个小孩的巴山女人，青肿着

82

脸面，头发蓬乱地下河去洗衣。

　　"她多么可怜。"大家暗暗地感叹说。但谁都不好去管癫武，特别是癫武的父亲死后，这个沉默寡言的养蜂人谁都不想搭理，养蜂，收蜂，晚上挑一担牛粪回来在墙上贴成粪饼以备晒干后生火。大家不好去劝癫武，也不敢跟巴山女人说话，巴山女人看见乡邻也只是凄然一笑，还是那个圆脸，还是那么白净，有些地方有血痂，腿似乎也瘸了，但这些丝毫不影响她的漂亮。癫武的女儿也慢慢地能走路了，能端着碗吃饭了，这个女儿极像她的妈，也是圆脸，也很白净，眼睛很大，睫毛很长，像个洋娃娃，完全不像乡下的孩子。可癫武不喜欢她，他不喜欢女孩，当女儿端着碗在门口吃饭，有时候无缘无故地就被她爹癫武一巴掌，打掉她的饭碗，把饭碗也踩碎了，往死里打，一个小孩，经常被打得闭气，另一个女人也当然免不了陪揍一顿的惩罚。

　　在女儿能收鸡粪、刚背着书包上学的时候，女儿的母亲因为再也无法忍受他的拳脚，在二十世纪八十年代初，只身跑回了四川老家。老婆的离去似乎使他有了些猛醒。在半年的难耐之后，他带着十几箱蜂子去了四川，低三下四地乞求老婆回来。可是，老婆再也不想回来了，她对他彻底冷了心，也许当初那个苦难日子里五十斤粮票加上这个湖北的平原人癫武的一番神吹，使她的父母将她投入虎口，出了虎口的人，怎么能再回心转意呢？何况今日已不是过去无吃无穿的日子。他一个人垂头丧气地回来了，并且丢失了两群蜜蜂。

　　女儿渐渐大了，长成了全村的一朵花，他不再打她，却对她管得很紧，不准她跟男同学说话，看见后要严加盘问，恶语相向。这样到初中毕业后，女儿在家闲玩并帮他做饭洗衣，他要到处养蜂，因不放心女儿，只好在本地。他惦记着四川更好的蜜源，这样，女儿也大了，就寻思给女儿招一个女婿。老婆走了，不能让女儿也离开他，这样到老没个依靠。然而，说了两个，女儿都不同意，说到第三个的时候，女儿一字未留，又跟她的母亲一样不辞而别，去了广东的惠州。这一次对癫武的打击绝不比当年老婆的出走轻，而且更严重。女儿是他的命根子（随着年龄的增长，他愈来愈这么感觉），而女儿所去的地方，是被村人不齿的地方，是让人提起来脸红的地方。大家都知道许多熟悉的女人去那里从事什么样的买卖。癫武没几天就将那些蜂子交人代管了，买了车票去了惠州。整整八天九夜，被人轰、骂，甚至动手，得到的消息是，女儿又去了海南。一切都证实，女儿投入了那些有钱的但性病缠身的男人的怀抱。

他心力交瘁地回来守着他的十几箱蜂子，在那个已经成了瓦屋的小院里，嗡嗡的蜂子成了他唯一的伴侣。这两年听人说女儿在海南赚了不少的钱，都寄到四川她的娘那儿去了，给他一分钱也未寄过，也未来过信。女儿是不是觉得无颜告诉他，也是因为恨他？她跟她的娘一样，深深地恨着他？

八月的这场洪水，他来不及转移，就跑出了一个人。那天，他正在堤上防汛，听说溃了口，他本来是去抢蜂子的，但洪水把他和他的自行车打了个人仰马翻，他在洪水里翻了十几个跟头，懵里懵懂地还抱住了一棵树，这棵树就在离自己小院的几十米处。他甚至看见洪水冲进了自己的小院。后来，他避开洪水的主峰，游上大堤，保住了一条命。

就这一条命了，命还有什么用呢？他住在大堤上，用十几个装救生衣的纸箱子搭了个棚，吃政府发给他的快餐面。溃口的半个月之后的一天，他的纸箱棚门口出现了两个人。他从低矮的棚子里钻出来时，看到了两个人，一个男人一个女人，男人五十多岁，女人四十多岁；男人他不认识，女人他认识，是他的四川前妻。

"来看你来了。"巴山女人说。男人很和蔼，和蔼的男人也说他们是在电视上看到的，电视上天天报道这儿溃口的事情。女人说"来看你来了"，眼泪就出来了，癞武眨眨眼睛，想流泪，没流泪。多年他没看到前妻了，前妻还是老样子，那个男人就是她现在的男人了。

"都淹了吗？"他的女人说。他的女人和她现在的男人给他带来了许多吃的，还带来了许多衣裳，都是从四川带来的，在堤上的过去乡邻都看到了这一切。癞武让他们放下了，他没说话，他撇撇嘴。这太突然了，他完全没有想到他的前妻会千里迢迢来看他的，没有想到这女人会再来，会重新见他。可是，他的女人来了。

"我就这几块纸盒子，"他指着自己的棚子跟他们说，"蜂子一箱也没抢出来，都淹死了。"他过去的女人想找一条船到过去的家去看看，他才因此这么说。

他过去的女人要去，他过去的女人在电视上看到了那个过去她被打被骂时所在的湖北垸子，熟悉的垸子，她哭了，大哭了一场，在电视上天天找她熟悉的景物，找熟悉的面孔，她决定来一趟湖北，于是她就来了。

他不知是不是真不晓得那往村里的路和自己的屋脊了，也真是，茫茫的大水，哪儿是谁的家呢？可过去的女人说出了一句话："跟着蜂子走。"这话很让他诧异，蜂在哪儿？跟着蜂走干什么？这句话证明她曾是养蜂人的女人。

她看到了蜂，他没看到。她看到了三三两两的前夫的蜂，而他看到的是一片大水，什么也没有，光秃秃的。

船就划去了，在水面上，她看着那些嗡嗡的蜂子，一路上都有蜂子，散失的蜂子，蜂子知道家吗？蜂子往哪儿飞呢？

"跟着蜂子划，没错。"那个已近中年的巴山女人说。他们的船就进了大水深处。蜂子从四面八方飞来了，它们顺着一条路飞去，那条路在大水之上。

后来癞武终于看见了，成团成团的蜂子，正盘旋在只露出一点点的屋脊上，他的屋脊。它们还记得大水之下它们失去的巢箱吗？人都走了，蜂却永远记得这个水下的家。它们正从远处飞回来。他知道，它们的口里都含着一口鲜嫩的秋蜜呢。

（原载十《人民文学》1999 年第 3 期）

金鸡岩

宿五斗从野猪坡搬回金鸡岩时，已是五十多岁的老人，头发全白了，整张脸粗糙得像石头，耳朵冻得稀烂，且有点呆滞，看人的时候像挨过打的狗。他带回了他的儿子，还有个孙女。为何没有儿媳妇呢？连他儿子也不说。三个人三代人各背着一个背篓，背篓里装着乱七八糟的生活用品，棉被啊，镘头啊，锅碗瓢勺啊，这就是全部的家当了。村里的老辈子人还记得三十多年前宿五斗与他哥哥分锅（家）后，就一个人去了野猪坡——那时候，野猪坡已有三两户人家。宿五斗回来只是说野猪坡近些年野猪为害，地也种薄啦。——这可能是根本原因，坡大，开垦的地挂不住肥，种个三年五年就不错了，能挨三十年再回来，证明野猪坡的那些人还真有本事。但事情终归是要有个结束的，走进神农架深山老林，一个又一个废弃的村庄，一个又一个新开辟的屋场。那些生生死死的屋场，显示着生存的艰难。

宿五斗回来借住在他哥哥三斗家，在哥哥的香菇房里安身下来，第二天就背着镘头钻进山里，他是去寻地开荒去的。可看遍了金鸡岩方圆十里地，哪个沟坎都试过了，没有可开垦的地方。金鸡岩东面是一片叫"菜园子"的石林，石林瘦骨伶仃，上面长有一种野生腊菜。宿五斗没寻到荒地，掐了一背篓腊菜回来，用开水焯了，与儿子和孙女一起吃。

不过宿五斗一家，主要是蹭他哥哥家的饭吃，每到开饭的时候，就像乞丐一样挨挨擦擦去了。宿五斗的儿子，叫宿小迁，一脸在外头混过的痕迹，一点都不胆怯，上了伯伯家的桌，就像在自己家一样，常常霸着酒壶给人家斟酒，就像请别人客似的，可他自己是个客人。身份错位的他没觉得不对，直到他在伯伯家人的眼中看到冷淡之后，才决定去县城讨生活。

因为家里无处耕种成了困难，宿小迁就悄悄走了。至于他的老婆，女儿的妈，究竟是怎么一回事，他不说，问起来，就扯三拉四转移了话题。可是有人知道，他老婆也是因为在野猪坡太苦，生存不下去，在一个早晨就不辞而别了。

宿小迁当然也是不辞而别。他先是贩腊肉卖，山里多腊肉，有的殷实人家的陈年腊肉有好几年的，堆在木楼上，让虫蛀了，吃不完，到了过年又得杀年猪吃新鲜的。正应了一句老话：山下没柴烧，山上柴烂了。城里人爱吃山里熏制的腊肉。宿小迁就这么背着沉重的腊肉去县城，来来去去，却没赚到钱。后来又做什么亏了本。这就赖在了县城。

宿小迁的女儿，跟着整天找地开荒的爷爷宿五斗，因从小缺少母爱，又不见了爸爸，看人的目光怪怪的，常常含着肮脏的指头，突然跑开去，到悬崖上砸石头，或是爬到树上，与野鸡同眠。这个满脸泥巴、骨瘦如柴的妮子叫豇豆，不知道是小名还是诨名。豇豆因为营养不良，啃着几个洋芋和苞谷，每天与爷爷宿五斗一起钻山，风里来雨里去，脸上皱巴巴的。有一天，豇豆就不见了。宿五斗满山遍野地去找，以为是摔下悬崖或是让扒狗子（豺）拖去了。宿五斗的哥哥家也都出动了寻找，到下半夜，大家才在七八里之外靠近磷矿的简易公路边找到她。这妮子趴在一株树兜上，已冻得奄奄一息。把她背回家去，在火塘边泡了两桶热水才把她泡醒。醒来问她到公路上去干什么，看见了什么，那妮子说是去找爸爸的，什么也没看见。

过了几天，要过年了，她爸爸宿小迁回来了，穿得还光鲜，不仅如此，还带回了一个高高的、干净的大妮子，头发染得黄赳赳的，穿着比镰刀还尖的皮鞋，紧巴巴的牛仔裤。宿小迁回来说他在城里瞎混，好像是贩邮票。而这个县城来的妮子好像是开理发店的。大妮子开理发店，这很新鲜。这妮子对宿小迁家的逼仄不太在意，倒是有点巴结宿小迁的意思。对豇豆也好，给她洗头、梳头、摘虱子（豇豆的头发里确实发现了几个虱子），还给她压岁钱。豇豆从来不知道压岁钱是什么意思。在山里头，其实无所谓风俗，过年

87

也就是过年，跟平时并无二异，安安静静的山里头，不可能有什么热闹的事发生，就是结婚，就是放了老（死了老人），也是安安静静地办了，跟大山一样无声无息。

就是这样一个宿五斗认为住在天上的女娃子，儿子竟然躲避她——这是在春节之后的三四月间，儿子回来刚住了一天，那个搞理发的女娃子就赶过来了，可儿子关上门，不愿见她。这让人很纳闷，宿五斗尤其纳闷，问儿子，儿子最后才懒洋洋地说，借了她的钱，无钱还。可更严重的事情是那女娃子说出来的。儿子避而不见，女娃子哭哭啼啼，宿五斗好言相劝，但女娃子却说她不想活了。这么漂亮光鲜的女娃子不想活了？原来——她说——宿小迁不想要她了，可她怀了他的娃子。女娃子怀了儿子的娃子！这么好的女娃子怀了咱宿家的娃子，小迁原来的那个媳妇长得没有扁担高，浑身干巴巴的像芦苇却还瞧不上我们小迁，跑了，而如今这天仙样的女娃跟小迁睡了怀上了，小迁却还不想要她？天下没这个理呀，这究竟是为什么？

——可儿子说就是没钱还，亏了，做生意亏了，说："还不是玩邮票！"但是女娃子说："钱是小事，我无脸见人了。"儿子回答："我不想再结婚，一个都养不活。"

不想结婚把人家肚子搞大做什么？这又不是开玩笑，这是一个女娃子一生的名誉。宿五斗劝儿子说："这样好的妮子打灯笼也难寻！咱家算什么家，钱无一分，地无一垄，人家瞧得起，你叫花子捡了个金疙瘩，还不晓得咋用哩！"

儿子说："莫要吃咸饭操淡心。"

儿子噢，儿子噢。儿子走了，宿五斗抱着喊爸爸的孙女豇豆发抖哩。

那女的哭哭啼啼走了。儿子是从后窗翻出去，从后山走掉的。

儿子欠人的情，还把人家的肚子搞大了，不知怎么结果的，宿五斗一直没听到音信。儿子没回来，没给家里钱，也没管自己的女儿，仿佛没有任何责任似的。可村里有人从县里回来，说见到了宿小迁，穿得不赖，还请村里人吃了一碗臊子面。

再怎么缺吃的，苞谷种子是不会煮着吃了的。种子叫"黄澄玉"，从野猪坡带来有二十来斤，放在一个土布袋子里，吊在屋梁上，绳子上套了一个斗笠，防止老鼠顺绳子下来偷吃。

在饥饿的时候，孙女豇豆也许是闻到了梁上那苞谷的气味，衔着指头，神情呆呆地望着那个土布袋子，就像一只狗望着一根骨头。

宿五斗带着豇豆去了一趟县城。他何尝能找到自己的儿子，倒是在人挤人的大街上，差一点把豇豆弄丢了。宿五斗在县政府门前的广场上好不容易找到他的宝贝孙女豇豆，豇豆要气球，看人玩气球，宿五斗没钱给她买，他看着广场，这么大的广场，多平整的土地啊，全空着，种的是些啥呀？宿五斗刚开始还以为是麦子，绿生生的，还有自动喷灌，水花在阳光下现出五颜六色。可仔细一看是草，是一种他没见过的草，牛羊吃的草，可用绳子圈起来了。为什么要种草呢？在深山里待了几十年的宿五斗说什么也不明白。在许多年以前他来过县城，是卖皮张的，县城没这么大的空场子，也不种草。他用手在草底下抓了抓，好肥沃的泥土啊，比在山上开荒的地肥了不知多少倍，山上从石缝里扒出点土，种上庄稼，可一场雨水一冲，土又冲没了，就算有土，也被那雨水洗得没一点肥力了。宿五斗真想给人说这广场能划给他两分地，他也能种出一年他吃的粮食来。他就心猿意马开了，就像看到自己在这么平坦的荡漾着湿气与肥气的土地上吆牛耕种，撒下苞谷种，看苞谷长大，看苞谷结籽，最后整个广场都摇曳着金黄色的苞谷秸秆，果实累累……就是在这时，他发现他的孙女不见了。

"豇豆！豇豆！……"

终于在一个角落里看到了豇豆，手上拿着一块人家破了的气球皮在嘴边吹着。

宿五斗带着哭哭啼啼吵吵嚷嚷要买气球的孙女回去时，在心里埋怨甚至诅咒着自己的儿子："你不管我这个爹情有可原，我们没血缘关系，断了也就断了，可女儿是你亲生的呀，你这个杂种！哪有爹不管儿的！"

可怜的宿五斗压根儿就没结过婚，他哪有结婚的钱。五十多岁了还是结结实实的光棍一个，后来他抱了别人的一个儿子，就是这样，宿五斗才有了个家，有了个伴儿，有了传宗接代的，可他从来就没沾过女人！在神农架老山里，像宿五斗这样抱养一个孩子传宗接代的老光棍，还真不少。

宿五斗一路骂着自己的儿子，一路想着他怎么才能把自己和孙女的生活混过去。

在县城走了一遭，这使他下了决心上金鸡岩去，开荒。

上金鸡岩？

金鸡岩必须要从那片叫"菜园子"的石林爬上去，金鸡岩高可入云，上面有一个平台——就是块平地，生长着一些千年巴山冷杉。听说那上面土地肥沃，有着许多珍奇的药材，可没人能上去。前些年，有个外地来的采药人上去过，下来时浑身伤痕累累，可惜采的一些好药被一群猴子抢走了。村里的老人说，此话可信，旧社会躲土匪，也有人冒着摔下来的危险爬上去过，上面的土肥得冒油，插一根筷子，第二年就会长成一棵大树。这都是传说，大家都知道，上金鸡岩比登天还难。可宿五斗将孙女豇豆交给了他哥，说是进山采两天药材，就不见了。后来——

后来大家看到在云彩上面的金鸡岩有个人影晃动。是人影，不是兽影。看到金鸡岩上的那个人像个甲虫，挥动着镢头在刨地，刨树根。——所有的树木在一个云开日出的日子都不见了，那上面露出了黑油油的一块巴掌地，上面爬着个甲虫——那就是宿五斗。

肯定是宿五斗。

大家还以为宿五斗进山采药失踪了，或者像他的儿子小迁一样跑了，无力抚养自己的孩子，跑了。可他哥发现宿五斗从野猪坡带回的一袋苞谷种不见了，还有一把挖地的镢，也不见了。

在闪闪的阳光下，大家睁着直愣愣的眼睛去看金鸡岩上的那个人，那个开荒种地的人，不是宿五斗又是谁呢？宿五斗想地想疯了。

他是怎么上去的？！

可人总有办法能够上去，只要有土地的地方，能种庄稼的地方，总有办法上去的。

过了几天，大家看到金鸡岩上那巴掌大块的黑土变绿了，一场雨，就变绿了，就像天上遗落的一块绿手巾。这种日子不多，能见度好的日子不多，山上总是云遮雾罩，人们很难发现宿五斗和他的土地。

有一天宿五斗下来了，头发深长，脸颊窄瘦，活脱脱一只老猴子。宿五斗一脸的愧疚，因为他的孙女豇豆已经不认识他了，甚至有些害怕，望着他，含着指头，就像看到了一头狼一样。而他的哥哥三斗向他暴发出了惊天动地的詈骂："是你的孙女你不管啊！你不管，你儿子不管，你把她当作哪家的娃子？"

宿五斗完全可以这样说："不是我一个人的孙女，是宿家的，是我们大家的孙女。因为小迁这狗日的不争气，撇下我和豇豆一个人在城里享福去了。"可宿五斗不会这么说，宿五斗面对哥哥的叱咤，只是望着他耕耘的白云生处——那个金鸡岩，淡淡地给他哥说："到时我还你五百斤苞谷。"他说得非常肯定，非常有把握，仿佛他成了一个旧时的财大气粗的地主。他的哥哥看他这一副样子，还能再说些什么呢？

宿五斗就是这样，什么也没有说，在村里剃了个头，拿了几件衣裳，又向那山顶上爬去了。

真是神啊，村里人说，宿五斗真是神。可他在那个猴都不能爬上去的山尖上，吃什么？睡在哪里？

这一年的夏季，山上的雨水特猛，雨放肆地下，山上的泥石流就爆发了。有一天晚上，村里人听到一阵山崩地裂的轰响声，第二天早上雨住云开，村里人就看到金鸡岩的那个巨大的喙嘴垮下来了，一直垮到山下的公路上，冲毁、掩埋了几辆汽车。问题就严重了，那个喙嘴正是宿五斗爬上去的"路"，那里藏着一条只有他能攀爬的"路"。宿五斗阻隔在了高高的金鸡岩上，不得下来啦！

事情的确如此，人们看到宿五斗在金鸡岩上出现时，就像一只黑点般的蚂蚁，可是一只热锅上的蚂蚁，在悬崖上疯狂一样地转圈，估计他是在为没了下岩的路发疯。

宿五斗下不来了，可怜的宿五斗，在高高的金鸡岩上，日夜悲号，村里的人在晚上听得见他在风里哀号的呜呜声，却束手无策，爱莫能助。

后来，金鸡岩就无声无息了。可是，那一块青油油的苞谷地，有一天大家抬头看时，竟变成了黄色——那就是成熟了吧。

（原载于《中国作家》2007年第3期）

恶狗村访友

　　到孝子方四儒家去，是十月下旬。方四儒说，来呀，有柿子、核桃和板栗吃。神农山区到了十月，所有的树都红了。鸡爪槭、黄栌、红枫、红桦、乌桕，甚至日本落叶松，金黄耀眼，红得淌血。也有坚持不红也不准备落叶的树，常绿乔木和灌丛，什么虎皮兰、马醉木、青冈栎、土楠、扶桑、冬青、杜鹃，还有更高山上的针叶林子，巴山冷杉林和秦岭冷杉林。

　　方四儒邀我们去喝新酿的苞谷酒，看红叶。走进神农山区，是一个红叶的世界，整个山冈都有着一种蓬勃向上的精神，没有什么悲秋的意绪，糖分充足，到处流蜜，蜜蜂与苍蝇齐飞，浆果一沟沟红得发紫。如果当年楚国的宋玉在神农山里来，就不会搞出那个悲秋的意象，什么萧瑟凋零、缭悷有哀，影响了国人几千年。

　　方四儒家在赤龙坪，那儿有一扇巨大的老砖墙壁，是徽派建筑的马头墙，屹立了一百多年，当年就是方四儒家的。方四儒在祖父那辈就是本地殷实之户，所以他父亲才能留学日本，也资助过革命，这屋子是当年地下党的联络点。现在他母亲尚健在，且身体硬朗，快九十的人了，除了耳聋外，背不驼，眼不花，腿脚灵便，还出坡干活儿，种菜挖笋采野菌，是个闲不住的人，家里还养了两头猪。他母亲跟他妹妹住在一起，妹妹招婿，当年也是为了照顾她母亲，他们兄弟姊妹个个是出了名的孝子孝女。

　　方四儒现在退休了。退休了，在城里有大房子，有老婆孙子，可什么都不管，一个人回了赤龙坪陪伴老母亲。老婆跟他吵，他不在乎，问题是大家都知道方四儒他是个孝子，他老婆儿子也拿他没有办法。

我们到了赤龙坪，看到那扇大白马头墙，只有这扇墙了，还被列为神农山区文物保护单位，是红色教育基地。可刚解放时，分给了农民，后来住破了，农民就拆砖瓦盖厕所，盖猪圈，结果只剩下这扇墙了。

还没进村，就传来了几十条恶狗的狂吠，都是对着陌生人的。好家伙！这些狗一条条都是德国狼狗和中华田园犬杂交的后代，有一条站在最中间的、打头的，是一条纯种的老德国狼狗，眼睛阴鸷，眼皮耷拉，是条公狗。有来过的说，这就是方四儒从城里带回的狗，其余全是它的子孙，与中华田园犬也就是本地菜狗杂交的杂种。当年带回这条狗，就是为了陪伴他母亲，也是为了保护他母亲安全的。因为他母亲耳聋，有条狗一可防贼，二可防兽，三可防鬼。方四儒虽然是个知识分子，可他信鬼神。他说人到老了，阳气不足，会逗些阴秽之物，深山老林里总有这些东西。

我们每人为对付赤龙坪的恶狗，都拿了一根树棍。这些恶犬，是一个庞大的家族。其中方四儒家有两条：一条就是那十三岁的纯种德国狼狗叫冲子，一条是它的儿子，杂种，叫弹子。两条狗气势磅礴，狗毛蓬松，冲子虽然十三岁，但老当益壮，不仅繁殖了一村的恶狗，还有高寿征兆。因为在山村里空气好，吃绿色有机食品，喝山泉水，长得油光水滑，精神抖擞，任何生人胆敢大摇大摆地进村，那 定会遭到冲子和他的儿子弹子以及它们整个家族的抗击。因为它们，这个村有十多年没有出现过偷盗事件，也因此被咬过十多个路过村里的采药人、税务员和盗伐者，他们全都鲜血淋漓，有的缝过几十针，惨不忍睹，这个村也因此有了恶狗村的恶名。

方四儒不像养狗的人，又瘦，又闷，不爱说话，还结巴，但写得一手好文章。他原来在市文化局上班，当文艺科长，但因为每天打卡坐班，还时不时加班，周六周日也不能休息，这样就无法回山里探望和陪伴母亲，于是他要求调到了清闲的二级单位戏工室，挂了个副主任，当了一个内刊《戏曲研究》的主编，一年四期，闲得身上长满了青苔。方四儒十分开心，终于解脱了。可文化局长很惋惜，摆明了说马上提他当副局长的，可方四儒不想当这个副局长，赶快要求到二级单位去。那个单位说是研究戏曲的，实际上是养老，在一个老办公楼里面，五六个人，毗邻一家餐馆，炒辣的味道弥漫在办公室，上班的人整天咳嗽。那份刊物每千字三十元，找不到稿子，送给别人上厕所都嫌纸硬。有几个人给他发短信，求他不要再寄了，说没有时间看这种刊物，"你这种内刊邮寄一本要两三块钱，给你节约，你就把它寄给最需要的人吧"。可谁现在需要看戏曲研究？戏曲是什么？朋友还酸他说，甭说是研究戏曲的，就是研究明星我也没时间看，又要看微信，又要搓麻将，没有时间学习戏曲。方四儒不在乎，这正是他想要的，又不坐班，编的东西又没人看，正好让大家把他忘记，他就可以溜到山里去陪伴老母亲，给老母亲尽孝。

我们进了村，狗们就将我们堵在村口，它们站在高坡上，我们在坡下，狗眼看人低，因此它们十分亢奋，十分雄壮，十分得意，十分嚣张。同行中有来过的，说别怕，狗就是这样，虚张声势，你越怕它，它越猖狂。甚至不用什么棍子，用棍子，它以为你是个叫花子，狗都是嫌贫爱富的。你不用棍子只管走，它反倒怕你了。不能退缩，也不看它，轻视它，视它为无物，它就会自讨没趣。把它当棵葱，它就不怕你。因为是狗，有流氓习气。同行的有人说，遇狗吠咬你，你速速地蹲下，装作捡石头的样子，狗以为你要还击，捡石头砸它，它会拔腿就跑，比兔崽子跑得还快。不管你捡没捡到石子，只要一蹲下，狗就怕了，对狗不能软，要硬，狗就是这么个贱东西。

说是这么说，可我们往坡上爬去时，挥舞木棍，捡石头，呵斥，吼，蹲下，没有一点用，几十条狗站成一排，密密麻麻地与我们对峙。心想这事闹的，恶狗村果然不是浪得虚名啊！束手无策时有人说赶快给方四儒打电话，让他出来接我们进村。我拨通电话，给老方说我们在村口，进不去了，被狗拦住了。方四儒说："好好，你们别动，别怕，我马上就来。"

那些狗卷着粟子般的长尾，昂着脑壳，扭动身子，狗爪刨地，刨得尘土飞扬。哇哇啦啦，有的冲了下来要找人肉开荤。我们用棍子击退了它们的进攻，我们一起大喊，但是我们势单力薄，只能扯起喉咙狂喊方四儒，喊冲子弹子退回去，我们是你们主人的朋友。狗听不懂人话，才不管你是谁的朋友，先咬了再说。后来我们就不客气了，打狗看主人，但也得保住自己的命，拿起大石头就砸。砸中了狗，狗嗷嗷哀叫，咱就是要把这些狗砸死，太不像话了。可这些狗不是一般的狗，是些杂种狗，砸中了，跳起两米高，不服，不惧，被激怒了，龇着更加凶狠尖锐的牙齿，毫不退缩，向我们扑过来。我们捡石头都来不及，连连后退。这群狗褐黑色的毛，全竖起来，越砸越猛，没有一个孬种，吊着尺余长的舌头，淌着恶臭的涎液，把我们逼到一处岩坎下。这时候，只听一声断喝："狗！"救星方四儒就屁颠屁颠地出现了，他用手轻松挥着，就像撵一只小猫，又喊了几声"狗！狗！狗！"狗就散了，队阵一乱，气也泄了，呜呜哇哇摇着尾巴退到后头去，那些狗都服他。

我们在那儿还操拿石头和棍子，惊魂未定，方四儒哈哈笑着说："你们领教了吧。"遭到瘦丁丁的方四儒一顿嘲笑，我们这些人无地自容，埋怨说："老方，你这口酒可不好喝呀。"问题是那些狗还余兴未尽地被拦在他的背后，还有跃跃欲试的冲动。我们只盯着狗的一举一动，没有看方四儒阴险的笑脸。方四儒嘿嘿地挥前挥后，帮我们退狗。狗开始分散了，往各家的门口退去。它们对外惊人地一致，就是咬，不管不顾地乱咬一气，为这个臭名昭著的恶狗村增光添彩。

还没走到方四儒家的屋场，在一个菜园的篱笆小路口，又蹿出两条慷慨激昂的狗，大家又吓个半死，一看这两条狗，正是刚才打头围攻我们的狗，冲子和它的儿子弹子。这个冲子高大威猛，都一把年纪了，还充少年英雄，真不是玩意儿。没等方四儒注意，它从篱笆后头冲过来就一口咬住了我们文化局刘科长的腿子，好像它前世与老刘有仇似的，咬了一口就开跑。它的儿子弹了也像弹珠一样跳起来准备咬我，被方四儒拖过一条棍子，一棍夯去，打着了狗头。方四儒说："邪了！连我们的陈作家也敢咬吗？不知道他写过《太平狗》和《狂犬事件》？小心他将你的脊梁骨踹断。"

被咬了的刘科长卷起裤腿，有狗齿印，还出了血。"这得要打狂犬疫苗。"我们说。好在只有一点点血印，因为科长天生怕冷，经受不住神农山区高海拔的秋寒，出发前穿上了厚厚的秋裤加绒裤，狗咬得匆忙，下口浅，想是教训一下初来乍到的我们，没有下毒手。方四儒连连说对不起，对不起，赶忙拿来肥皂，帮科长到沟里去冲洗，还说要划开伤口，就找了把小刀，烧过后划开他的伤口，让血流出来。刘科长也不恼，也不喊疼，笑嘻嘻地说："这是啥欢迎仪式啊，见面就是咬？"我们就开玩笑说："谁叫你级别最高，正科，我们还不够资格被它咬哩。"方四儒说："不好意思，有几次都是这条狗闯祸，不过我的两条狗没有狂犬病，都带到城里打了针的，有几个被咬过，回城里去没有打狂犬疫苗还活得好好的。但狂犬疫苗必须得打，不打不行，这个费用我出了，对不起了。"刘科长笑着说："你出个卵啊，不要紧，不要紧。想给我点颜色看？我照样喝苞谷酒。"

正说着，方四儒的老母亲出来了，说："听到狗叫，就有贵客到了，还不进屋去坐！"

怎么？出了什么事？我们都知道方四儒的老母亲不是聋子吗？是我们所讲的"门板聋"，就是彻底聋掉的老人，咋说听到狗叫？

"你母亲能听到狗叫了？"

"正要告诉你们好消息，昨天晚上，我母亲就说能听到了，好像有狗叫的声音。昨晚还打了几声秋雷，可邪乎了，把屋顶上的瓦打得直跳。后园打断了一根大树丫，折断的地方出现了一个大蜈蚣的印子，怕是蜈蚣精，修满了五百年上天了。这几十年，蜈蚣精把我母亲耳朵堵住，跟我母亲开了个玩笑吧？"

我们都说他迷信，哪有这回事！方四儒就说讲笑话的，但老母亲听到了却是真的。

"这五十年想想是怎么过来的？吃的药可以用汽车拖。这次吃的这个耳聋丸，整整吃了五年，还加上每天的按摩。你们说，这都是用时间慢慢盘的，如果我在局里上班，我哪有时间给我母亲按摩？终于把她的任督二脉和全身经络打通了，聋了五十年，唉，太难太难了……"

真的不容易，我们大家都佩服方四儒的孝心和恒心，并祝贺他的母亲恢复了听力，也向他母亲竖起大拇指说，方四儒是天下第一孝子，苦孝之人啊，天下难得，我们都要向他学习。怪不得方四儒满面红光的，颧骨红得像火炉里的刀子，这真是功夫不负有心人啊。一直以来，我们都听到方四儒喝醉了酒就是忏悔治不好老母亲的耳聋病，涕泗横流。方四儒只有二两的量，但好酒，每喝必醉，每醉必哭，都是哭老母亲耳聋，哭老母亲怎么背米到他上学的镇上给他吃，回去的路上饿昏了。这些我们都听烦了，觉得他快成神经病了。方四儒回到山里，其实就是想陪伴他老母亲，跟她说说话，可母亲什么都听不到，母子两个就像哑巴无法交流。为此，他一年四季就是求医问药，对全国任何一个地方治耳聋的医讯都不放过，要写信或电话询问，或者亲自带老母亲前往，大包小裹的药弄回来给母亲吃。但效果几乎没有，甚至越吃越差，有一次吃一个河南神医的药，还吃出了黄疸肝炎，住院了几个月。

前些年的一天，她把她母亲接到市里，在市医院测了听力，说要给他母亲配助听器。可医生看了听力测试表，认为方四儒的母亲完全丧失了听力，说："你就是佩戴什么样的助听器也是白搭。"方四儒说："试一下嘛，我愿意花这个钱，说不定通过助听器治疗一段时间能激发听神经恢复呢？"医生说："你是想得诺贝尔医学奖的，但给你说，助听器可是要自己掏腰包的，不进入医保。"方四儒说多少钱也掏，最好是配西门子的。西门子助听器稍微好点的要三千多，贵的五千多，他要医生配五千多的。医生看他穿的一双皮鞋，前面张了个口子，还散发劣质塑胶的恶臭，一看就是在假冒伪劣的店里买的。上帝保佑，但愿这个方四儒给卖家打个差评。医生也没法，就给他配了一个五千多的。方四儒母亲戴了这个西门子的助听器，耳朵里本来清净无声的，现在好了，嗡嗡嗡直响，又听不明白，就好像耳朵里安了台柴油发动机，跟拿石头砸她的脑袋没有什么两样，这一个难受啊。戴了半天，耳朵的嘈杂轰隆声把她的胃弄翻了，吐了一地。方四儒阻止母亲将助听器掏出来，比画说您戴一段时间就习惯了，就能听清楚了。戴了半个月，戴成了神经官能症，睡不着觉。后来他又给老母亲配了一个国产的助听器，九百多块钱，有线的。这两个助听器被他母亲视为两匹恶狗，见着就害怕，瑟瑟发抖，现在就搁在她母亲的抽屉里，成了他母亲给村里人夸耀方四儒孝顺的证据。有一天，她夸着方四儒，竟将助听器塞进那个狼狗冲子的耳朵里，冲子受不了，一下子就疯了，大喊大叫，又蹦又跳，围着屋场转圈，把一棵柿子树皮都啃光了，还跳下了门口的悬崖，自杀未遂，摔断了一条腿，至今冲子的一条后腿还是瘸的，成了村里人的笑谈。估计那个助听器塞进狼狗的耳朵里，就等于把狼狗捅了一百刀。

我们祝贺方四儒的母亲终于听能听清了，我们一人喊一声"方妈"，方四儒的母亲一口一个"哎"回应，甜蜜的温馨的"哎"的回应声，将这个秋天烘得暖暖的。"哎哟，你们可真是稀客哟，我终于能听见我乖儿子四儒的朋友喊我了……"

这简直是奇迹，这是怎么办到的？二十四孝中有王祥卧冰、孟宗哭笋的故事，现在有了二十五孝：四儒治聋的故事，这都是因孝而感天动地啊！

方四儒把我们迎向他住的屋里，是在他妹妹家的下方，靠近悬崖边，搭了个两间小平房，石棉瓦，方四儒住，有时他老婆孙子来了也住。屋子里面空空荡荡，一张床，一床被，一张桌子上有几本破烂的戏剧研究书和他编的杂志，垫在烟灰缸下，烧得千疮百孔。还有就是几本很厚的，什么《老年性疾病的治疗》《经络穴位按摩》《老年养生》，这些书一看都是为他母亲准备的。

他搬了几把椅子出来，泡茶，上烟，我们就坐在门口，门对着对面的峡谷，秋山白云，他在门口还刻了一块小木牌，叫"对云斋"，真是太有情调的生活，秋山灼灼燃烧，白云袅袅升腾，树上有鸟叫，门口有鸡犬。他的老母亲，手上提着木炭烧好的"火伴"，火伴就是火钵，这都是方四儒烧好了，给她提着的。是陶的，非常暖和，不仅可以暖手，还可以踏脚。身上也穿上了棉袄，脚下是大绒棉鞋，不是方四儒妹妹做的，是方四儒在城里买的，淘宝上淘的，还有帽子。方四儒小到母亲的内衣鞋袜，大到棉衣棉裤，基本网购，他自己说，十次就有八次为母亲淘，网购成瘾，都是因为给老母亲挑吃穿。他其实有两个姐姐两个妹妹，但有的嫁到外地，有的在乡下还没脱贫，老母亲的吃穿从来都是他操持，其细心的程度，让他的姐姐妹妹们都自叹不如。他老母亲每见到他回来就说，"我的乖乖儿啊，我的孝顺儿子啊"，把他当小孩儿喊的。当然了，儿女再大再老，在老母亲的面前永远是小孩儿。

我们喝着他妹妹家种的高山云雾茶，吃着核桃，望着四面山冈的红树，对方四儒说："老方，你成仙了，不谓堪舆今未改，好峰依旧对门前。对云听鸟，行到水穷处，坐看云起时，超然物外，这可是神仙日子啊！"方四儒只是笑笑说："呵呵，重新做人吧，重新做个山里人。感谢我的母亲，是她的虔诚念佛，才把我从危险的文化局给拉回到戏工室。你们没看到文化局的班子，前些时不是一锅端了吗？我是菩萨保佑，若不是想逃离，好照顾母亲，我不也'双规'进去了吗？所以说，尽孝也是避祸的一种方式啊，如今这年月，求个安逸不容易。"大家都赞方四儒有先见之明，大智若愚，塞翁失马。不是老母亲聋了五十年，哪能有他如今的平安无事？等别人都出事了，他母亲的耳朵也通了，这事儿简直可以进入神农方志中，成为一桩本时代发生的祥异之事。

方四儒的妹妹给我们做饭，方四儒也在门口架起了巨大的蒸锅和蒸笼。方四儒的外甥又给我们去摘柿子，柿子树就在坡下，挂了满满的一树红果，我们这些人就呼呼地跑过去，也上树去摘柿子。方四儒说，大家多摘一些，多带一点回去吃，能背多少就背多少，尽管背。还有柚子，是用苹果树嫁接的，叫苹果柚，个头不大，但水分足。方四儒要我们每个人带四个回去，把包装满为止。方四儒说："明年春天四月杜鹃花开的时候你们一定要来啊，满山都是杜鹃，也是我母亲九十大寿，你们来吃个酒，热闹热闹。"我们说："好呀好呀，你母亲的耳朵也能听见了，看起来精神更好，活一百岁是没什么问题的。"方四儒纠正我们的话说："哪里哪里，肯定不止一百岁。我母亲一生勤劳善良，一个乡下妇女，抚养我们四个儿女长大真不容易，人还得以勤劳善良为本，母亲的长寿也是因为她吃斋念佛，她吃的是花斋，初一、十五吃素。"方四儒说不能让她吃长斋，就是完全吃素，这样缺少营养，是一定不会长寿的，老年人消化功能又弱，吃什么都难吸收。方四儒说："我老娘她敬菩萨是因为她耳朵听不见，没有人同她说话，她每天就花一两个小时跪在菩萨面前跟菩萨说话，现在肯定也是在菩萨面前说话去了。"

我们就去看看她母亲怎么同菩萨说话的，我们走进一间专为他母亲给菩萨烧香磕头的屋子，烟雾缭绕，用电灯点的长明灯，因为长期烧香点烛，屋顶和四壁都黑漆漆的，像铺了一层沥青。我们听到他母亲在那儿念念有词，吐词清晰："……恭请孔夫子菩萨、孟夫子菩萨……天和地，地和天，保佑我们方家子子孙孙一帆风顺，人人活到一百二十岁，人畜兴旺，梦想成真，财源茂盛，百病不生，无灾无难，不搞斗争，工作顺利，学习进步，今天来的人都要保佑，人人是好人，个个是善人，保佑我儿的这些朋友，大家平平安安，不贪不占，成为好官清官，给你们烧大香，烧高香。天和地，地和天……"

啊，孔夫子孟夫子老子都成了菩萨，真是一套一套的。老方的母亲不愧是校长的老婆、海归的媳妇。方四儒说，他母亲年轻时是爱讲话的，聋子听不见人讲话，就只能跟菩萨说了。人老了也很可怜，他妹妹都不跟她说话，用吼叫说也听不见，他说他妹妹性格很好，因为吼着大声同她说话，声带长了息肉，去年动手术割了两个，后来再不跟她说话了，于是母亲就拉来孔夫子孟夫子说话。"我母亲这五十年真是可怜哪，现在可好了……"方四儒说着眼睛都泛红了。我们说："现在真是好了，你和你妹妹全家，全村人都跟她说话，她多好啊，多开心啊。"

我们都知道方四儒的尽孝是苦孝，也知道他的家世，慢慢地大家都能理解他。方四儒的父亲因是这个村唯一的地主，在"文革"时遭了不少罪。母亲是农村妇女，更加胆小害怕，两只耳朵被抽聋了，从此以后再也听不见了。

我们都知道方四儒母亲的这种外伤性耳聋，比老年性耳聋还难治，耳膜已经陈旧性穿孔破裂，加上听神经的严重损伤，想恢复听力真是天方夜谭。可我们在方四儒妹妹家看到了方四儒的一片苦心：他给她一堆堆买来的药，还有按摩器，还有中药泡脚木桶。更难的是，他每天除了催督母亲吃药，还就是帮母亲按摩，雷打不动每天两三个小时，什么涌泉、合谷、足三里，也是听了医生的。他说最后吃的这个药那可是那位医生名副其实的家传秘方，他在大洪山里，发明了"耳聋丸"。自己还是通过大洪山的熟人找了去，带着他母亲进山。这个医生，湖北中医药大学毕业的，除了他家祖传的秘方，还加上自己的研究，制成了这种药丸。一个疗程一个月，吃了六十个疗程，整整五年，锲而不舍，终于见效了。

方四儒一边跟我们说着话，一边在门口架的蒸锅里忙着。方四儒是有名的蒸菜大王，我们就是想吃他亲手蒸的菜。他戏工室有个游手好闲的同事是荆州人，会做蒸菜，蒸菜适合老年人，再加上老母亲消化功能不好，方四儒就学会了做蒸菜，蒸得烂烂的，有肉有蔬菜。方四儒母亲最喜欢吃的是蒸野菜，有野茼蒿、豆瓣菜、革命菜、马兰头、山茴香、鸭脚板等，方四儒和他妹妹、外甥每天到山里采野菜，剁得很细，加上米粉掺和了蒸，蒸好后再淋一点香麻油。后来，为了换胃口，增营养，方四儒又发明了用野菌剁碎蒸菜。今天，因为我们几个老哥们来了，方四儒大显身手，不仅蒸了他的野菌蒸菜，更有蒸腊肉、蒸扣肉、蒸豆腐，蒸笼格子码在锅中有六七层。

蒸笼格一开，整个屋场都是香的，方四儒真是蒸出了水平。除了蒸菜一大桌外，还有新鲜野菌煮的腊蹄子火锅，有青头菌、刷把菌、松菌。粉蒸扣肉是方四儒专门在镇上买回的带皮土猪肉，一寸的膘，肥而不腻，又有嚼劲儿，恰到好处。后来他在蒸锅中放上茶叶，蒸出的蒸菜有了高山茶叶的奇异清香，连肥肉都带着山水的灵气，简直太好吃了。还有用剁椒拌的木姜子和藠头，吃这个怎么说呢？做皇帝也不过如此吧。苞谷酒是刚酿的，七十多度，神农山区叫刀子烧。刀子烧下喉绵滑，但火力十足，就像老婆骂你，打是亲骂是爱。度数高，不打头，回味有板栗香味儿，越喝越想喝，越喝筋越软，半斤的量一定要冲八两。"快活，快活！"我们大家一杯一杯往嘴里盖，祝贺方四儒的母亲在方四儒无微不至的长年照顾下恢复了听力，频频给老人敬酒，老人说："听到你们的声音好亲切，你们讲话的声音咋这么好听咧？跟唱戏一样的。"方四儒说："妈，好听吧？您明年九十大寿，我一定请戏班子来咱村给您唱三天三夜。"老人说："好啊好啊，这可享福了。鸡呀狗呀，声音都像唱戏的。"我们就祝老人长寿健康，说明年春暖花开，一定都来给她做九十大寿。我们喝酒，瞎扯，干杯找理由，谈到当前的反腐败，都说人要孝顺，说方四儒是个长了后眼的人，为了尽孝，官位不要，躲过了一劫，现在优哉游哉做了赤脚大仙，养一群恶狗，好潇洒。又说起山里的许多奇闻逸事，说塔坪有一个单身老头活了一百一十五岁。我们给方四儒说："你母亲现在耳朵也通了，一通百通，一定能够活过塔坪的那个老人，因为那个老人是一个老鳏夫，没有人照顾。"我们还说方四儒："你可有长寿的基因了，听说现在发明了一种长寿药，要等到二十年后进入市场，那时候咱们要好好活，活够二十年，把长寿药一吃，活个两三百岁不成问题。"方四儒说："活那么长，那不成了妖怪吗？不成不成。活长了，小孩嫌弃，现在的小孩谁还有我们这代人孝顺呢？他们只管玩他们的，跟我们的生活观世界观伦理观都不同，以后能像我照顾我母亲一样吗？不可能的事，所以，咱们大家就活个一百岁收手吧。"我们说可以，就是一百岁了。但没有山里的空气和有机食品，你能活这么长？八十就不错了。有人就提议，咱们就搬到方四儒这里来，找个地方垒个小窝，大家一起来这里养老，天天吃蒸野菜喝苞谷酒。方四儒说："欢迎啊，欢迎大家来啊，然后跟我的母亲做个伴儿，她老人家爱热闹，该会多高兴！你们看这蓝天白云，天蓝得就跟贴了块蓝玻璃似的，PM2.5为零，茶叶瓜果野菜都是有机的、绿色的。"谈着谈着，我们就想起刘科长要回市里去打狂犬疫苗，就起身告辞了。

我们满载而归。背着又是柿子，又是柚子，又是老方妹妹送给我们的茶叶。我们离开赤龙坪时，村里的那群恶狗态度明显放好了，认识了以后就好了。方四儒说："不好意思，这些恶狗都怨我，当时因为照顾母亲，就想搞了一条凶点的德国狼狗来，哪知这狼狗太凶，凶过头了，可它年岁又大了，十三岁的狗相当于一个人七十岁多，还不安分，只好哪天让它安乐死。"他一个劲儿向刘科长赔礼道歉，左一个对不起，右一个对不起。

华灯初上，我们刚回到城里，突然接到方四儒的电话，说她母亲走了。这是咋回事？这么幸福，他母亲好好的，刚刚恢复了听力，还跟我们喝了两杯酒，是什么原因？

方四儒在电话里号啕大哭，说不清楚。我们就安慰他，要他慢慢说，慢慢说，究竟是怎么回事？说明天早上我们一定会赶来。后来他情绪才平静了一点，缓和了一点，跟我们说："都怨我啊，好事办成了坏事。"原来等我们走了以后，村子里有几个闲人，就在那个村口大声吆喝，喊"斗地主！斗地主啊！"他母亲一听，又要斗地主了？这不是要抓她去受罪吗？顿时浑身发抖，跑进屋里，就在菩萨面前，系上一根绳子，就这样自缢走了……

方四儒哭着说："哪知道啊，哪知道啊！这个斗地主不就是打牌吗，打斗地主的牌，可她受不了，突然惊吓过度，一时想不开，就这么糊里糊涂地走了，聋还好些，是我害了她，是我害了她啊！……"

方四儒在电话里不停地忏悔，这个苦孝的孝子，哪能怨他，几个打牌的村里闲人，硬是将一个刚刚恢复听力的老人给活活吓死了。她以为这个世界还停留在五十年前哩，事情就是这么凑巧。好在，老人家也活到高寿了，走的是顺道。唉，老人走好。

（原载于《上海文学》2019 年第 6 期）

人　瑞

　　"我是毛禹秋的儿子，今年七十一岁。"

　　在北京菜市口丞相胡同的一个小四合院门口，这个老人这么给我讲。

　　"民国三十一年，我的父亲进入神农架，二十四匹高头大马，十八支美式步枪，十八个挑夫，带了足有两个月的食品，考察神农架。那时候，我的父亲是房陵县县长。"

　　冬天的柳枝没有叶子仍在摇曳，北方的风灰蒙蒙地刮着，带着一股辛辣的呛人味道，人和景物全都是一个颜色。在那些高楼大厦中，不到晚上，也没有什么可看的，都是寒风飒飒，严冬缩紧了人们的趣味，人变得干燥乏力，心中没有什么激情。这位民国县长的儿子用手夹着一支烟，抱着一个陈旧的不锈钢保温杯，说：

　　"神农架这会儿也要下雪了，说不定已经下了，白雪皑皑的，可是空气湿润，下雪的时候非常安静，老天爷好像非常精心地下着，没有旁骛，就像一个乡村老先生在心里吟哦一首诗。如此专心的雪可不像如今京城里心不在焉的雪了。在那样的雪中间，你只管躲在屋里向火，火塘是白炭或是晒了一个夏天的树蔸。煨罐茶黑黢黢地冒着热气，要喝就添。火呢，抽烟锅的火呢？往火里一伸就点着了，抽两口停两口，火有的是。头上是吊着的腊肉，这些松柏枝子的柴烟熏出的腊肉，喷喷香，你已经不是吃肉了，吃的是山野和森林的气味，人是那种放荒的感觉，口齿生香。话拉呱得久了，主人说，就在这儿吃个便饭，站起来，手一伸，用刀割下一块腊肉，切好，用野花椒籽，用酱一炒，再抓几把洋芋一煮，还加点野蒜，味儿就出来了。火锅放在火塘上，用一个铁架子支着。递给你一杯地封子酒，清冽冽的，可喝到肚里却热煞，滑下喉去，一道热线贯穿了身体，五脏六腑就开始活了。吃吧，吃吧，自己撬，他们说。你就吃着，外面正静静地、精心地下着雪呢。"

"前面是不是出事了？"

是老人九十二岁的母亲，像一个画在四合院墙上的图画，斑斑驳驳，可她穿得干干净净，手上抓着一个蓝花的手帕，一根拐杖放在膝下。她说的是不远处那东西广安路上的暴涨急遽的车流。那些车流啊，急匆匆的，好像前面出事了一般，赶去看热闹似的。

"妈，我跟您说过就是这样的，哪儿出什么事呀？您眼神也太好使了。这个老娘啊，"毛禹秋的儿子转过来对我说，同时笑了笑，"我这个老娘的眼神可好喽，穿小针都不戴老花镜，一只老鼠跑过，她能分清公母……"

他给我说：

"我的母亲那时候听说我父亲去了神农架，害怕他被红毛野人抓去，主要是怕母野人，呵呵。那时候，听说有被母野人抓去的，几年后逃出来，母野人生了几个长满红毛的小野人，这事有过，在神农架周边传得沸沸扬扬。我母亲说是这么说，其实是担心他的安全。神农架是土匪出没的地方，神农架的土匪是杀人不眨眼的，十几条枪顶什么事啊。当然，后来没有事。我母亲是信佛的，初一、十五烧香，吃斋。她那些天就天天为我父亲烧香磕头，求菩萨保佑，后来果然没事。然后她就想去神农架了，看了我父亲打给当时南京国民政府的报告，就求我父亲，让他带她去神农架。

"这是民国三十一年，离现在六十多年了。我父亲当时打给南京国民政府的报告里称，神农架古木参天，翼蔽如城，浓林如墨，鸟飞难通。我父亲还说，那儿八月中旬降雪，翌年五月底始融，雪积山顶达数月之久，且一年之中，阴霾四合，罕见晴日，山顶常为云雾所勒，树上满生苍苔，如遇日光蒸晒，轭瘴气四起，人不得归矣。你瞧瞧，这可是在南方啊，神农架真是南方的一块奇地。去年，我听到神农架出现了人瑞，我就想到我要把我母亲送到神农架去住。

"她当然也是一位人瑞啦，不过，跟神农架公老三那一百一十五岁的人瑞比，我妈她顶多是个寿星。我妈说，传媒大道是咋回事啊，为什么要修那么高的高楼啊。她指着传媒大道上那栋楼，喏，就是如今的通信枢纽大楼。这么高啊。我妈不知被哪儿蹦出来的一拨拨人，一拨拨说话不利索的外国人，中国的香港人、台湾人问来问去。政府说了，夏老太太是菜市口沧桑的见证，让她给外国朋友、港台朋友和海外华人讲讲菜市口清朝杀人的事。她虽然不出生在清朝，可如今就数她离清朝最近了。西四牌楼是咋回事啊，刑部杀人有多少种杀法啊，浏阳会馆是咋回事啊，还有鹤年堂药店，人血馒头是咋回事啊，让夏老太太说说。瞧我妈，可怜啊。"

"我妈说，菜市口的马齿苋都是红的，"这个民国县长的儿子指着墙角那儿枯死的野草说，"她说你挖出的蚯蚓没有一条不是红的，随便往哪儿挖，都能挖出人的牙齿。为什么？人被砍头之后，牙齿紧紧咬着，头一掉下来，嘴里的牙齿也就崩儿崩儿往下掉了……瞧瞧，我母亲都跟外国人说了些啥，玄啦！"

"听到神农架出现人瑞的那会儿，我可高兴啦。那阵子，刚好我睡不着觉。菜市口的人，许多都是从祖上传下来的睡不着觉的毛病，这里恶鬼太多。每到砍头的旺季，主要是年前，鹤年堂的安神药就卖疯了。不仅刑部大堂的行刑队大包小包地买，菜市口的人也狂买，北风一起，一到夜里，大鬼小鬼，孤魂野鬼，冤魂饿鬼那个喊哪！这病根儿就一辈辈给传下来了，我睡不着，也跟我妈一样去鹤年堂买安神药。

"我妈年轻时就落下了这个病根，不过我父亲在神农架弄来了两味药给我妈吃，比鹤年堂的祖传妙方还灵。啥？就是神农架的夜交藤子加头顶一颗珠。夜交藤就是何首乌的藤叶；头顶一颗珠这东西在别处没有，只有神农架产这玩意儿。那珠啊，天珠贵，地珠贱。采到这种药的人，把天珠当时就吞了，有延年益寿之功，我说的是地珠。两味药煮水喝，半个时辰你就会鼾声如雷。

"我因为睡不安神，就想去神农架弄点我妈说的这两种药来。夜交藤多，哪儿都有，鹤年堂也有啊——那，就是那儿么。"

这个老人指着一个夹在"小肥羊"和"李老爹香辣蟹"中间的门面说：

"就是那儿，可他们说，你那个头顶一颗珠药铺里一般没有的。我妈也睡不着，你看，九十多的人害了失眠。她半夜里老是说："前面是不是出事儿了？"九十多的人你担心出不出事儿干什么，我这个老娘啊。我就跟她讲，半夜出啥事儿呀，您就不能睡会儿吗？马路的夜行车就是那个声音，开得快，像赶杀场的样子，还有半夜急刹车的声音，真是磨心哪。现在的菜市口可不是百年前的那个菜市口，我祖父听说还种有几个瓜架儿，一到落雪，还是蛮有景致的，野地里修竹红梅，加上又厚又白的大雪，那景致甭提多好看了，根本就不像个国家级的杀场。如今这昼夜不停的汽车一来，把老太太的神经弄得衰弱了。我到了神农架，我就想，干脆把我妈弄到神农架来住，与那个人瑞做个邻居，那多好啊，神农架是个长寿的地方，我妈一定愿意的，也等于了了妈年轻时的一个心愿。那我呢，我是暗中决定了舍弃北京的一切，啥都不要了，把户口迁到神农架去。我就要点退休工资。我没给你说吧，我退休前是个工程师。

"我坐上到十堰的火车，在车上我就想啊，想啊，做出了这个重大的决定。

"虽然公路通到神农架山里，可按我看，公路上也长着苍苔，阴阴沉沉的，树还是很老，所有的树都是湿漉漉的，裹着厚厚的一层苍苔，往下滴着水。山势嵯峨，浓林如墨，山上郁郁葱葱，人们面目古朴，好像另一个世界的人。我心里别提有多高兴了。我进了山，在向导的引导下，走了大半天，才到了人瑞所在的村子。

"我站在一个山头向下望着那个村子时，只感到一阵阵的黄昏正驾着巨大的翅膀向这儿压来，苍烟落照，远古的荒凉顿时笼罩了我。我在想着我父亲当年也一定站在这个山头观望过。他在那份呈上的报告中提到神农架的一条古盐道，从四川通往鄂西北的，而一条隐约的古盐道，正好穿过这个人瑞所在的村子，一剖两开。我听当地的政府说，人瑞所在的村子，当年是一个小镇，因为背盐的'杵哥'们长途中歇在此，因此有客栈，有盐店，小饭馆，有税卡，有小集市，有杂货铺、肉铺。人瑞公老三年轻时就是个杀猪的。

"我站在山头上看着这一带的'气场'，长寿得有个气场，这是练过点气功的人都知道的。我当时感到那山里的气场是很足的，有一股子阴阳融合、天地碰撞之气。晚霞漫漫，苍山滚滚，天、地、人的气脉都打通了。

"那是一个破败的村子，山里就是这样。因为我看不出有什么曾经繁华过的痕迹。有几块青石板，在村道上，但整个村庄都飘荡着一股不淡不浓的畜便的气味。听说村头的高地曾有一座唐代的砖塔，可惜已经给毁了。

"我去的那天村里有不少人，几个城里来的记者正在给那老头儿洗澡——我说的就是那个人瑞。那些人洗出了汗，往外泼着水的时候，说，第五盆了。我看见倒出的水黑黢黢的，洗了澡的人瑞正由那些客人们穿着崭新的棉衣，坐在一把破烂的藤皮椅子里，眼睛是那种混浊的，像树根一样发黯的眼睛。他正在咕哝着，有人听清了，引起一阵哄笑。有人翻译说，他要他的旧衣服。他的旧衣服去了哪儿呢？在门口的墙角下，是准备扔弃的，那也就是一堆垃圾，很破，黑不溜秋的，像一堆破烂。有人正在给人瑞点烟，是一支带过滤嘴的。可那老头儿却另一只手伸得老远在要东西，他指着桌子上的旱烟袋。

"抽这个好。"有人说。

"于是那个一百一十五岁的老头就只好抽过滤嘴的烟。我注意到他吸烟的力量，还是蛮有力的，非常坚定，非常有节奏。这表明他还有些活力，不像一些垂死挣扎的老年人；另外也证明他大约是每天都在不停地抽着烟锅儿，晒着太阳，或者烤着火，这样很容易忘记时间。忘记时间的存在，很容易长寿。

"这是我们中国目前活得最长的人了，这个人瑞，这个年轻时杀死过许多头猪的老头儿，伟大的、顽强活着的老头儿。他在那些给他洗过澡了的外地人面前，不知道如何是好。村里这时有人给他端来了饭，要他吃饭。说，让他吃饭吧。过去在没有被人发现时，这老头儿就一个人自煮自吃。前半个月还是如此，因为他是村里的五保户。一个一百一十五岁的人，自己料理自己的生活，谁都不知道他的每天是怎么过去的，吃的什么，或者究竟吃了没有，就这样，他活了一百一十五岁。"

丞相胡同口那儿有了一股旋风，带起了一股灰尘，传媒大道工地上，有一架塔吊的架子正朝这边缓缓移来，长长的钢索下垂着一个巨钩，远看像一只巨大的蜘蛛。

退休的工程师看着巨钩在移动，好一会儿，才扭过头来，因为年龄，他的脖子僵持了半天，才能自如地活动了，对着我说：

"如今的塔吊总是悬在人们头上，弄得人人自危。"

这时候他的老母亲又插话了，说："前面是不是……"

退休的工程师像个老婴孩一样咯咯地笑了，大声说："妈，车开得快并不是因为前面出了事儿，您别操那个心好不好？"他说："我扶您进屋去怎么样？瞧，风大了，外头的太阳比不上屋里的暖气。"

他站起来要去扶他的老母亲。可老母亲不干，也像个小孩撒娇地说："我不，我不嘛，我坐一会儿，不冷。"

这个退休的工程师拿他的老母亲没办法，朝我赧然一笑，摇摇头，说：

"返老还童了，老太太就爱看个热闹。我刚才说到哪儿啦？……哦，我还是说我第一天见到的事儿。他吃着肉，有人还给他冲了一杯必是奶粉，说是加了钙、铁和 AD 什么的。AD 是什么，我这个老工程师到如今还没搞清楚。然后那些城里来的记者或是什么人就缠在他左右，说：'您给我们唱个山歌吧。'有人还说：'听说这里的山歌很黄的，荤段子，您就给我们唱个荤的吧。'

"其实那个人瑞——叫公老三的，已经有些傻了，当地叫哑糊，他只是抽着烟，耷拉着松弛的脸皮，眼睛空洞洞地看着那些人。后来那些人就散了，过了一会儿，我就听见在一些不远的农家里传来了他们亢奋的、夜不能寐的歌声。那是些年轻的歌声，跟山头的风声、村狗的叫声混杂在一起，造成一种很新奇的效果。

"我注意到有个男人总是待在那老头儿身边，是村里安排专门照顾他的饮食起居的。那个人说：'您去睡吧。'便把火塘里的劈柴拿出了一些——只烧了一半的，用水浇熄。那个人瑞望着他，有点像一条狗望着主人。那男人就把人瑞扶进了房里，临走时顺手抓走了桌上客人敬给人瑞的一大把过滤嘴香烟。

"我就住在那个男人的家里。我发现他家有许多包装漂亮的筒装牛奶、水果。他告诉我，这都是公三爹吃不完给他的。他的妻子专门给公三爹做饭，一个月公三爹的伙食费是两百元，给他们的照看费是一百五十元。这些全由乡政府出。

"我记得那个晚上在那个男人家里吃的是腊猪排骨煮土豆的火锅，还有苞谷酒。就像我跟你讲的，在火塘上面架的火锅。我在神农架深深的黑夜里，在远离北京的南方，与一家农民吃着那从未吃过的饭菜，回到了我父亲曾以探险者的名义探过险的神农架老山，所以，我对神农架的苞谷酒有了一种崇拜似的陶醉，心中产生了见到我父亲的那种感觉，仿佛那时候，我父亲还挎着德国造的二十响驳壳枪，扎着绑腿，脚撩在一块石头上休息——时光的倒流感让我恍兮惚兮，结果那天晚上我醉了。谈不上大醉，微醺吧，倒头便睡了。

"后半夜醒来的时候我只听见了两声模糊的狗吠，像在很远的山里。我知道我来到了神农架。我打开门出去小解，一条土狗就嗅过来了，我看看山野，到处是围拢来的山峰，到处是神秘的影子，天上疏星高远。在民国三十一年也就是一九四二年我父亲钻进这山里的时候，可真是大胆啊，听说当年这儿到处是土匪和野兽，成群的虎豹在山冈上游走，金丝猴占满了树丛，这样的地方，虽说已经没了土匪和野兽，也是十分诱人的。我可以在这里用较少的钱建一间房子，要建造楼房，再买一些当地出产的藤制家具，砌一个很好的火塘，买香味扑鼻的柏木柴火，让我的老母亲每天在楼上，看着这父亲走过的山景，喝着这里的清泉，还有这神农架土酒……我想得够美的了吧？

"以中国第一人瑞为邻的想法得到了村里人的大力赏识。村长听过我的介绍后就说他确实知道那个毛禹秋县长民国三十一年进神农架考察的事，他甚至说：'你和九十岁的老母亲来，我无偿划一块宅基地你建房。'

"第二天早上，我神清气爽，背着手走了一遍那条村里的街道，我想看看这些即将与我为邻的乡亲。有些房子有一些古旧气息，有些台阶，有些礓磜，有些断碑。村里的一切令我感动，不管怎么样，它的房舍，街道，水沟，树，鸡与狗，都让我有说不出的地感动。

"这天上午有难得的清闲，我是说在人瑞那儿。他坐在门口，正在吃点心，喝着热茶。他有一个大瓷杯子，里面是很苦的浓茶。我感觉到很苦，因为茶汤是深褐色的，里面是大片大片的茶叶。我坐在他旁边，细看那个人瑞。我看到，他也就是八九十岁的年纪，手指的关节像竹根一样，都老化了，没有牙齿，下面好像有一颗，头包在一个半新不旧的长帕子里，帕子是青色的。眼睛流着泪，像所有老人一样。嘴巴微张着，虽然坐在门口，却对街上走来走去的人啊、狗啊没有反应。我问他：'老爹爹，我是从北京来的，您知不知道民国三十一年，有个毛县长考察神农架的事？'

"我怕他听不懂，放慢了声音，附在他耳边一字一字地说。照我想，他若活了一百多岁，一九四二年那会儿他是一个中年人了，肯定会有印象的，至少听到人说过这事吧。我很想听听这里的人说说我父亲。

"可是我没有得到什么回答。这时，有一个老头儿走过来了，他倒是听得很清楚，还向人瑞用当地话复述了一遍我的话。人瑞是糊涂了，患了一般老人的那种老年痴呆症，他'哦哦'了几下，点燃我给的烟，什么也没说。

"'他耳闭。'

"复述我话的老头儿这么给我说。这老头儿倒是告诉了我父亲的故事。他说他没有亲自见过，听到说过，说毛禹秋县长当年来，是从房县三里荒进来的，一直走到神农架的大九湖。他来是给国民党找枪托的，神农架的木头做枪托是天下第一，后来听说国民党在这儿砍伐了不少的枪托材，主要是胡桃木、红皮桦、五脚槭、枫香、野核桃树。

"这真是一种误传，大大出乎我的意料。事实上，开发神农架的计划是我的父亲拟的，但解放前，这个计划并未实施，也没有谁来神农架砍伐树木做枪托。神农架的开发，其实是从二十世纪六七十年代才开始。

"我给那个老头说这是没影的事，没有。我就问起这个叫公老三的人瑞是如何能活这么大岁数的。那个老头儿说，还不是粗茶淡饭。我问他喝酒吗？他喝。他抽烟？他抽了一辈子旱烟。现在他的过滤嘴的烟可抽不完了。他生病吗？他从来没生过啥病。生了病，自己弄点土方子治治，也就好了。他去过哪儿？他年轻时去过宜昌，还到过四川万县。那时候他杀猪子？那时候他一个人杀一头猪。公社办食堂那会儿，他一个人手提三四百斤的猪子上杀凳，口衔着刀，一刀下去，猪就哼几声没命了。我说，他年轻时肯定是很壮实的。那老头说也不见得，反正他总是这个样子，精瘦精瘦的，从我们记事起他就是这个样子。

"'那时候他也不爱说话吗？'

"'他就是这个样子。他跟我们村的一个寡妇一起住，有三个儿子，是寡妇的，儿子们现在都不知到哪儿去了。'

"'那他靠什么生活？'我问。

"'村里一个月给他三十斤粮食。'

"'没有钱吗？'

"'没有。乡亲们有时给他点吃的喝的。过年可能有点把补助吧，二十、三十块的。'

"'过去怎么没有宣传他这个老寿星？'我问。

"'过去谁来我们这儿？十几年没一个生人路过。'

"'现在你们可出名了。'

"'那还不是托公老三的福！'

"就是这样。人瑞公老三住在黑咕隆咚的破房子里，现在有人给他收拾并检了瓦。公老三的那个厨房里似乎很少看到有热气腾腾的影像，碗柜里没有那种充盈的、富足的气味，老鼠啃过的柜门，有狗进出的洞，厨房里似乎喂过牛，有一种挥之不去的畜类生活过的气味。而且，我感觉他的屋子里整个都有一种畜类的气味。虽然他换上了新衣服，可依然散发出一种畜类的气味。我是指他，他这个人。

"这天晚上我执意要睡在人瑞的家里，但是没有床，又没有被子。村长安排了一个滑竿放到人瑞的堂屋里——村里现在有四五个滑竿，都是去二十几里地的公路边往村里抬想见人瑞的外地客人的，我就是半道上坐了那种滑竿，全程三十元，半道上给了他们十元钱。滑竿就是个竹躺椅，我借宿的那家的男主人给我抱了床被子。晚上人瑞家的火塘烧得很旺，许多来他家的乡亲们围着他，主要是些孩子，他给大家分发这两天来看他的人给他买的点心、水果和糖果什么的，村里的十多个孩子几乎全来了，全都分到了东西。公老三见到孩子们，也孩子似的乐着，用患了帕金森病的颤抖的手给大家抓糖果、点心。他站得尚稳，手上也还有力，头脑好像有清醒的成分，分发的东西分量一致，不多不少，人人满意而归。桌上的东西分得差不多了，闹得差不多了，大人们也要走了。地上到处扔着果皮、糖果纸、烟头，还有人吐的秽物。我和那个照顾他的男人以及他的老婆收拾了半天。那个男人早早地离去了，他也是滑竿队的，明天早晨要去迎接一批客人。我看见人瑞打着瞌睡，在火塘边，头一栽一栽的。我们就把他扶到房里去睡了。那女人说：'人瑞过去天一黑就睡了，没见他点过灯。现在为他，村里从几十里外牵来了电灯，我们都沾了他的光。'她那天也要匆匆离去，说她家里还蒸着一锅酿酒的苞谷。正在滤酒，她说：'要不我给您端一碗来，那可是头道曲酒啊。'我还是没能

111

躲过那样的诱惑。我就去了她家，她的男人正在灶前灶后忙着，屋里已经弥漫着酒香了。那女的给我接了一碗，我拿过来品了一口，哈，那可是真正的好酒，地封子酒，也就是新酿出来的酒用坛子装了，把口用泥巴封好，放入地下或山洞中，一年以后才拿出来享用的。她男人把酒从桶里往一个个塑料酒壶里装，并不想封进山洞。我知道，这种酒他们开始卖给来村里的外地客人了，五斤、十斤的壶，就是土酒嘛，神农架的土酒。十斤一壶的卖五十，我买下了一壶。好喝啊，我喝着这从酒槽里淅沥而出的新酒，在那个远离北京的老山沟里，心里甭提有多醉了。我连菜也没吃一口就把那碗酒给干了。我跟他们说：'你们可得为这酒取个名儿，名不正则言不顺啊。'那男的说：'叫神农御酒成不成哪？说是神农老祖也就是炎帝在神农架搭架采药时喝过的酒。'我说：'那扯淡，叫什么御酒，是哪个给出的馊主意？神农大帝是个传说中的人物，牛首人身，再说他有什么宫廷御酒传下来？那不是扯淡的事儿？挨不上边，你就用张红纸写上'神农架土酒'贴在上面，不成了吗？'可他们不想听我的，他们只想着御酒这事儿，认为是皇帝喝过的就好卖，完全不知道城里的人讨厌这些胡言乱语的欺诈宣传，你标个土酒，城里人就会买疯了。这就是山里人的特点，怕不洋，可城里人呢，怕不土。

"我喝了那碗土酒睡在躺椅里，到了半夜寒气就下来了。人瑞睡得很死，好像他不存在似的，那房子里只有我一个人。老鼠在屋梁上扑嗒扑嗒地穿行。那酒的后劲很大，人就头疼。我起来把火塘的火拨大了些，找了一碗水喝。

"天气变得十分糟糕了，那个晚上，风嚣如魔，雪子儿打在瓦楞上，嘁嘁哐哐地响，鸡在捏着嗓子叫，好像被人掐了脖颈，狗无缘无故地狂吠，远处的森林里是一阵一阵的嘶哑的低吼，那就是山潮，也叫林骚，我猜想是林骚。我宁愿把它想成神秘的林骚，这才能应验我父亲在他的报告中描述的翼蔽如城、浓林如墨的真实性，也可以想见我父亲在一九四二年身临其境时，与我此刻有同样的心情。

"滑竿队天还未亮时就踏上了去山外接客人的路，他们的脚步声在门外杂沓而紧凑，他们呼朋唤友，咳嗽，吐痰，有尖声的，有小声的。我宁愿想象那是数十年前的背盐夫歇脚后踏着'鸡鸣茅店月'重新上路的那个时刻。时光就在这样的时候倒流过去。我在想，假如我搬来住之后，我一定要沿着通往四川的古盐道走走，走一次，好好走它个十天半月。雪住了，我看看窗外，是朦胧的白色，又是一个寒冷的早晨即将来了。

"这天早晨雪住了，但雪还是下得较厚。我到后山坡上去看了看，雪地上到处是一串串的野兽的脚印，是小兽的。看来，在我们安睡的晚上它们正在不停地走来走去，是山中的浪子。周围的山，嘿，全飘浮在白絮般的云海之中，森林里没有落下的红叶和绿叶依然纠缠着，燃烧着，灌木在那些乔木的下面全是玉树琼枝，一些不惧寒冷的野猴子正在惊慌地越过一个沟堑，沟里面有许多通红的果实挂在岩坎上，一树一树的，极其抢眼。没有风，也没有雪。雪好像是很久落的，阳光正稀薄地流出来了，像橙汁一样涂在向阳的树枝和树干上。树林中更深处的雪里好像有另外的野兽在走动。几只野猴坐在树枝的高处，望着冉冉上升的太阳。

"我是从林隙中看到那轮太阳的，这是南方山林里的太阳，雪后的太阳，极其的纯净和娇媚，好像一个刚洗了脸的女人，又很野，简直非常陌生，与北方四季的太阳都不一样，在这样寒阒的时刻，太阳究竟与我眼前这个世界的交流是怎样的呢？我看见猴子们的瘦脸变成了橘红，连毛也变成了金色。我的脸和手也变红了，耳朵肯定与那些猴子的耳朵一样，透亮透亮的，像用红水晶制作的。在这样的寒冷中整个村庄和山岭都充满了一种微妙的生机，一种由来已久的，一种非常单纯的，从大地深处透出来的生机。

"我的心里和这儿的雪野、山林、太阳都有一股喜悦，那是不可遏止的，因为雪，因为这南方的雪，这我父亲曾经亲历过的神秘之地，让我不用亲近它也有一种亲切感。我在想着它为什么会有长寿的因素，是因为什么。水？山？食物？人们的生活方式？这当然很重要，可我要从细处寻找和发现。树，人们的工具，房子的造势，里面生活用品的摆设，眼睛深处里的东西……从村子里传来的一股柴烟和畜便的气味慢慢淡去了，而山上一种泥土的久远霉味儿和森林里飘来的腐味儿却让我的鼻子里充盈了一股清香。泥土正在草根下发酵，连石头都腐烂着，这是我的看法。潮湿的雪后的早晨面对着许多枯黄衰败的东西，人没有一点消极情绪，却想到了生长、贮藏这样一些字眼，一些意绪。我的心头闪过了一个词：其乐融融！简朴的生活其乐融融！我真的如获至宝，终于找到了一种答案，对人瑞，对村庄，对自己将要做出的抉

113

择，找到了一种理由。

"这下雪的一天，村里的客人也格外多，很有几拨。村里洋溢着一种节日的气氛，好像要过春节了一样。街上的雪没多久就被人踩成泥水了，在这么冷的日子里，一些人把人瑞拉出来，让他坐到门口，和外面有气无力的太阳光一起，与他照相。好像又是很远的地方来的几个记者，他们给人瑞摆着姿势，翻来覆去地给他照着，嚷着，好，好，行，行，这样很好，跟那只狗挨得近一点，非常 OK，等等。吃过中饭以后来了几个人，好像是卷烟厂什么的，让他含着一种当地生产的香烟，在他的背后，挂了一排大蒲扇般的金黄的烟叶。他们让他笑，仰头抽烟，低头抽烟，让一个漂亮的小姑娘给他点烟。他们给人瑞送来了很多烟，估计是要让他给做广告了。

"这一天，人瑞非常疲惫。晚上我跟他睡在一起的时候，发现他的腿不住地抽筋，嘴里发出一种痛苦不堪的哼哼声。

"要知道，他睡的被子也给换成了漂亮的踏花被了，有一个马来西亚来的客人还让人给他买来了电热毯。可他就是在这样的被子里翻来覆去地呻吟着。后半夜他才稍稍睡得沉实一些。

"试想想，一个活了一百一十五年的人，从来没有照片，现在却有了各种摄影家给拍的照片，中景、近景、特写，各种姿势；一个活了一百一十五年的人，从来没有抽过机制香烟，现在抽起了机制香烟；一个活了一百一十五年的人，从来就是睡的冷床，现在有了踏花被和电热毯；一个活了一百一十五年的人，从来没有客人，而现在每天却要面对来自很远很远的、各个国家的客人。我感到他有些吃不消了，他可能要完蛋了。

"那一天我醒得较迟，醒来后发现照顾他的那个妇女正在给他灌一种水喝，床前的柜子上是一个拆开了包装的盒子，上写着'脑白金'。

"'他脑子越来越不好使了，村长吩咐我给他补脑。'

"这是我给他买的脑白金，现在拆开了。

"我是从十堰下火车后买下的。我从来不知道这玩意儿，只知道到处是它的广告，电台、电视台、报纸，全是它的，都在宣传它是'年轻态，健康品'，这不正是送给老年人的吗，不正好让这个中国第一人瑞更年轻更健康吗？这是我的愿望嘛。人瑞喝完这个之后，我无意间拿出那里面的说明书，才发现这东西不是补脑子的，是像我这种有失眠症的人使用的，而那个什么水，是通便的。敢情就是这种东西，眼前的这个人瑞根本就不需要。但后来想想也就想通了，他不是半夜哼哼吗？吃点睡觉也好啊；再则冬天，老人容易上火，大便火结，通点便也是可以的。哪知过了没两个小时，人瑞就频繁地上厕所了。我还在想也许不是我买来的这通便水所为吧？我在想他吃了什么别的，或是半夜翻来覆去着凉了，才拉起了肚子的。

"事情越来越糟糕，几个刚赶来看人瑞的客人掩着鼻子在人瑞的门口焦急地来回走动，屋里进不去了，屋里冲出一股臭味儿，一股畜禽腐烂了的酸臭味儿。人瑞坐在一个马桶上，起不来了。

"大伙儿赶快给人瑞找药，找一个客人弄到了止泻药，终于把他的泻止住了。人瑞家待不住了，我重新回到那个照顾人瑞的、酿'神农御酒'的人家里。我跟他们说不要把那个水给他喝了，现在也不要让他再见什么客人，他受不了了。他因为拉得快虚脱了，正躺在床上。我的房东给他熬了点大米粥，端过去，可是人瑞不吃。房东的老婆回来给我说，他什么也不吃，鸡蛋糕也不吃。我就说，那还不如让他饿饿，那个东西是不能给他喝了。我是指那个该死的脑白金。我说：'你们都不要吃了。这个东西对山里人一点用都没有，山里人压根儿就不需用这个。'

"我在房东的家里喝到了头顶一颗珠泡的酒。房东还教我辨认夜交藤。我踏着雪就在后山上看到了几株夜父藤，虽是冬大，却长看绿油油的叶子。那些藤子互相缠着，都是在夜晚缠上的，所以叫夜交藤，而在它们的下面，也就是土里，长着的就是何首乌。我用一块石头挖出了一根何首乌，我想着会有一个人形的何首乌，我拔出一根，没有，只有一个很小的疙瘩。我用个小塑料袋将那根连土都包上了，藤子呢当然掐断了，我弄了一大把夜交藤，回到房东家泡水喝。夜交藤叶子没有药味，只有一股青涩的植物气味，喝到口里有点反胃的感觉。

"人瑞不吃喝这可是一件天大的事。村长说：'他是我们村里的宝，也是我们神农架的宝。有关单位决定给他制一块'亚洲第一寿星'的牌匾，还要在公路边上修一座标志性的石碑。'村长和村里的人都聚集在人瑞家。从镇上请来的医生也来了，据说，这可是村里第一次出现正规的医生，他使用

115

的不是草药，而是听筒和针头，还给人瑞打起了吊针。人瑞打了半天吊针，眼睛又睁开了，吃了几块罐头里的橘子，喝了些糖水，扶起来又能坐了，坐在床头。我去看他时他好像更瘦了，脸上全是皮筋，颧骨下是一个巨大的阴影，颈上的皮挂在一件红秋衫的外面，嶙峋的双手就像一双兽爪，耳朵薄得像猴子的耳朵，两只空洞的眼里看不到眼珠，眼珠子已经萎缩了。才两天，他给人的感觉就像一只垂死的老猴。

"我在心里为我自己的错误后悔，但也有一种侥幸，认为并不是我，是其他的原因。

"那个傍晚又飘起了雪，好像暂时没了客人，除了我一个外。村子里静静的，做饭和烧火塘的柴烟正漫漶在村子的上空，雪在静静地下着，街上没一个人影。雪把白天的所有脚印都覆盖了，一条狗在街上蹒跚地行着，这就是全部的风景。冬天应该是这样的，南方深山里的冬天就应该是如此，黄昏这才叫黄昏，夜这才叫夜，山这才叫山。它隔绝了世界，或者说它有巨大的定力排斥了世界，把世界推得很远，独自存在着，也独自陶醉着，遗忘了时间。而现在要吃饭了，现在要喝酒了，睡梦正在召唤，人们的意识开始模糊和混沌起来，像那些蓝色的柴烟开始弥漫向整个山峰，渐渐覆盖了生动的世界，把他们逼入微茫中。

"人瑞还是不吃东西。那个房东给我讲的时候，还是在蒸酿他的'神农御酒'，在晚上。他说还是叫神农御酒好，叫起来气派一些。白天他们又抬来了不少的外地游客，全是来看人瑞的，他给我说，这天他们还抬来了三个台商，说是要在他们村投资。可是人瑞不吃东西这可不行。第二天就惊动了县里，县里派来了最好的医生。可是人瑞开始屙起黑水来了，县里的医生说，他的整个内脏都出现了问题，开始衰竭坏死。

"人瑞躺在床上已经不能动弹了，完全靠输液维持生命。我害怕医生说是因为吃了脑白金，吃了我的脑白金中的通便水而这样的，但是谢天谢地，没有。谁都没有把他的病同我那该死的礼物联系在一起。但我惶惶不安。难道人瑞就这样走了？没这么容易吧，他活了一百一十五年哪，这一百一十五年里，他该遭受了多少比这严峻得多的危难挑战，他不是都挺过来了吗？用一个'挺'字来形容这个人在如此偏远、贫瘠的深山中顽强活着，是非常贴切的，所以，我相信我偶然到来的一次，我亲眼所见的一次小恙，他也能挺过去。多年以后，你在某一天再来时，还会发现这个老人还坐在他的门口，穿得严严实实地晒太阳，还是口齿不清，还是双目微闭，还是——永远是我们所见到过的那最初照片上的样子。

"可我的运气就是不好，过了三天之后，人瑞死了。听说人瑞死了，我往他的屋子走去，我看见有人拿着一块'亚洲第一寿星'的铝合金牌匾，放在了人瑞屋檐下的墙角里。已经无法挂了，寿星已经死了。

"我的手里正好被人塞进一张报纸，我翻开一看，是人瑞被摆设成各种姿势抽烟的照片，人瑞傻笑着，捏着烟，烟正袅袅地燃着。那是一张当地的报纸，通栏写着：'××卷烟厂为亚洲第一寿星115岁生日祝寿。'

"围着的人渐渐散去了。我走进去，看到人瑞静静地躺在床上，好像一脸疲倦地睡去了，他的脸上没有安详，没有，只有一脸痛苦挣扎后的倦容。这么老的人走完了他的路之后为什么没有安详呢？

"有人说赶快把他埋了算了。村长就让人抬来了一口棺材，一口薄薄的、小小的棺材。把他装了进去。人瑞死后已经变得很小了，那棺材凑合着紧巴巴的刚好装进他。送葬的人村里没几个，加上山外来的客人也就一二十个。抬棺的人没一点激情，还是村长大声在那儿指派的，好像有人不怎么愿意。人瑞又回到了从前，又成了一个孤老头子，五保户。他不叫什么寿星了，他的光环消失了。抬棺的人出来时碰翻了那块搁在墙边的寿星牌匾，有人把它扶起来，发现已经踩瘪了，上面沾满了踩踏的泥印水迹。

"山上，几个有气无力的人在挖坑，挖一下就筒上了手。等棺材抬到之后，大家看到，是一个又不见形、又很浅的坑，深不过两尺。他们就这么打算把人瑞葬了。正准备下棺时，一个外地客人突然拦住了他们，抢过来一把铁锹，插进坑中说：'喂，你们这是干什么？就这么埋他？他可是中国的人瑞，你们的骄傲啊！'那个外地客人跳下坑去就挖了起来。他这一声怒吼，当地人也不吭声了，你看我我看你，后来也跳进坑中，再继续挖那个坑。

"坟培得非常大，这是外地客人的功劳。我也要走了。曲终人散。所谓在这儿投资，在这儿建房，所谓把我母亲搬来与人瑞为邻的想法也只是一个想法，这个想法不切实际了，因为人瑞走了。

"我是怅怅地，惶惶地走的。我给人瑞的坟上烧了许多纸。我在心里说，我没有杀你，不是我杀的，一定有别的原因。或者你的机体运转的大限正好到了。人总会要死的，人瑞也有死去的一天，他不可能老是受人崇拜。我提了十斤所谓神农御酒，也就是地道的神农架土酒。那个房东给我的酒壶里丢了十颗头顶一颗珠和一大把夜交藤。可是来这个村里的这些天，我发现我根本就没有失眠过，我的失眠症奇迹般地好了！

"我上了公路，果然看到公路边有一块铁牌，是旧的，上面写着'亚洲第一寿星由此去'，这块牌子的油漆涂得很薄，隐约露出了下面的几个很大的旧字，依稀可见'野人发现处'。牌子的油漆还没有刷完，我估计他们也是听见了人瑞去世的消息，便半途而废了。

"我在公路边的一个地摊上又买了两颗很大的何首乌，根茎很大，造型很好看，上面长出了鲜嫩的小叶细藤，它们就叫夜交藤。喏——"

这个老人指着他四合院里的一架青藤说：

"那就是，那就是我从神农架带回来的何首乌，长得多好，冬天还这样，青枝绿叶。"

我看到那些着实青枝绿叶的藤子，它们数根纠缠在一起，它们亲密无间，好像在嬉闹着，又像在交媾着，恍如一群深山中的草仙。

老人喝了一口茶——是夜交藤茶，继续说：

"我在去十堰的班车上望着窗外的山岭，那些神农架的山岭真是美极了，尤其是冬天。车在雪线之上的公路间盘旋，路边全是形状各异的巨大冰瀑，路上的积雪怎么压都是洁白洁白的，不带一点泥点，成群的金丝猴坐在路边的红桦上，惊异地看着我们，金色的毛皮比水还柔软。到处是雪树琼林，晶莹剔透得像一个巨大的冰雪城堡。我面对这些让人感动的景色，不由自主地一路猛生忏悔之情，还忍不住流出了眼泪。我感觉到我是一个罪犯，此行犯下了无法饶恕的罪行。是我杀了他，杀了亚洲第一寿星。我拿出当地的报纸来看，上面有关于人瑞逝世的报道，还有他张嘴傻笑晒太阳抽烟的照片。这时，坐在我旁边的一个当地人看了一眼报纸，呵呵地笑了起来。他笑得很怪，很轻佻泼皮的样子，用手掩着嘴，浑身笑得乱颤。他戴着一个有檐的黑色绒帽子，脖子上胡乱地缠着一条围巾，穿着厚厚的中山服棉袄，从领口里露出自家织的、针子很稀的黄色旧毛衣，像是山民，估计是个倒山货的山民。我问：'你为什么这么发笑？'他就说了，他说出的话让我目瞪口呆。他说："这都是穷闹的，穷闹鬼闹，哄你们的。有人活一百一十多岁，公老三吗？那是人瞎传的，调查了的，顶多八十多岁。'我吃惊地问：'这怎么可能呢？这白纸黑字，当地还给他挂了亚洲第一寿星牌匾呀。'那个人就说：'你这老爹这么大年纪了还信这个？当地穷闹，闹出去了，收不拢蓬了，只好以歪就歪说他活了一百多岁了。当时是个什么情况呢，当时是他自己也说不清楚了，他到那个村做上门女婿几十年，也没给他记上个户口，村里有个老人说，他年轻时看公老三就七八十岁了，这么一算，就算出一百多岁。他是南山那边来的一个杀猪匠，杀到咱们这儿，就找了个寡妇，做了抵门女婿。咳，都是瞎传的，传得收不回了，只好这样了，其实，哪有这回事儿……'

"我听到这话后心里难受极了，这是一场闹剧吗？这是一个谎言？不，不能轻易相信一个路人的说法，各有各的说法，也许他才是瞎传呢。但我也疑惑，相信谁呢？就这么，我回来了。他是吃什么死的，为何死的，谁害死了他？他究竟多少岁了？这都过去了，一会儿就没了，留在了那遥远的南方，那南方的深山老林里。酒却不错，那儿的酒，我回来喝，这酒黄灿灿的，我们家老太太也喝。老太太说了，这就是你爸那时给我捎回的药材，就是这个。结果，她的失眠症也好了。在菜市口一带，许多老哥老姐们，也喝过我这个酒，效果很好。"

一直坐在那儿的老太太，这时用拐杖远远地指着我道："你也是来问杀头的事吗？"

"人家不是！"退休的工程师大声说道，"天太冷了，您还是回屋去吧。"

"你别哄蒙我了，前面是不是……"

"没出事。我说了没出事就没出事。您管那些干什么？您都这个岁数了，还管路上出没出事儿。"退休的工程师好像有些不耐烦了。

"前面……"

"我这个老妈呀，唉！"退休的工程师加高了嗓音对老太太说，"您昨天给几个外国小姐，说您见过清兵在这儿杀头，清兵杀头是哪年的事？您可是民国以后出生的啊！"

119

一缕夕阳从传媒大道的几栋陡峭的高楼间投射过来,刚好照到老太太那张脸上,老太太小而天真的、没了睫毛的眼睛,乐呵呵地笑着,那张脸像一件雕刻极细的黄杨木雕。寒气下来了,风加大了,退休工程师把剩下的茶水倒进墙角,溅起一些细细的浮尘。他挽着他的老妈妈往屋里走去。这时候,东西广安路上的路灯霎时亮了起来。

(原载于《上海文学》2005年第1期)

送火神

这伢！大人们说。

这伢要把整个村子废了。

所有人都恨他，这伢已经放了几十起火。最狠的是将跳矮子家的房子全烧了，就抢出来两床被子一口锅，还没有盖。

这伢叫大系哥。他爹妈叫他的名字。注意，不是取的，他根本没名字。又没有读书，是个弱智，还神经。大家一喊："大系哥来了！"没有谁不怕的。这伢拿着打火机，或者火柴　　如今寻火柴可难了，也不知他是怎么寻到的，反正这伢有点神通。

这伢把打火机一举，嘭地一下打燃，大伙儿就说："快跑，放火的来了！"有草垛的守草垛，有棉花的守棉花，有晾着衣裳的守衣裳。不能让他进屋，特别是柴草屋，各自守着，拿着棍棒，只等他来放火，就要驱赶了。

"滚，大系哥，到别家去！"

"大系哥，那边有草呢。"

"大系哥，那家没看见有木头哩！"

大家都想把这火神引开，免得沾到了自己。

有一回，狗宝家的棉花新摘了，摊在门口的帘子上晒，好家伙，他一根火柴一丢，人家两亩地几百公斤的四级棉，付之一炬，差点烧到屋里，屋里有狗宝的孙子，在摇窝里，那就要断狗宝的后了。为此，狗宝逮住了大系哥，一顿好打。那是气的。可一个十二三岁的伢，又能打到哪里去？本村里的伢儿，也蛮可怜的。又是这么个人，也不好下狠手，鼻子出了点血，眼睛有瘀青，还要找他父母赔的。可跳矮子就上前来制止了，说："狗宝，不能这么打，真是的，人家还是个伢儿，我都看不下去了。"狗宝说："跳矮子，你充什么好人？有你说话的地方？"

跳矮子现在无家可归，上有八十岁的老母，女儿的嫁妆也烧净了，住在村里老旧的轧米坊里，睡在机皮带上。即便如此，跳矮子也要打这个抱不平。

"跟他狠？他不清汤，你也不清汤？不是他的问题，他父母的问题。你打他屁股，不能往身上打哟。"

狗宝说："我是问他父母的电话。"

这时村长也过来了，满地烧煳的气味与袅袅烟雾。说："烧成炭了！问电话我有办法的。"这村长常常是这副自信满满的口气。

"大系哥，你吃糖不？"

"不吃。"

"你想吃啥呢？"

"乌龟脚鱼。"

"个狗日的，开口就要吃这哩。这么重的口味,怪不得干日本鬼子的事的。"他摸着他脸上的伤，"大系哥，咋总玩火？想媳妇了吗？"

"不想。"

"可我想你娘咧，能告诉我你娘的电话吗？"

"不告诉。"

"说说，我有事找她哩。"

"我想你娘。"

"叭！"一个巴掌打过去，又摸过来，"你真的想不想你娘？老实答我话哩"。

这伢不想说，后来还是说了："想。"

"我带你去城里见你娘，还有你爹。告诉我他们的电话号码。"

"13964832……"

"这伢，长大了一定是数学家！"

已经记下了，这是又一个新号码。罗机经常换号，就是不让村里人找到他。正准备拨的，大系哥的姑妈闻讯赶来了。狗宝的老婆一下子疯了，冲着他姑妈说："三块五一斤，也有四千块钱啊，你说我怎么办？我今年一年泡了汤。你可得帮我们找到你哥呀！"

"赔，肯定要赔。"他姑妈当着众人的面给她哥罗机打电话，说："你家大系哥又放火了。跳矮子的还没赔哩，人家只算三万元，你说咋办？"电话那头说："又不是我放的，要赔找大系哥赔去，要不打死他，我给你们鼓掌。"大系哥的姑妈气得直吼，说："哥哥，开不得玩笑的，是你的伢儿，你不赔不行的。"

村长一把抢过电话，说："罗机，你是不想赔吧？你咋这个态度哩？你究竟想咋样？把村里烧个净打光了事？你心坏咧！你真没一点责任心，你还是个当爹的吗？"

电话那头的罗机说："我愿得的？你生个这样的儿子看？早把你拖死了。"

电话就断了，再也打不通了，关机了。

大系哥姑妈说："大家都看见了，我有什么办法？"村里的人很恼火，说："这是故意遗弃哩，咋就不把他弄到城里，去烧高楼大厦呢？他去城里还能成点事，让他专门害自家乡亲，这个罗机可不是个东西哩。村里人也没得罪你，大系哥不是村里人把一口他吃的，早就饿死了。你罗机在城里跟你老婆享福，让村里遭罪，要就不生，生了不养不顾，哪这个理！"

村长只好把他锁在村委会里。半夜，村长给罗机打电话，通了。"罗机，现在大系哥在我手里。"

以为是绑架呢，以为绑架了百万富翁的公子？罗机笑了一声，电话就断了。罗机肯定在想，村长犯低级错误，绑错了人，你把他撕票我才高兴。最好永远在你手里，以为我找你拼命赎人？我感激你村长还来不及！

大系哥对村长又踢又咬。这已不是第一回了。大系哥臭嘴还有毒，凡被他咬了的，必肿老高，还会发烧不退，溃烂，只有打针，打狂犬疫苗，不然有生命危险。这伢毒性忒大。还叫。乱搞。还得给他吃。吃得很奇怪，要吃猪蹄。喝水，饮水机里接的水不喝，要喝冰力十足，喝红牛雪碧。有酒最好，没有忌口。酒给他咕噜咕噜地喝，喝得脸通红了，眼起雾了，雾里看花，就叫，清汪鬼叫，一整村子的人睡不落实。村委会守门的是钱爹，钱爹被叫得心脏病发着了，捂着胸口跟大系哥下跪，吃了一把救心丸，半夜去医务室抢救。

村委会办不成事，大系哥在会议室拉屎拉尿，不进卫生间，向村委会的省市县奖杯奖牌吐涎水。只能放了。差人村里打锣："各家各户，收好火源，锁好厨房，大系哥放出来了！"

大系哥大摇大摆地走出来，满脸对着阳光，朝气蓬勃，去小卖部。小卖部已经将所有打火机收了起来。抽烟的人将火机扔进了池塘，或砸了。

"给我火机！"这伢难缠，又脏，臭得天昏地暗。

"确实没有火。"老板李根说，让他搜。大系哥搜身，只有几根烟，拿出叼在嘴上，找火，就像找亲娘。

不一会儿，他不知从哪里（也许是外村）找来了一堆火，火柴，火机，烟已经点燃，栽在嘴里，进村了。

"快，快，大系哥进村了，大家快跑啊！"

"罗机，你跑不了的！"村长在找过大系哥的姑妈几次后决定，一定要逮到罗机，把这伢亲自送到他手上，让他再不要为害一方了。"你的伢，故意丢在村里。你过去从没有去城里打工的，恋老窝，你罗机，就是想丢大系哥，你就跑了，脚底下抹油，开溜了。"

罗机家里不叫家，由他去了。铝合金窗户全拆了卖了，家里的五金，铁啊铜啊，全卖了，连锅和脸盆都卖了。他父母随便他，这个家不要了。当初也是想做好的搞的，罗机带他去荆州武汉看过，看不了，还花钱把他送到市里的培智学校，但没几天就送了回来，原因嘛，还不是放人家学校的火！把宿舍烧了，差点死了学生。学生都跟他差不多的智力。罗机夫妻万般无奈，就只好求解脱，打工是个借口，一走了之，就解放了。将这样的伢丢在村里，比丢条狗都不如啊，狗还可自寻食吃，这伢根本神经不清醒，有米做不成饭。让他的姑妈带过几天，可这伢到处跑。回来了，满村乱窜。村里的人看不下去，可怜这伢，你家一碗饭，他家一瓢水，喂给他吃。可这伢吃就吃了，又没有感恩之心，反而恩将仇报，放村里的火。罗机可真不是个东西哪！

村里给大系哥去镇上买了新衣和鞋子，还找待诏师傅（剃头匠）把头发全刮了，怕这伢有虱。青皮溜光的，让钱爹给他洗一洗，还真有看头，就是个帅哥。这伢要是不放火多好，可为什么成了祝融火神爷呢？这伢有返祖现象。后来罗家他们的亲戚说，罗家的祖先就是祝融氏，火神正是他们的老祖哩，祝融老祖。

"火神爷，大系哥。"后来大家看着青皮溜光的这伢，跟他打趣，是要把他哄走的。

"大系哥，愿不愿意见你爹妈？瞧瞧，这衣裳新鞋子都是你爸妈买的哩。他们要把你接到城里享福去哩。"村长说，"城里吃啥呀？天天乌龟脚鱼，红烧猪蹄子。"村长看到大系哥眼里亮了，哈喇子往外流，"天天喝冰力十足、可口可乐。那个冰啊，要降你的火。城里还有这么长的打火机，打一年打不完，"他比画，"城里到处是茅草房，全部晒棉花，要点火，那'蓬'地一下，全燃了，要烧红半边天哩……"

他看见大系哥眼里有了光亮。

鸡叫头遍就出发，喊醒他，给他吃城里人吃的夹心饼干。

跳矮子和狗宝都要跟着去，村长虽劝了他们，可他们坚持要去找罗机索赔。

四个人一行由拖拉机送到镇上，天就亮了，终于搭上了去武汉的过路车。大系哥对坐汽车很兴奋，一直不停地在走道里走来走去，不想坐，车颠颠簸簸，这伢撞去撞来，到处摸来摸去，头上撞了几个包，还要抢司机的方向盘。司机大喊要他坐下，可这伢坐不下，村长就说这伢是个憨子。司机说："那也不能抢我的盘子哟！找死啊！"

到了武汉，好大的城市，按照大系哥姑妈提供的地方，他们去找罗机。先没给他电话，要搞个突然袭击的。可是到了那地方，一问，哪里有这个人，没有罗机。一定说的是假地址，怕有人找他的。就是躲，这个罗机毒哩。就给罗机打电话："罗机，你在哪儿咧？"对方接了，早有防备，说："你们甭找我了，大系哥是政府的，我交给政府了。我没这个伢，让我当一世孤老好了。"村长说:"罗机,你说哪里的话,我来武汉办事,与大系哥没关系,我堂堂村长找你讨顿酒喝不成?你也不能这么小气哩。"罗机不上套子,说:"你瞒不过我村长,你们想咋办咋办吧。这伢你们是知道的,我十几年折磨得人不人鬼不鬼了,我实在精疲力竭了。""有事好商量嘛罗机,你先让我们见见咋样?我饿着肚子,前胸贴着后背咧。""村长,你给我个银行卡号,我打一千块钱到你账上,这事天知地知你知我知,伢我是不管了的。""你他妈放屁,一千块钱打瞎我的眼睛?……"

电话那头挂断了。

再打,还是关机。这罗机把事做绝了,他是断然不想再回村里了的,他撒泼皮,这事儿你总不能通缉他吧?

再打听。究竟这个罗机夫妇住哪里,村里还有些在武汉打工的,根据其他人提供的信息,再找。找了两三处,武汉又大,车不好搭,路不好问,城里人见了你问路,以为碰上了骗子,躲都躲不赢,好像你是坨臭狗屎。

晚上找了个小旅社住下来了。还是不停地拨罗机狗日的电话。到半夜三更拨通了。那边不吭声。村长对着电话吼:"罗机,你做得出哩,大系哥是不是你亲生的?你狗日的要跟村里的乡亲决裂,全部断绝关系?实话给你说了吧,又烧了两家,你狗日的不赔五万块钱是不得脱身的,你躲得过初一,躲不过十五!不怕乡亲们刨你祖坟!"

跳矮子和狗宝也在旁边骂,找人不到,还赔个什么呢?狗宝说:"村长你还把大系哥留着是为何?还不把他丢了!这么,人交不出去,村子就没个救哩。"

他们看着在床上睡得鼾声如雷的大系哥,脸上还带着笑,肯定梦中见到了父母。村长不表态。跳矮子却跳出来说:"狗宝,你这主意馊臭的。罗机这样,我们不能跟着这样,几个大活人未必就是来城里弃个傻子?他不是人?人有七十二等,等等都是人!"狗宝跳起来说:"跳矮子,你就把他这个人弄回去养着哟,你家里有钱,烧一万遍。"跳矮子气得直喘:"你话毒哩!"

村长说:"丢大系哥不可,我不是狠不下这个心,你晓得罗机这鸡人,他撒起泼来,找你要伢咋办?他可以反告我们遗弃罪,一个废人还要我们倒赔几十万咧,有理变成了无理。没有不透风的墙。要烧么,大家小心点就是

126

了。回去咱们再想办法。"

大伙儿看着村长他们又牵着大系哥回来了，就知道事情有麻烦。村长进了村，对大伙儿说："你们不要怕，我明日弄他到福利院试试，总有人能管住他的。"

福利院在镇垃圾场旁边，苍蝇有些多。那里有许多养鳖池，有一次去那里吃鳖，苍蝇落了一火锅。可养鳖人说这不是苍蝇，是饭蚊。福利院蚊子满天飞，残疾人到处跑。脑瘫的，无手无脚的，豁嘴的，还有一些孤寡呆傻老人。村长牵着大系哥进入福利院，就有一双双奇怪的眼睛看着他们。院长是个瘦筋巴骨的男人，认识这个村长，见他牵来个痴呆伢，说："捡的？"村长出口就是："咱村里的。"后悔死呀！咋就不顺着他说捡的呢？人老实了吃亏。"有爹妈没？""有啊，就是找不到了，这伢丢村里了。"唉，咋就不说没有呢？恨不得铲自己几个嘴巴。院长当然一口拒绝，说有爹有妈的我们不收，只收孤儿。

大系哥是不是孤儿？是，又不是。看着这个孤苦无助的惨兮兮孩子，村长没辙了。央求院长说："你就收下吧，给钱你行吗？"瘦院长审视着村长的肥瘦，晃着脑袋说："你愿意出多少钱？"村长说："你们收多少钱？"院长说："你肯出多少钱？"村长说："总有个价的啦。""一个月最少八百。""我的个老妈哟！"

"八百块钱，我到哪儿弄八百？我全村的开销一年才几千块钱。院长，杀人啊！你就不能便宜一点？我哪有这么多钱，他父母又找不到，你说我们有什么办法？"

"我不讲价的，我这里是国家的福利院，又不是菜市场。"

村长牵着大系哥去找镇委书记。将情况给书记说了，乞求书记能给福利院打打招呼，把这伢收进去。书记听说，马上给福利院打电话。嗯嗯啊啊的一会儿，放下电话后，对村长说："不行，我也不能强迫他们，他们都是承包了的，你去找找民政干事看看。"

村长去找民政干事。民政干事的话跟书记的一样，说是承包了的，不好干涉，市场经济。如果是孤儿，他们想办法。民政干事还说，现在床位紧得很，父母双全的还想进？就是孤寡老人还进不了咧，排着队的，许多寄养在各村里，死一个才能进一个，父母身体健康，在城里享福，让国家给他养伢，哪有这个门！

找镇维稳办公室。现在每个乡镇都有维稳办公室。

那个主任说："我们管的是非正常上访、群体性事件的处理。"村长气愤地说："他难道不是不安定因素吗？我们村里快被他烧完了。"主任说："诚然，他是不安定因素，但他这个不安定，归派出所管。他当负什么责负什么责，该枪毙的枪毙。"村长吼："他是个弱智！他如何负责任？"主任说："由他的监护人也就是父母负责嘛。"

"我不懂吗？我到哪儿找他的父母去？老天啊老天！"

"那就让他烧吧，让他烧吧。"村长喃喃自语地说。

这伢是真的要把村子废了的。不可能把他带回自己的家去。想到他的父母，也可怜他们了。可以理解他们的心情。谁都会这么想，把一个家败了。可当初就没想到把他扼死在褓褓里？初为人父母，那种喜悦和爱意，会将他视作宝贝，在村长知道罗机夫妇是什么人，家里曾非常红火。罗机结婚时打的家具全是实木的，村里最早用坐便器，坐便器上还有软垫。这个家庭不是一般的讲究。因为罗机很聪明，会做铝合金，还会木匠活儿，哪知道生下这么个儿子！

大伙知道事情的结果是这样的，围上来埋怨村长。狗宝说，村长，要你丢到城里丢到城里，城里总不会饿死他。城里的狗也比咱肥。总有人管他的，你这下又要让咱们遭殃，大伙说咋办吧？

乡亲们七嘴八舌地附和。"是啊是啊。""下一个说不定就是村长你自己呢。""总不能让他像个鬼魂在村里游荡。""把他吃，养个魔鬼啊！"

村长烦了，吼说："你们吵个什么？有种的去把他淹死？把他掐死？把他杀掉？你们敢吗？就算是个傻巴呆，也要抵命的……"

由他去了？大伙嘀咕。

"村里也管不了。既然政府管不了，他父母也不想管，我们凭什么要管？"村长这时说。他拂袖而去。他是真的不想管了。他伤心。他走了。大伙儿看到大系哥吃着一个橘子，鼻子往上一缩一缩的，突然伸出手来去抢别人的烟，别人嘴里的烟。

"要你玩火的！要你玩火的！"这时几个男人就去抓他的手腕。逮住了。他不服，啐他们。这让人更恼火。有人就找来绳子说，把他捆在树上！

有人要出气了，扇他的耳刮子。很清脆。这家伙嗷嗷地叫，声音像老鼠被黄鼠狼逮着了的叫声，撕心裂肺的惨。围上了一堆人帮忙，七手八脚地把他捆缚住了。大家的痛恨爆发了。

夜幕降临，大伙儿陆陆续续地散去。重阳树下的那个纵火犯已经闹过了，再也喊不出来，呜呜咽咽的，头垂着，像软骨人一样。村子总算有了片刻的安静。

可半夜还是会传来几声号叫，但很细碎、微弱，比狗的叫声小，不值一提。

可是第二天是谁把他放了的呢？跳矮子？钱爹？小卖部的李更？反正是放了，或者捆得不结实，他自己挣脱出来了。大系哥又跟往常一样在村里乱窜，像条野狗。只是没哪个给他吃的了。大系哥走路有点倒的感觉，头重脚轻。都不给他吃，都不想给他吃，好像是商量好了的。大家想，如果他能饿死，这是一个不错的选择。

火这次是烧得有点邪乎。大系哥是到三豆家偷东西吃的，他看见三豆家豆腐房是敞开的，歪歪倒倒就进去了，那里有卤干子，他吃了不少，也堆着一些豆梗。豆梗煮豆腐，好吃。恰好灶前司命头上有个放火柴的地方，一摸，有了。就这么，三豆大意失荆州，这一把火可把三豆烧的，还牵连了两家。三豆出去卖豆腐回来，见村里大乱，有人说烧起来了，许多人提了桶在跑，心想谁家又遭了殃，而且今天有风。还没到家远远就看到是自家房顶火蹿上了老高，那火在暮色中呈金黄色，爆到天空，天空是黑的，火星像焰火跳跃四溅，火弹飞射，这就火烧连营了。加上那天有风，火直搅。几个妇女高举尿罐拜，是想把火隔在别人家，不让烧到自家来。三豆腿软了，家完了！自己家的人都不在。火是扑不灭了，119！有人在喊打119！有人在喊抓住他！抓住他！就见几个人在奋力追赶一个小伢。很是奇怪，那小伢在火边手舞足蹈，又蹦又跳——每次都是一样的，都想吸引人一样。你抓他，他又像一条泥鳅，在火光中、人堆里钻来钻去，消失，又出现；出现，又消失。

是大系哥，是他放的火！他最后一次出现的时候，浑身都着火了。这伢不怕火？三豆赶过去时，看到七八个男人手拿竹竿、棍子，去戳他。大系哥这下就没法子了，谁叫他往火场穿的，那不是茅坑里打灯笼——找死！这伢儿不得出来，几次想爬出来，哀号声和柴火噼噼啪啪的燃烧声交织成一片。

救火的人不救火了，看这个火伢在火里翻滚，火腾起来了，几下就把他淹没了。没有声音了。这时村长从黑旮旯里跑出来，捏着嗓子喊："救火啊，救火啊，你们咋还站着不提水去呢？"

于是大伙儿散了。火还在一个劲儿燃烧，天都烧红了。

（原载于《天涯》2011 年第 5 期）

玩 笑

这件事发生在荆芥乡。

荆芥乡是由过去的两个小公社合并的。有一个小公社就在刺客岭上。因为不是公社了，那个地方的一些房子就冷落了。可房子还在岭上，你往荆芥乡走，看到路边不远的高山上，立着些破烂的房子，那就是刺客岭过去的红光公社所在地，就像一个土匪的老窝，一个遗址，一个神秘的寨堡。现在，那儿有一所小学，被风刮得呼呼乱响。有一个老师，三个年级共八个学生；还有个粮食收购站；岭上还有个乡林业站种苗园——当地人叫苗圃，也占了几株过去的老房子。无所谓，谁占都可以，不占獾鼠占了，你不住，几年后雨水也把它拱倒了。总之，这是个不死不活的地方，住着些人，也不多，是一个奇怪的地方。

学校的老师是个好酒贪杯的年轻人，叫古得胜。人们叫他"古得拜"，说他和那个学校都是迟早要和这个世界"拜拜"了的样子。这个好酒贪杯的年轻人每天两只眼睛喝得红红的，不喝酒也打酒嗝——权作回味。就是这么个人，还每天在那儿正儿八经地写板书，教语文、数学、自然科学和邓小平理论。古得胜古老师通常喝酒没有菜，他有一盘石子儿——是在山下溪沟里捡的，白莹莹的，圆溜溜的，像一盘玉石，也像小洋芋果。没菜时他就把这盘石子儿炒了，放点猪油，吮。吮一颗石子儿喝一口酒。这事听起来像天方夜谭，可千真万确。在这儿教学的两年里，一盘石子儿被他吮得小了一圈，真是只要功夫深，铁杵磨成针哪！

再就要说到粮食收购站的站长那胖子，姓那，长着一副佛爷面孔，笑里藏刀，善于整人，当地叫"掰"人。山里本就没什么粮食可收，又只能收一季。这那胖子就整天与老鼠为伍。老鼠是能入定的静物，待在仓库的洞里，成天想些噬人啃物的勾当，那胖子也就沾染上了鼠性，就怎么想着去捉弄别人取乐。站里还有个专门背粮食下鼠夹子投毒药的临时工，大约姓查，长得歪瓜裂枣似的，贼眉贼眼。下了一个多月的雨，两个人夹了、毒了两百多只老鼠，全是背上带黑线的那种鼠，传播出血热的。那胖子说："古得拜这酒麻木（酒鬼之意）也不感谢我们，为他们学校也夹了鼠呢，干脆"掰"他一下。"小查说"嗯哪"，就这两个字，像鼠一样笑着。

山上没有酒，山洪暴发，人也不得下去。下去要走大半天才到乡镇上。这天晚上，那胖子沿着荒草没膝、猪屎遍地的街道来到了学校，问古得胜：

"古老师，想不想喝酒？"

古得胜说："想啊。"

一个多月没喝酒了，提起酒字，古得胜眼就绿了，馋虫就钻出来了。

那胖子神秘地告诉他，苗圃有人搞来了酒，是从老乡家搞来的，十几斤，上好的地封子酒。他还说亲眼见他们打开过，喷香喷香，但他们藏着，不想给我们喝。

古得胜说："花钱找他们买嘛。"

那胖子说他开口说过，他们不卖。想想背点酒上来谈何容易，下去几十里，还怕洪水冲跑了，听说路上闹野猪。你就是出一百块钱一斤，他们也不会卖给你。

古得胜说，那怎么办呢？

那胖子朝小查看了一眼，神秘一笑，对古得胜道：

"我能搞到他们的酒，信不？"

古得胜想，这就怪了，你能偷？便说："偷？"

那胖子说："瞎说！我哪能做那种事！不过，我自有办法。"那胖子拍着他肉滚滚的胸脯。

古得胜等着下文。那胖子就问："你晓得白云坳的鲁瞎子吗？"

古得胜说："就是那个唱《黑暗传》的？"

那胖子说："他那家伙岂止会唱那些唱本，样样精通，会很多法术，年轻时尽干荒唐事。他会很多稀奇法术，念咒作法。他虽是瞎子，比你我搞的女人多一百倍。"古得胜插嘴："我没搞过女人。"我晓得你是个童男儿——鲁瞎子搞女人，就是闭尿。你若不让他搞，他就闭你的尿。他们村有个最漂亮的小媳妇，不让他搞，他闭了那女人三天尿，闭得浑身浮肿，没办法，只好让他搞了。搞了，尿就通了。他还会扫影、隔山、闭山。山一闭，再狠的打匠（猎人）都打不倒东西——你看到刺客岭上还有啥？你什么都看不到了，只看得到几只老鼠，都让我搞死啦。搞老鼠也不是那么简单的，问小查我还看到过什么？"

古得胜就问小查："那站长还看到过什么？"

小查说："老虎豹子，豺狼狗熊，一群一群的……"

"瞎尿说！莫哄我！"古得胜笑起来。

"咱哄你？你是老师哩，有文化的人哩，师范生哩！我跟鲁瞎子学了闭山咒的，全闭了……我还学了隔山咒，野牲口伤不了我，我也包你们学校的师生无事……我念一个隔山咒你听——"于是那胖子就念了起来：

"立起五台山一座，蛇见蛇抬头，虎见虎伤身……一隔红毛老祖，二隔扫路土地，三隔鹞子和鹰，四隔瘟疫五毒……"

"喂！"古得胜说，"臭装神弄鬼了，你说你怎么搞酒？"

古得胜急的是这个：酒。说实话，他跟几个学生一起，天天吃腌菜，寡淡无味，孩子们苦，他还能拿几个工资，不能这么苦。有酒解馋，那他当老师的信心就会增加。不过，古得胜猜想那胖子是胡诌，吹牛。

"雕虫小技，雕虫小技，小法术，搞碗酒算什么！"那胖子说。

"老那，不怕你说得天花乱坠，神乎其神。口说不为凭，举手见高低。"

"这叫隔墙取物，你不信？端公作法能把死人从棺材里取出来让他行走。过去咱神农山里，有赶尸的，赶起尸体日行千里，走得脚下灰直扑……"

"那就是把死人说活的油嘴。"古得胜不屑地说。

"咱们打个赌？"那胖子说。

"赌就赌，还只怕我输了！我要把你装神弄鬼的把戏戳穿！"

133

"赌啥？"

"你若隔墙取了酒来，我一口给你喝干，气都不换。"

"让你一口喝干？想得美哟！我都想一口喝干。这不行！"那胖子连连摆手。

"那赌什么？"

"两包烟。"

条件这么低？古得胜还以为那胖子狮子大开口的，他当即就爽爽地答应了，承诺是两包黄鹤楼，十七块一包。法术取酒的事，他过去听说过，只当是故事，如今这个"奇人"就在身边，就是那其貌不扬的那胖子。古得胜也有点疑惑，说不定哩，说不定哩，说不定深山藏高人哩。年轻人信些稀奇古怪的事也属常理。

那胖子就谈起他的取酒方案，他说：

"取酒是一人，念咒是一人，要分开。念咒当然是我了，这取酒人必须是童子娃，没沾过男女之事的，而且，还要一个大的金边细瓷白碗，其他铁的、铜的、锡的、粗瓷、塑料的都没有用。小查你是不是童子娃？"

小查立即摆手说："不是不是，我都搞过三个女人了。"

"那这事就古老师最合适了。古老师你……"

"嘿嘿，女人真没沾过。"

"好好，"那胖子拍手，"你来配我，如取到酒，我们三人三一三十一分，你们看咋样？"

古得胜和小查都点头表示同意。

那胖子说："古老师还有酒量，这更好。酒量越大，取得越多。人定了，可碗哪……难找啊。我想起来了，有天我看见你们学校后头，杨老倌家，有这种碗，但必须由取酒人亲自去借，那才灵验。这事就麻烦古老师了。"

小查这时好像故意阻拦那胖子说：

"那站长，这事要是捅出去，说咱们装神弄鬼，你会下不了台哟。"

那胖子一听就跳起来，说：

"扯淡！下不了台又哪样？又没做贪污受贿强奸妇女包二奶的坏事！老子受够了，大不了把我调离刺客岭。可天底下，哪儿还有比这儿更受罪的？你走你走，别管！"

那胖子把小查吼走了，转过来对古得胜说：

"咱们取了咱们喝。你快去借碗，但不许说是取酒的。你当老师的，会编词儿，我相信你！"

又把古得胜给推出门了。

古得胜疑疑惑惑走到那遗弃的街上。种苗园其实就与粮站一墙之隔。他向杨老倌家走去，不由自主。一是想见识见识这法术；二是心里的酒虫作怪，确实想喝那么两口。种苗园的人又难缠又小气，"取"他们一点酒也活该。

杨老倌住在学校后面的一个下坡地上。杨老倌是个什么人呢？杨老倌是个孤老，谁也不知道他属于哪个村，反正他有几块地，刨的过去公社的一些空地，在断砖碎瓦里种有一些乱七八糟的粮食，还养几只羊。一到早上，就见他赶着羊出了门，手拿羊鞭和锄头。原来有公社的时候，他还有家，有个当地的烂眼寡妇老婆，在门口与老婆坐对面喝两盅，吃盐蛋，还吃馍馍。估计是北方人，口音不知是河南腔，还是陕西腔，或是陕豫交界人。后来公社没了，老婆也死了，就剩下他一个人。公社的人都搬走了，他还在这儿。听说，新中国成立前他是背盐的。有一回从四川背盐往这儿走，在森林里碰上了国民党的残部，把他的盐劫了。回去不好向老板交差，就躲在了这深山老林里，住下就没走了。新中国成立后的多年再回去，家里的媳妇改了嫁，父母已死，杨老倌只好返回神农架深山。

见到杨老倌，古得胜就开门见山地说找他借碗的。他编了个由头：说一个郎中给他调了几味中药，治他头痛的，碾成粉了，要用蜂蜜调了吃。郎中说用什么器物都不行，只能用金边细瓷白碗，否则药力就失了。"听说您家有这碗，看能不能借我用一下，吃了药就还给您。"

那杨老倌听后脸上现出诧异和警觉之色，看着古得胜说：

"那站长也问我的金边碗，是不是打我的什么主意啊？"

"什么？那胖子？"

"是啊！"

古得胜那时还是没警惕，以为那胖子也是为取酒的事来探听过。不仅没警惕，还更加深信不疑那胖子真正会法术。于是古得胜就说：

"不是不是，杨爹，我不是去干坏事的，是吃药。"

135

杨老倌在那儿为难了好半天，最后还是肯了。他是这么说的：

"……古老师你带娃子们辛苦，别人我是打死都不借的，你，我就借你一回。"

杨老倌就从腰带上解下钥匙，进得房中去。古得胜跟了进去。他看见杨老倌从床底下取出一个樟木箱子，心想是拿碗吗？碗还放在房中的床底下，放在木箱子里且还上锁？去看个究竟，果然，杨老倌将那锈蚀的锁好半天捅开，掀开箱盖，从一个用旧衣裳裹着的包里拿出一个碗来。古得胜看到，还有几个相同的碗，一共是四个。杨老倌取出一个碗，复又把箱子锁上，拿到堂屋里，古得胜一看，确是有金边的细瓷白碗，精巧得他从没见过。杨老倌小心翼翼递给他，说：

"这是我老爹的老爹传下来的，只是过年才用，古老师可要细点心啊！"

古得胜捧着那碗走到太阳底下，细看那碗，碗底竟有"民国三年醴陵瓷器"等字样。我的天，这可是真正的老古董了。

古得胜拿着碗来到粮食收购站，那胖子看看门外，赶忙把门关上了。他搬来一个半人高的歪歪叽叽的凳子，放在离墙一尺远的地方。墙那边就是种苗园的仓库，酒就在那里面。

他要古得胜爬上凳子，左看右看，又说矮了，酒来得少，离地越远越有仙气，咒越灵。又去找来了一张凳子叠在那凳子上。爬上去就有点难了。还是摇摇晃晃爬了上去，那胖子再将碗递给古得胜。古得胜感到他快顶到屋梁了。那胖子要他双手扶碗，顶在头上，就像玩杂技。那胖子手拿着一根竹棍，指挥古得胜站着，站笔直，心不二用。那胖子对他说：

"你只管一心默念：何以解忧，唯有杜康，何以解忧，唯有杜康，是酒拿来，让我喝光。你反复念一百遍之后，我再开始作法念咒，只要心诚，不到三分钟，酒就会往碗里灌。"

古得胜头顶着碗，高站在两个凳子上，开始念"何以解忧"。念到大约四十遍，突然大门被轰地推开，古得胜看到，推门进来的是他的那群学生，七八个人，全到齐了，还有种苗园的几个人。这些人突然而至，如潮水一样，涌入屋子，看到古得胜在高空中玩杂技，爆发出了狂笑声。

古得胜在高处头脑轰地一下，也就清醒了：这是一出恶作剧！狗日的那胖子，捉弄我的。那胖子呢？那胖子捧着个大肚，已经笑得弯下腰了，蹲在地上。可怜的古老师，这下子颜面扫地了，站在高处，动不得动，下不得下，头上还顶着个碗。咳！这酒馋的……丢人现眼，为人师表，传扬出去，就成了天大的笑话！……古得胜在凳子上急得当时汗就滚滚而下，又想要急于下来，恰好凳子又被拥挤的人撞了，自己也支持不住，就听哗啦啦一声，古得胜连同叠起的凳子一起摔了下来。这一下古得胜可摔得不轻，腰摔扭筋了，头上的碗落地，摔成了几块，还划伤了他的手，鲜血直流。

那胖子呢？那胖子跑到街上，正与那个小查相拥，笑得前仰后合庆贺他们的恶毒计划得以完成呢。

正在疼得哼哼叫到处找包扎伤口的东西时，杨老倌闻讯赶来了，看到自己破碎的碗，老头儿竟像天塌了似的，呼天抢地号哭起来。那可是真正的惨了。这个从来就木木呆呆如石头的放羊人，还有这么多的眼泪，还有这种哭的功能，所有人都看着他坐在地上，两手各拿着碗的碎片，想让它复原的样子对比着破口，哭喊道：

"我的碗哪，我的祖宗传下的碗啊！我的碗你怎么破了的呀！……"

他放下碎片，伸出四个指头向众人哭诉：这是四个碗，现在只剩下三个了，几十年了，我都不用的，只有过年时给爹妈祖宗"叫饭"时才拿出来的，"叫"了饭就收回箱子的，我这不得活了……

当时大家就是这么听他哭诉的，他说他不得活了，说"我怎么活得过来啊"。

一个碗也不至于"活不过来"吧？古得胜就说："杨爹，我赔你，我赔还不行吗？多少钱我赔你，不就是一个碗吗？"可杨老倌摆头，像牛生了病难受一样地摆头，不停地摆，摆得无声了，哭得累了，坐在那儿。

古得胜和几个学生把他扶回去，扶回他家去。可他要坚持拿上那些碗的碎片，用手拿着，每一小片也不可挪下，放在破碗里，跟跟跄跄、站立不稳地回去。然后古得胜叫上那胖子，到杨老倌家商量赔碗的事。

他们商量赔五十块钱看杨老倌干不干，那胖子二十，古得胜三十。杨老倌不干。一百！那胖子四十，古得胜六十，杨老倌还是不干，还是牛一样摆头。

那胖子吃着烟小声给古得胜说，这碗若是放到外面卖，至少上千，上万也说不定，文物啊。古得胜说："你明知道这么金贵你还搞这种臭事！"那胖子说："无聊嘛，已经发生了，怎么办呢？原只想在你学生面前出出你的丑的，哪晓得你把碗摔破呢。"

"那我赔三百，你赔四百，"那胖子说，"只当打牌输了大和。"

古得胜一个月的工资还不到五百，学生的学杂费他还垫了几百块没收回。可是，面对着杨老倌这个样子，好像魂不在身了，被人抽了筋去的样子，也就只能这样办了。

他们说出了七百。

这个数字可以在当地买一栋房子。可是为了安抚这个可怜的孤老，闯下的祸得擦净屁股。

杨老倌的声音很微弱了，头也摇得很微弱了——他依然不肯，依然摇头喃喃自语地说："我活不过来了……我活不过来了……"

就是这样，他说，他活不过来了。

只凑了五百块钱。他们给杨老倌说了，说这余下的两百块等山洪退了古得胜下山去，领回工资就给他。活过来活不过来，五百块钱很快就放到了杨老倌手上。他不要，他们就把他的手攥拢，让他攥着那钱。再，他们看杨老倌情绪慢慢平静下来，又烧了一锅腊肉炖洋芋，种苗园的真的拿出了仅剩的半斤酒，把杨老倌架去，给他敬酒赔礼。杨老倌喝了几口，吃得很少。几个人你一句我一句劝他，说破了的碗是不得复原的，那胖子、古得胜都表示以后到县里或是十堰出差，给他配一个相同的碗，应该说这种金边细瓷碗城里肯定有的。古得胜甚至说："我给您买八个回来送您。"

可是那天晚上，就是那天晚上，杨老倌不知怎么从屋里溜出来，不知从哪个角落里偷到了收购站毒老鼠的药，喝了，死了。

第二天的下午，因为他圈里的羊叫得慌，有个学生在课间休息时经过那里，去看咩咩哀叫的羊，结果看到了杨老倌软趴在羊圈里。这学生就赶快去喊古老师古得胜。古得胜飞快地跑来一看，杨老倌已经死了，满羊圈一股鼠药味儿，他面前，就是那几块碎瓷碗。

（原载于《啄木鸟》2007 年第 4 期）

伟大的徐大宝

　　自我保外就医从牢里出来，所有人都视我为火葬场的炉子，避之唯恐不及。也就几个小钱的受贿，判刑五年，什么都撸了，过去是林管局副局长，现在是老邓。走到大街上，看天不是天，看地不是地，是另外世界。人情冷暖啊！工作没了，无所事事，吃盒饭，喝孬酒。过去是吃脚鱼乌龟的，烟最低是黄鹤楼满天星。好在，故乡的一个本家村长关照我，让我去他那儿承包了一块五十亩河滩地，种速生意杨。于是借了款，五十多岁重新开始创业，回到了故乡。人家是衣锦还乡，我是撸光还乡，精赤条条一个。走时是什么，回来是什么。回乡是悄悄的，不悄悄也不要紧，老家已没有人认得我了。那是个过去的公社小镇，凋敝破败了，所有的老人都走进了土里，剩下的人基本不认识我，我也不认识他们。据说，过去镇上的人都去了县城，而现在镇上的人都是从乡下搬上来的。三十多年前我离开，现在回去，一点儿都不亲切，小镇被陈年垃圾包围着，人们阳气全无。一些店铺卖着与过去完全不同的东西，店铺也换了门面，大多翻新了，找不出多少过去的痕迹。

　　我住在河滩上，有时候去镇上转转，买个烟、菜或日用品什么的。我的老屋多年前卖给供销社了，我到了省城将老父也接了去，老家的房子没了用，后来被供销社拆掉了，这就把我在小镇的生活痕迹抹去了，所有的回忆一点都没啦！唉！没有了故居，这个小镇就是与我无关的，相当陌生，仿佛我从没在这儿生活过似的，其实我在这儿出生，长到二十岁才离开这个小镇。

那天头发长了，想去理个发，就走进了"徐记理发店"。店名是新的，字很孬，店主却是旧的，真正镇上的老人——老住户，徐大宝。他可是镇上为数不多的老人了。徐大宝十二三岁就跟他的爹学剃头，我们叫待诏师傅。为什么叫待诏师傅，网上有，读者去搜索。当时我认为是"戴罩"这两个字。叫理发算是新颖的叫法，我们过去叫剃头，私下叫徐大宝和他爹"刮脑匠"。后来我去了县城，那里叫理发。再后来我去了省城，就叫剪头了。还有更新的叫法：美发师、造型师。这都是扯鸡巴淡的叫法，叫得别别扭扭，我进了店说"师傅剪个头"时，从来没一次爽快过，整整三十年的别扭。这天，我走进徐记理发店时我说"大宝我剃个头"时，人就放开了。三十年的郁气出了！徐大宝看见我有一个小愣，就认出了我，就有点诧异。出去的人也有的会出现一下子，但不会在这里找他剃头。"邓巴坨。"他说。他叫出了我的小名！

徐大宝是个名副其实的老人了，比我老，虽然还是那么笑，那么迈八字走路（两个平板脚是水平移动，这与他几十年就在一个小店里走来走去有关），但毕竟过去三十多年。他认出我来，也没有吃惊，也没问我是为啥在这里出现，就像我离开不过两三天似的，或者没离开过。时光在这里流转了，有人叫我的小名，三四十年前的感觉一下子回来了。徐大宝是老人却并不显老，面相肯定比我年轻。据说，他是喝洗脸水长大的，头脑不太清醒，没读过几年书就下学剃头，所以几十年光景也没什么忧愁惊乍。常言说，无知者无畏，他连岁月时光也不怕，脸上就不会有皱纹，看起来就跟当年一样。我在他眼里是一定变得不成样子了的。脸上有些黑斑，残酷的应酬让我高血脂高血压虚胖臃肿，已经被官场蹂躏成一个奇丑无比的人了。加上"双开"和高墙的囚禁，精神接近吸毒者，一脸的破罐子破摔。徐大宝能认出我来就是万福了。

脸上干干净净平平静静的徐大宝叫上我的小名儿，就给我上围裙，就给我剃头了。剃头（剪发）的过程从略，因为这是个短篇小说。现在的徐大宝也用上了电推剪，但手艺似乎没长进，还是乡下剃头的搞法，往上推，推完算事，推成尿罐盖。过去我找徐大宝剃头就是千篇一律的尿罐盖，加上我头形长得难看，歪瓜瘪枣的，很难剃出样子来，在城里剪过五百元一次的头，还是什么国际美发师，也没剪出个彩，因为"基础"太差。过去在他手下，剃过头回家，我大姐总会把我牵到剃头铺，责令徐大宝对我"再加工"。现在到了这个年纪，不讲发型，只求剃得个白茫茫大地一片真干净，褪了头火。我要说到的是后面——刮脸和掏耳。

徐大宝刮脸的躺椅基本上是三十年前的式样，铁的，又大又笨，五六成新，这个在我们大城市从没见过，不知他是在哪儿买到的。问题是，城里的理发店（当然不是发廊啰，发廊不剃头不理发，只有小姐）根本不刮脸不刮胡子。你说你无论付多少钱，也没有哪个师傅给你刮脸与胡子。这真是怪呀，我至今都没弄明白这个理。莫非剃头匠不屑于侍弄你的脸和耳朵？认为这是掉价的，不是美发师该干的事？他要干的是，把你的头发弄好就行了，再是不停地引诱你焗油，用好的洗发水，搞出一个天价工程来，一个字：宰。看你的头就像是看一只肥羊。可在徐大宝那里，四块钱，不用说了，刮脸，掏耳，全套就是这四元。刮脸掏耳不是你提出来他就做，而是必须做的，大人小孩都要做。

徐大宝多了几个毛巾，有烧炉子的热水，有水龙头，这些都是随时代走的，这很好。过去是脸盆一点水洗得像酱汤，毛巾一个，千人洗万人擦。洗过头之后，再上躺椅，把你放下来，人是完全平躺的，给你调好后脑勺靠着的最佳位置，相当舒展。一个热毛巾把你的脸捂着，你闭上了眼，他在你头前摆弄。剪头时他又不赶工，慢慢吞吞的，你已经进入了睡眠状态，刮脸时就基本睡过去了。刮脸是除了眉毛不刮外，每一寸地方都刮。脸上的汗毛刮去后，就好像卸下了一层盔甲。现在这种感觉一回来，人就是来被一个高级人体修理师来修理的。他刮额头，他刮眉毛与眼皮之间，他刮鼻子，鼻尖儿。最是刮鼻子两边时，那种快感，就好像是把你的鼻子剥蒜子一样从一堆蒜皮剥出来，见了天日的感觉。"刮胡子"这三个字是贬义词，意思是批评你。其实一个男人，世间最舒服的就在于他人刮你胡子。那种锋利的剃刀切割你胡子时的那种清脆爽快的声音，真是带劲儿，任何电动剃须刀都不可能像徐大宝的那个剃刀刮得那么干净，能刮出那么让人沉醉的音乐来。那个理发店是安静的，有一两个人坐着，有剃头的，有来闲坐的，徐大宝也跟他们说话，也跟我说话。我已经是呓语了，迷迷糊糊，进入微茫。好像他问起我父母在不在，我也问他父母特别是老徐师傅在不在。但那声音（说话声）是自然声音，不像城里的理发店放那么响的歌，且是一些乱七八糟的流行歌，歌词不行，音乐也糟糕，完全是一种高分贝的噪音。徐大宝这里一边讲话一边刮胡，切割的沙沙声，就像收割麦子。我忽然想起下放当知青时收麦的场景，更加沉溺进梦乡——这个乡就是真正的故乡！沙沙沙，沙沙沙，在一片月光下的五月之夜，那一片夏收的荡漾着南风和麦香的夜晚……胡子刮了，鼻毛剪了，翻来覆去刮得没一点楂子了，徐大宝还用手掌在各处试了试，平整光滑得像玻璃。又拧来个热毛巾，给擦了那嘴脸，等于是一种对皮肉的安抚，仿佛刚才刀子的来往让这一块皮肉受了惊吓。

再刮耳朵。我的耳朵是地地道道的几十年荒地。脸上还可以用剃须刀转几下，耳朵是转不了的。刮耳朵是一门绝活，一般的师傅是不敢下刀的。耳朵坑坑洼洼，而刀是不会拐弯的坚硬刃口。耳郭还好刮一点，但那也是很薄的一个边沿。更难的是刮耳窝，那绝对是极其危险的一种艺术。我无法明白，一把这么大的刀，是怎么把耳内的那些弯弯道道摆平且不伤一点皮肤的。这样的技术要练多久才能达到？刮耳朵最舒服，他是揪着刮的，可揪得并不疼。耳朵穴位最多，他里里外外刮耳，那就是把你的一大堆穴位拉拉扯扯软硬兼施按摩了一遍。

最见技巧的就是掏耳了。掏耳说穿了就是掏耳屎。徐大宝拿出他的那些掏耳工具，这些工具过去我是知道的，但没细瞧也差不多忘了。现在看，这也不是几十年前的旧物，过去似乎是放在一个竹筒里的，现在则是放在一个铁盒里。这些工具都是铜质的，刷子有几种，羊毛刷，挖耳的有勺、有铲、有棒，刮的，刷的，挖的，旋的，少说有十几种。掏耳是一个非常细致的工作，他把灯都打开，深入进去，手与眼都必须全神贯注。你一点都不必担心他掏坏了你的耳膜，从未听见过被他（和他爹）掏聋了的，只会越掏耳朵越好使。有一次，我记得他在一个乡下老头耳里掏出了一堆秽物，石头一样的，竟将一个耳聋数年的老人给掏好了。还听说我小时候很调皮，将一颗豌豆塞进耳朵，是徐大宝的爹给我镊出来的。一说是塞进鼻子里。但不管怎样，在剃头铺最过瘾最舒服的事是掏耳朵，其快感可用"汹涌"二字形容。甚至完全达到做爱般的飘飘欲仙的高潮。现在的徐大宝虽年岁大了，眼神不好使，手感也会差些，这都是想象，事实上，徐大宝如今更娴熟，动作更精准，更细心，更人情化。那个掏呀，就像是拿工具在跟你交流，抚慰，依然是——掏耳的时间占全部剃头时间的三分之一。可见其重视和讲究的程度。每个工具的分工之细，让人叹为观止。可见民间师傅对此问题的心得和经验，是十分了得的。这样漫长的疏通、掏刮和清扫，想想，这世上还有什么样的幸福可以与之比拟？人应该需求甚少，尽快满足，死活在一个小镇，是生命最好最美的选择，到哪儿还比得上有徐大宝这样能掏耳朵剪鼻毛刮胡子的小镇幸福？美国？法国？中国的北京上海？见鬼去吧！我的故乡小镇虎渡口镇是所有幸福的源泉和归宿。当初我根本就不该走出去，走出去的那个世界无聊透顶，疯狂透顶，回想起来，没有任何快感，一场噩梦而已。什么狗屁的厅局级，什么狗屁的报告、会议、学习、表态，在徐大宝的理发店和他十几种掏耳工具这里，都不值一谈。耳掏了，掏成四大皆空，一次生理和心理的双重治疗，一次物质世界和精神世界的大清扫，快哉快哉！

这所有的功夫做了，整个脑袋一尘不染，可用神清气爽来形容，精、气、神都回到了体内，至于发型怎样，那实在是无足轻重无关紧要的事。现在城里剃头，讲究的是形式——也就是发式，却失去了小镇理发的那种实际效果，那种精髓，那种百骨皆酥的快感。

等这一切搞完，又一个热毛巾，拧来，将他所有刀枪工具动过的地方，脸啊耳啊全部捂擦一遍，刮得有点紧绷的感觉又松弛成温润，再掏出不怎么好的润肤膏，用两个手抹匀了，擦到我的脸上，有点香喷喷的感觉，再用手将两个肩膀几揉，叭叭地几剁，那可用力了，将你剁醒，一推，椅子就推上了，你重新坐起来，睁眼一看，这世界，咿，咋变了样儿？看天，天堂，看地，也是天堂。看什么都顺眼，看什么都新奇和蔼，世界充满活力，阳光明媚。将我这种腐败分子绳之以法，"双规""双开"，是对的。这世界美好无边，根本就不应该容许我这样的坏人存在，不劳而获，假大空，看钱做事，亲小人远君子，贪赃枉法，卖官鬻爵，吃喝嫖赌，都是千不该万不该的，躲得过初一，躲不过十五，总有一天，人民是会将你送上审判台的！……走出徐记理发店，过去是头，现在不是，是一朵云，轻飘飘的。

这以后，我就经常到徐大宝这里来剃头、刮胡、掏耳了。睡落枕了，也找他。找他给扳几下，叭叭的，颈子就好了。一来二去，也就知道了三十年来的徐大宝，找了四个女人（艳福倒是不浅），现在没女人。我离开小镇时知道那时的毛头小伙徐大宝跟一个叫王姐的女人有染，那是要付钱的。王姐是我们小镇上的烂女人。现在王姐可能早不在人世了。由于徐大宝脑瓜子不太好使，后来结婚找了个河对岸的乡下女人，没生孩子，离了。听一个来剃头的人说，是他把人家打跑的。那女的正常人，跟一个卖鳝鱼的好上了，我们这里叫偷人。偷人货走后，大约十年前，又找了个手有残疾的女人，这女人贤惠得很，也没有生育，后来也跑了，原因是徐大宝不清白，没法过。"不清白"就是头脑不清楚的意思。再后来找了个苕女人，比徐大宝小三十岁，可连饭都不会给徐大宝做的吃，还很脏，月经来了不会上纸，让徐大宝气不过，给开销了。如今的徐大宝就是个老单身汉，洋书上叫鳏夫。

即便如此，徐大宝仍算是清醒的，不过智商低了点儿。他国内国际新闻都知道，说起我父亲邓师傅，还说你父亲的糕点做得蛮好的，特别是烘糕。我父亲主要是做烘糕，可随着我父亲老了，去了我那儿度晚年，这个小镇就没了烘糕。我也多年没吃父亲做的烘糕了，这养活我们一家三代的烘糕手艺就失传了，现在，烘糕大师我老父因为我的问题，气得中风瘫痪在床，被送到一家老年公寓，我们兄弟姊妹各出一点钱，让他去垂死挣扎度他的风烛残年。我连自己也顾不了，也就管不了他。

有一次我去剃头，徐大宝的店却关了门，问隔壁的，才知他是给某村一个死人剃头去了。隔壁的店老板说，这一带死人剃头，娃子剃胎头，都是找他，因为他技术好，有经验。再者一般人不敢剃，徐大宝才敢。我忽然想起来过去徐大宝的爹也是给镇上的死人剃头的。这些年在城里，没见着死人。死人一般在医院里死，死了就拖到火葬场去了，城里死人剃不剃头我真不知道。不像这小镇，死了人在家里，左邻右舍或者当年我们小孩子，都是常常能见着的。丧家门口放一口棺材，死人摊在堂屋里，脸上覆一张黄表纸，胸口放一个鸡蛋，双脚是新鞋，用粗索子绊着的，手上有的拿铜钱，有的握一根打狗棒——怕阎王殿前的狗不让进去报到。而死时是要净身、换衣、剃头的。

为死人剃头，这真要胆量。不过乡里乡亲，都熟悉，再说习惯了，也就不怕了。我等了半天终于将他等回来了，他提着个小箱子，回来就把那些家什拣出来放在台子上。问及此事，他说是新诚（村）的，喝农药死的。徐大宝有个特点就是饶舌，现在依然如此。他说人老了，搞不动了，子女不养他了，又有病，就喝了农药。他说，这年头喝农药上吊的老人特别多。喝农药死的，全身都是绿的。我看他拿起电推剪要给我剃，我就说："你活人死人就一个剪子呀？"他说，还有一个的，坏了，要修，没空到县城去。他一点事都没有，说："活人跟死人的头发是一样的，我这上了油就好了（有点消毒的意思）。"他说着就给推剪上油，用刷子刷了一遍，又用抹布擦了一遍。我有点无法接受，剃了死人剃活人。恰好又有一个找他剃头的，我就要那人先剃。那人不明就里，还向我表示感谢。我去街上转了转，回来，他的剪子已经剃了一个活人，我就硬着头皮上了。心想，像我这种"双开"干部，跟死人也没两样。徐大宝敢给死人剃头，寻常事一般，在他的剪子下就不分死人活人了，都是一样的。你就是个要剃头的人，他才不管你死活咧。这种豁达的生死观很让我赞赏。我们这种人，想法太多，远远达不到他那种境界。我问他剃死人有什么讲究，他说没什么讲究，一样的。我问他丧家给多少钱，他说二三十块钱就不错了，也有给五十、一百的。我说那你比剃活人强多了。他说那是呀，并不是天天有人死的，现在各大队（他不说村）都有剃头的。意思是竞争也很激烈。不过我看他也没什么竞争意识，基本上是顺其自然。

巧的是，过了没多久，我那老父亲在老年公寓里死了。我接到电话，是我大姐，她是从外县赶回来的，电话里对我哭着大骂，说我不管爸死活，说浑身都发臭，生前大小便肯定拉在床上，头发胡子长得像野人。我的确未能尽到孝，老父亲的中风瘫痪也是因我事发气病的，后来无人管，一直在老年公寓。我是泥菩萨过河，自身难保，那他还能怎样，只有等死。我问大姐给老爸净身没有。她那边回答说："不是等你儿子回来净身剪头的吗？"我问："老年公寓没剪头的人？"她说没有。我就想到徐大宝，因为对父愧疚，一定要让他干干净净去阴间。听说有车来接我，正好带上徐大宝。我就给姐说了请徐大宝去给爸剃头。

我去镇上找徐大宝，徐大宝有点犹豫，说远了。省城对于他像天边，因为他这辈子都没去过省城。我说很方便的，有车来，几个小时就到了，剃了第二天就用车送你回来，明天中午就到家了。我给他开价是五百块钱，说如果少了，他说个数。他说这不少呀。不是钱，是别的。我说："你反正一个人，也没个拖累，正好到省城玩一趟嘛。你如果愿意，我陪你玩两天，吃喝全是我的就完了。"他最后同意去，并且说邓师傅（我老父）是镇上的老人，应该送一程。凡是镇上过世的老人，都是他剃头送终。

开车来的是我的一个侄子。徐大宝提着他的小箱子，换上了一件估计多时没穿的灰夹克，还穿了皮鞋。我们连夜赶往省城。的确很快，几个小时就到了省城的老年公寓。要徐大宝休息一下，徐大宝说没事，就开始给我亡父剃头。老父死得真是可怜，现在老年公寓里处理后事的就我们亲属，冷冷清清。且他的确一股浓浓的大便臭味儿，进了房里，气味难闻，估计死后护理员才清洗。人是蜷着的，不知是挨冻而死，还是疼痛至这样的。头发遮住了脸，胡子五六寸长。这老年公寓真他妈扯蛋，你去一次还总说钱给少了。人蜷着，不能平躺，徐大宝就弯下身子对死人说："邓师傅，我是徐大宝，专程从虎渡口赶来给您剃头的。您把身子伸直了，样子好看些，免得您托生成驼子呀。"徐大宝在他背上几摸几擤，嗬，亡父人就挺直了，好像很听徐大宝的话。徐大宝笑着悄悄对我们说："我见得多了，我有办法的。"接着，徐大宝像哄小伢："邓师傅，把头抬起来，别软下去，啊，噢……好，好的……就这样……"亡父还真的软软的头变硬了，极听话似的。徐大宝边指挥着他边剃，边对我们说："邓师傅是好人，好人死后是脚先冷，头最后冷，不信你们摸，还是热的。"我去摸，感觉是有点温热。他说，恶人死后是头先冷，脚后冷。我问他镇上老人头先冷的有谁，他想了想，说你认识的诊所的柳医生，哮喘的那个，就是头先冷，死后脚是热的。他说就是喜欢用麻药把女病人麻过去后强奸的那个。我说，噢，我知道。他说，还有杀猪的周癞子，杀生太多，脚后冷，就进地狱了。邓师傅进天堂了。我说，那就好，那就好。

摆弄死人，活人一身汗，多少还有些恐怖。头发弄短了，我大姐就说，胡子剪一下就行了。可徐大宝说，胡子还是要刮的，不刮，来生变羊子的；羊一生下就胡子飘飘，那就是没刮胡子的人变的。徐大宝一样涂肥皂，一样用毛巾捂脸，一样刮，一样刮耳朵，揪着刮。胡子刮得干干净净，就像是在给活人刮。还剪鼻毛。不慌不忙的。然后，竟还要给亡父掏耳！"这个这个可免了"，我连连说。给死人掏耳有何用？可徐大宝坚持要掏，道理是不掏来世就是个聋子。徐大宝越是正儿八经地细心，我们越是难受。尽快将亡父送走，我好了却一桩事。没人来吊唁，没人送花圈，很难堪的。徐大宝我行我素，一丝不苟地给亡父掏耳。这时，门口围了一大圈人，全是老年公寓待死的老家伙，也有公寓的护理员，都是来看稀奇的，看一个乡下理发师傅给死人刮脸掏耳屎，还给死人不停地拉家常。而过去，老年公寓死了人，一个电话一打，殡仪馆的就来车将死人拖走了，就像拖一车垃圾去扔，无声无息。

徐大宝经过两三个小时的忙活，终于大功告成。然后将手一搓，在亡父的肩膀上几揉几剁，就算是醒了脑，再一推，说："邓师傅，搞完了。"

不成人形的我爸，现在经徐大宝一翻修理摆弄，又恢复了人形，又有模有样了，好像要活过来的样子。且徐大宝与我亡父的对话还在继续。他说"吃不到你的烘糕了"，说"邓师傅，你蛮会钓鱼的，在那边莫忘了叫上我老爹去钓呀"。跟他说几句，又跟我们说几句，说我父生前钓鱼的趣事。他记性之好，我自叹不如。

亡父清清爽爽了，抬上了殡葬车拖走了。亡父的走有了亮光，我们心里舒服多了。徐大宝收拾好工具，却要坐车回去。真是的，上千里的路，就是来给死人剃个头就打回转的？我们说总得休息一晚，明天再说。可他不干，说有夜班车他就回了，他说到县里就行了，他带上了坏的推剪，正要到县城去修的。我只好打电话，还真有到我们县的夜班车。我坚持让他玩两天，我们一起回小镇。可徐大宝死活不干，一旦不剃头，他就如坐针毡。

只好答应他。我将钱给他，他挣扎着不要，说我坐你们的小轿车，吃你们的饭，还到省里玩了一趟哩。我把钱硬塞到他兜里，他说多了多了，还是有点羞涩地收下了。

我让侄子把他送到车站并交代给徐大宝买好票，送上夜班车。我们家的人与徐大宝招手再见。徐大宝提上他的小箱子走了，我却想哭。见亡父没一滴泪，现在却想哭。徐大宝徐师傅，你不嫌弃咱们，不看我在台上台下，是

147

风光还是倒霉，是犯了错还是没犯法。你就是我的乡亲乡党，什么都不管的、一个热情的老家人。只有你，这么好地将我亡父体面地送走，给我面子。如果跟着你，我就不会头脑发热干那些坏事蠢事了，我真的对不起人民，对不起党。徐大宝，你教我的比什么都好。我会好生走道儿的，唉，只是悔之已晚。徐大宝，伟大的徐大宝！

（原载于《长江文艺》2009 年第 5 期）

醉醒花

巴打匠，一个七十多岁的老头儿。打匠就是猎人。他有个唯一的儿子，叫巴安常。巴安常十分内向，不近女色，一个很可怜的山里小伙子。伐木队伐到五荒岭时，巴打匠就把儿子巴安常交给了伐木队，当临时工，也吃四十八斤粮，也拿二十九块钱，只是没有转正——转为正式国家工人。

伐木队有一些女工，当时叫"苞谷墩子"，因为长期吃苞谷，都长得一个个跟苞谷似的，丰满健壮，乳房直挺挺的。可这些女工也不属于巴安常。伐木队看中的是巴安常会伐树，当有什么危险，比如上悬崖爬树或是有搭挂——那些粗大的缠在被伐树上的藤子，会时常把人弄死，让树改变倒伏的方向时，就会让巴安常去，他在本地长人嘛，熟悉山中的一切。

可他是个小气鬼，在伐木队不声不响，像个鬼影子一样跟着伐木队的人上山、下山、吃饭、睡觉。他住在最黑的地方，把床铺——用树棍搭的——安在老角落里，还不准人在他睡的那壁子上开窗。壁子就是油毛毡。他天黑也不点灯，怕费了油，又不识字，也不看书写字，就跟头牲口似的，白天干活儿，天黑了睡觉。不睡时就一个人抽烟。他有两根烟杆，一根一拃长，是上工时带着抽的，方便；一根有三尺长，是下班守火塘抽的。抽的是自产的劣质蓝花烟叶。他爹巴打匠常给他送烟叶来，还给他送些泡菜的原料来，有白菜梗、冬瓜、辣椒。

这就要说到他的泡菜坛子了。他自己从家里拿来的泡菜坛子，可以上一碗围水，看那坛子都有些年头了，可能吃过三代人。他做的泡菜自然大家只闻其香，无缘尝其味。他是不给大家尝的。他什么原料都能泡，除他爹拿给他的那些，还上山挖野蒜（就是薤白），连山野里人家砍过葵花盘子的葵花梗，也可剥了拿那梗芯来泡了吃。到吃饭时，他到厨房打一碗饭，再一个人悄悄回到宿舍工棚，从床底下拖出那个怕见天日的坛子，撷出几块来，一个人躲到一边去吃。他给坛子换围水也是悄悄躲着他人的，就像做地下工作。不久，有人就偷吃了他的泡菜，他发现后也没说什么，嘀咕了几句，就不知从哪儿找来了一把废铁丝，用钳子做了两个铁圈，一个圈住坛身，一个罩住坛盖，再用一把弹子锁一锁，就像上了防盗门，别人再也偷不到他的宝贝泡菜了。

可有一次转场，泡菜吃完了，只好吃厨房的土豆汤。那汤没什么油水。吃就吃呗，吃了屙，闭上眼吃，反正就为个饱，谁还管味道。伐木工在深山里伐木，过的是石头一样的生活，说是背051油锯的工人，其实大家就是副厉鬼的牙齿，每天对着参天大树，啃倒了完事。有一天，巴安常打了碗土豆汤，就回头去质问打汤的冉二贱，为什么别人碗里三颗油星子，他碗里只两颗？

这是个尖锐的问题。

——那汤上飘着的油星子，大家就认真地给他数，他碗里怎么荡漾、分化、组合，沉静后还是两颗，而别人，数了数，嘿嘿，真还有三颗四颗。

冉二贱说，你这人心也太细了，闭着眼睛打的。他说这些时敲着勺子，平时很规矩的巴安常这时却气得浑身乱颤，竟然将那装汤的洋瓷碗摔过去，摔到冉二贱脸上。两个人就打起来了。冉二贱灵活，踢（抓）中了巴安常的睾丸，巴安常吸着冷气脸变乌半天蹲下去，像犯了盲肠炎一样。后来大家才知道出在他的卵蛋上。

这是在绝他的"后"哩。事后大家明白了巴安常反常的举动——神农架人是不许人碰裆里的，这比辱没祖先还恶毒。可以想见巴安常当时几近疯了，忍着痛硬是闯进保管室，竟抢出了一枚雷管，竟把冉二贱摁在地上，硬是把雷管塞进了冉二贱的屁眼里，要准备把他炸得个五马分尸，下水四溅。不是人拉开，那天一定会出人命。

结果是，冉二贱拖到山外医院拔出雷管也切了三厘米直肠——肠子全让巴安常戳坏啦，可巴安常的睾丸也肿成了一个篮球。这可能是世界上最大的睾丸了。两个人躺在医院里对骂，医院以为是高山上下来的两个野人。

因为冉二贱成分不好，切了直肠自认倒霉。但巴安常也就被人叫成了"油星子"。

不过，巴安常的爹巴打匠闻知后还是提着一支豹胯去医院看了冉二贱并向他跪地赔礼道歉。儿子回队以后，裆里消了肿，却更沉默了，更不爱理人。巴打匠刚好从山上捉了只小狗样的熊崽，就说让熊崽给儿子做个伴散散心，喂几天后送给伐木队大伙儿打牙祭。

巴安常终于有了些笑容，有了交流的东西，那就是小熊。

小熊又蹦又跳又咬，亲热人，身上还一股子奶腥味儿。晚上，油星子就抱着那熊在床上睡。到了某天的一个晚上，伐木队工棚后山上，就传来了老熊的叫声。是来讨小熊的。油星子高兴得直嚷，说："不是给你们把荤菜引来了吗。"当下几个打猎爱好者就提了铳出去，两杆铳，打出了两管铳子儿。然后，馋荤馋昏狂了的伐木工们就一起扑上去，将四百多斤的母熊踏得稀烂背回来了。

小熊见到母熊的尸体，哀哀地哭叫了两个晚上，弄得大家难以入睡，愤怒异常的失眠者们就向伐木队领导要求将这小熊宰了，与那怎么也煮不烂的老熊肉一起炖。但遭到了巴安常的严厉拒绝。

小熊吃它母亲的下水，主要是心肺，边吃边呜呜地哭。巴安常哄它，哄好了，小熊又活蹦乱跳了，忘了失母的伤心。

可巴安常只有四十八斤粮食，自己都不够吃，如何能给小熊吃！就要求厨房给它吃。厨房没什么潲水剩食的，剩食都让饥肠辘辘的厨房师傅当正餐吃了。小熊饿得晚上像火烧一样叫。恰好到了冬天，巴安常就盘算着怎么让小熊冬眠一段时间，那时他实在吃饭紧张。冬天劳动强度忒大，伐木主要是在秋冬两季，春夏不伐或者伐得很少。

小熊不冬眠，活蹦乱跳，巴安常就把它抱到山洞里冻了一夜，冻硬了，放到一个树洞里，用石头堵上。到了春天也就是两个月后，巴安常扒开树洞一看，小熊还在，不是骨渣子，是骨架子，活的，能走动。

原来，熊冬眠是不吃东西的，可要舔脚掌，靠舔脚掌活，特别是前右掌。熊舔掌子，舔一口可以管三天。小熊也舔了小掌子，可惜是饥饿状态强行冬眠的，这就快到了死亡边缘。可春天来了，食物来了，竹笋啊漫山遍野都是，还有菌子，什么松菌、鸡油菌、牛肝菌、刷子菌，小熊吃了，又成小熊了，骨架子变滋润了。

小熊给他捂脚，小熊就是只小狗。大家都爱小熊，小熊成了巴安常同伐木队其他人交流的纽带、中间人。逗熊就要跟巴安常说话，比如它吃了吗，吃的什么，你把它头上顶着，等等。巴安常也得回答，说不咬人的，它很乖，它在外头，你们别关着门了，让它进不来。

小熊上了链子。

因为它的指甲越长越尖，牙齿越长越厉，口涎腥臭，拉屎不讲地方，会突然吓人，亲热时会让你疼痛。

巴安常他爹就提醒说快交给厨房师傅打牙祭，熊是要伤人的。

熊大概在三十斤的时候。

因连日暴雨，山上的木头运不出去，山下的粮食拉不进来。没吃的，伐木队就与巴安常商量好了，把熊杀了吃。跟巴安常商量，这是把他当人，巴安常就同意了，好像给大伙儿带来高兴的事，他还是很愿意的。

队里要巴安常去杀，巴安常先是坚决不肯——大家可以理解，自己养大的，自己杀，不好下手。可后来还是接受了领导的指令，接过了他们的镐头。

他给熊吃了一顿好的，还吃了野蜂蜜，准备照熊头去敲。他以为熊会跑的，可那熊没跑，只是眼里泪汪汪地用两只前掌蒙着自己的眼睛，一动不动。

这时，大家看到巴安常就住了手，镐头停在空中，许久，突然像一只野物"嗷——"地嗥叫一声，丢下那把镐，就往外跑去。

巴安常跑到林子里，蹲在地上，双手抱着头号啕大哭，扯着自己的头发，捶树，跺脚。

这熊怪哩，知道自己是要被主人打死的，就蒙上眼睛让他打，也不跑。就这一下，让巴安常良心发现，又给熊留了条活路，死里逃生。

米小顺是队里最小的，有一天给了熊半碗饭吃。到了下一顿时，平常不与小顺搭讪的巴安常偷偷把小顺叫了。小顺不知何事，跟着巴安常走。巴安常把他带到工棚里，从黑咕隆咚的床底下拖出泡菜坛子，打开锁，打开盖，撮出一碗黄澄澄、香喷喷的泡菜，让他吃。

米小顺以太阳从西边出的惊诧去吃巴安常的泡菜。他看见巴安常向他笑着，没了敌意。米小顺就明白了，因为他给了小熊东西吃，小熊是巴安常的。其实米小顺那天是肚子不舒服，吃不下，就这么给小熊吃了。

慢慢地，大家都你一口我一口给小熊吃，总不能叫它饿死吧。慢慢地，巴安常便接别人给他的纸烟了。过去巴安常是不接别人敬的烟的，生怕欠了别人的情，这样别人也就堂而皇之地占不到他一点便宜。而现在，他有时抽烟时就把那个铜烟嘴用衣角慎重地一揩，递给人家说："抽一口我这个。"大家当然不会抽他那呛得人要死的蓝花烟，不过也有人冒险一试，说："好，好烟，好烟。"他就会很得意地说："我爹烤的，咱们村里就我爹烤得最好。"

可有一天，熊将人抓伤了。是一个姓黄的，姓黄的吃着苞谷走着，冷不丁被人抓去了手上的苞谷，手还生疼，再一细看，手上揭了一层皮，那皮已经到熊的嘴里了。黄工人气愤难忍，操起一根大棒就朝熊劈头打去。熊在铁链里左跳右跳，号叫不已。棒子上的枝疖把熊拉开了几道口子，血淌淌的，头上也打开了花，一只眼睛都快打瞎了，眼皮子眦翻着。

熊呜呜地哭，巴安常还得赔医疗费。他爹打猎途中来到队里，看到熊还没死且闯了祸，就要用枪崩了。巴安常说不，他会处理的。他爹就说赶快处理。巴安常拖不过去了，就搞了一些羊角七，准备泡了酒给它喝。这羊角七是治大风湿的特效药，与螃蟹七、田三七等用碓舂了泡酒忒灵。所谓大风湿就是瘫痪病人。但羊角七又是大毒之药，用重了，就会出事；没病的人若喝了这重药酒，身上的肉就会看着看着一块块裂开，最后全身肌肉炸裂而死。

这熊已经能喝酒了。伐木队在高寒山上伐木，百无聊赖，每个人都学会了喝酒，就逗弄小熊，给它灌酒，一来二去，熊也跟人一样，会喝酒了。

那天，巴安常给小熊灌了一碗浓酽酽的羊角七酒，就是一碗毒药。大家就站得远远的，准备看它的皮肉噼噼啪啪地炸裂开来，像放鞭炮一样的。可是等了半天，没有。那小熊已经解了铁链，巴安常想让它死得舒坦一些。小熊喝完酒，摇摇晃晃地走了一圈，没倒，没异常；又走了一圈，还打着响亮的酒嗝，就像个从餐馆里走出来的一样，平安无事，一身黑缎子皮毛在阳光下漾动，蓊蓊闪闪的不晓得有多么漂亮。

后来想吃熊肉的人是怎么就此罢手的，巴安常又是怎么没再杀那熊的，这事有点说不清了，事情太久远了。但后来的事情却是大家都没有料到的。

大约是冉二贱从医院里回来。

回来的那天，他看到伐木场周围的山坡上全开满了深蓝色的醉醒花。他带着少了三厘米直肠的身子，怎么看这花怎么恐怖。深蓝色直打他的眼睛。这喧闹的、拥挤的、蓬勃向上的醉醒花带着恶毒的咒语闪亮在山冈上，连蜜蜂的嗡嗡声都浸透哀求和狂乱。冉二贱在那野浪浪的花丛中就真的看见了每一株醉醒花上都漂浮着一个蓝色的野浪浪的女人，标致得就跟山妖一样。

这与传说完全一致。醉醒花是一种能让人发狂的花，产生幻觉的花。冉二贱在花丛中痛生生地拉了一泡屎（直肠问题），仇恨充盈心间，与那狂轰滥炸的醉醒花绞到了一起，自然就想到用此花报仇。

冉二贱其实干过，在修路队时被一个女工甩了，他就给那女工喝了醉醒花酒，是在下雪天喝的，自此后，一到下雪这女工就会突然脱光衣服在雪地上奔跑、跳舞，止也止不住，数年来到医院怎么都查不出病来。

而且远不止这些。喝了这种酒后，你在摘花时做过什么动作，饮者醉后就会做什么动作。

是在一个山洪暴发的雨天。

去伐场出门时山洪并未暴发，也未下雨，天气看不出有什么恶兆。那天，巴安常牵着熊去伐场，他把熊拴在山崖前的一棵大树上，离人远远的。那一天巴安常拉肚子，就回到队宿舍驻地找卫生员弄药吃，准备吃了药再去伐场。这一切让冉二贱看在眼里，趁中午给工人送饭时就给小熊喝了醉醒花酒。接着大雨如注，山洪就要来了。工人们赶快过河回驻地，那熊因为拴得隐蔽，大家没有发现，就留在了伐场。

山洪暴发，巴安常见同伴们都回来了，才发觉熊没牵回来，就跑去想把熊弄回来。可是溪河里早已是漫漫洪水，湍流如瀑，涛声如雷，人如何能过去？

巴安常从河边回来时像掉了魂似的，一夜未睡好，第二天一早就出去了，晚上怏怏地回来了。第三天，雨仍在下，山洪依然在奔流，大伙儿依然无法上工，就躲在工棚里烤火聊天（山上六月也得烤火），或蒙头大睡。巴安常还是出去救他的熊去了。

到了晚上，巴安常也没回来，熊当然也没回来。

大家以为他回家了，因为他家也不很远，也就几里地。

但是又过了一天，天晴了，虽然天晴了，山洪在溪河里鼓荡的声音还是能清晰传来，不过明显小多了。大家等着洪水退去时，巴安常的爹巴打匠出现在大家面前，他说他做了个噩梦是关于儿子的，就来看他。大伙儿一听说巴安常没回家，就知道问题严重了，就和巴安常的爹一起去找巴安常。

黄色的太阳趴在山冈上，照着汩汩流淌的河水。在傍晚的静穆中，河水如一个喝醉的人吐出的秽物，泛着难闻的腥气。我们在河这边朝伐场喊：

"巴安常！"

又喊：

"油星子！"

没有回音。但一只熊的呼哧呼哧的吼叫声从河那边的山崖里传来了。这让我们拼了死命也得过河去看看。巴安常的爹第一个跳进河水里，大家用绳索拉牵着过了河，循着那熊的声音走去，果然看到了巴安常。巴安常只剩下一副骨架子了。那只熊正舔着鲜血淋漓的嘴巴，在链子的活动空间里又扯又蹦着。

可是我们看到，那熊正拴在一片盛开的醉醒花中间。蓝莹莹的醉醒花已经被那熊啃吃得一片狼藉。那棵拴铁链的树，也被扒去了大半的皮。熊因为被主人忘记，因为饥饿，因为狂躁，只好啃树皮和醉醒花草，并把地下刨出了一个大洞。

大家知道，熊一定是疯了。可是生为神农架老山的人，巴安常为什么会疏忽呢？那么多醉醒花，他没有看到吗？吃了醉醒花是要发疯的。也许，拴它的那天，那些醉醒花还未开放吧。但我们都闻到了酒味儿——在巴打匠哭号着打死了那只咬死他儿子的熊之后，我们闻到了熊的血腥味儿，也闻到了它身上的酒味儿，这就是以后大家盛传的：是冉二贱下了该死的药酒。且冉二贱在摘醉醒花时，肯定一遍一遍地做了吃人的动作。

也许，这都不是原因。原因只是熊太饿了，把主人吃了。

白眼狼

在铜鼓垭上，最有名的打匠曹某，人称九眼狼，什么猎物也难逃他之手。据说，猎物见到他，就不跑了。打匠会兽语，问猎物为何不跑。猎物说，跑也是一死，就不跑了，落得个痛快一死。你点哪儿，我让你打哪儿，留张整尸去见阎王。曹打匠就打眼。可伐木队的人悄悄传李山顺，说他是白眼狼，特别是女工。

李山顺其实是个很不起眼的人，有点邪秽，眼斜，看人时黑少白多，看到兴致处，就只剩下一片白了。这人没有能耐，却性功能亢进，吃了萝卜晚上也会硬邦邦的。大家看他半夜去拉尿，有点恬不知耻，也有点炫耀的意思。

李山顺没老婆。老婆是被他搞跑了的。李山顺每年回家两趟。伐木工都是每年回家两趟。李山顺回家后要把老婆搞三天三夜，然后休息三天三夜（大睡），再然后搞三天三夜，老婆搞成一堆骨头了，他就回神农架伐木队了。老婆忍无可忍，与他离了婚。

因为性功能亢进，干活儿也亢进，热起心来，就像条春天的狗，连主人的卵子都想舔几口。队长就让他去修洗澡棚——这可是累活儿，白手起家，一切要自己动手置办。可这难不倒他，他高兴地接受了任务，将地址选在靠北边的悬崖上，离他的床铺只一墙之隔。起先大家看他又是砍竹子又是砍树枝去悬崖，就吓着了。后来又看他站在悬崖上绞架子，上铁丝，从崖下吹上来的风把他的裤子鼓得像一个气球，都为他捏了一把汗。可他干得得意。山上的风本来就大，靠北的崖上面，人在里面洗澡，就跟冰窟洞里洗澡没两样。人还危险。他搭那棚子还得支架子，像吊脚楼一样。就是吊脚楼。这让队长好生纳闷。我们看见队长腰里挂着的那个洋瓷碗丁零当啷响着爬上悬崖去质问他，为何要把澡棚修到北面。大致是这个意思。因为队长表情阴沉，不爱说话。他是个南下干部，肺和睾丸都中过枪，指指点点总是一些不顺心的事。我们认为他是在质问。后来就听见风中传来李山顺的说话声。我们只听到了一个大致的意思：

——南边那空地不是要办活动室的吗？这里好，这里好。

两个人在悬崖上指手画脚，两个人被风鼓着。最后以李山顺的胜利告终。似乎队长也不想太干预这件事。而胜利的李山顺干活儿更卖力，甚至把自己更惊险更漂亮地吊在悬崖上，像一只鼯鼠。

这一切，这用他生命换来的一切，谁知道他只是想看一眼女工洗澡呢，当然，女工中他又更想看的是江红英洗澡。

李山顺在女工洗澡（逢双日）时就把油毛毡戳一个洞，往洞里瞄。所谓"墙壁"，就是一层油毛毡。那天江红英洗澡，就感到有一双眼睛在盯她，背上凉飕飕的。她捂着光胸脯往油毛毡壁一看，看到了一双白眼，白刺刺的像鬼眼。

江红英可是伐木队最稀有的人，脸红得像鸡油菌，光得像太阳。拿男工女工一致的话说，她就是"受看"，而且丰满，屁股不大乳房大，而且长得很上，像从来没有人碰过似的。因为父亲的原因，她没有去宣传队。但宣传队的来演出，没一个比得上她。看了她，凡是来神农架伐木的女工，都只能算是歪瓜裂枣，没长成器。

江红英洗澡出来，身上的水还未揩净，一个劲儿抖。追看江红英的还有队长。队长就迎上前去问她是不是水太凉，是不是风太大，让她别感冒了。可江红英吓得说不出话，队长见她像碰上恶鬼了似的，就追问她，想问出点生理上的事来，因为队长认准了她。虽没有说出，但他想调回山东烟台时一定要把她拐带走的。

队长一追问，江红英就把澡棚的事说出来了。队长看着江红英那烟台苹果一般的脸，就想着战略战术，就不动声色地给江红英备下了一根粗铁丝，交给她。

这事在队里没任何声张。

过了几天，又轮到女工洗澡时江红英也在众目睽睽下爬上悬崖的澡棚。

江红英当然还是发着抖，可粗铁丝戳进那油毡洞里去之后还没能离开，还抖得直搅和，就像在给自己壮胆一样。

男工人宿舍里就出现了一声像是落下万丈悬崖的惨叫，叫声鲜血淋漓。大家那时候正在外面干活儿的干活儿，吃饭的吃饭，打牌的打牌，聊天的聊天，就见李山顺捂着眼睛从工棚里跑出来，满手的指缝里往外喷射着血水。大家还没明白是怎么回事，队长就逮住了他，说是要办一个"乌龟王八蛋"的学习班。

我们看到队长把因为血糊了眼睛而踉跄的李山顺逮进长满白霉菌和田三七草的办公室，受伤的肺一起一伏，用我们听起来有些遥远的、土麻拉叽的胶东话说：

"你这个乌龟王八蛋——知道吗，今天要办一个乌龟王八蛋学习班，我要坛子里捉乌龟，一个个抓你们。老子今天当一回乌龟头。写检查——"

学习班还有两个人，是两个偷吃了炊事班海带的工人，此刻在一个角落里大气不敢出，脖子上围着又长又宽又透亮的海带。

血和墨汁儿似的东西从李山顺手缝里流出来：先是红的，后是黑的，就像他捏破了一红一黑的两个墨水瓶。他说：

"队长，让我去看看……"

"看看？"

"到山下去，医院看看。"

"不想写啊？"队长反问说，队长有些气急，"这是乌龟王八蛋学习班。"

"我眼睛看不见了……"李山顺倒很平静，手撑着头和眼部。

"你很好，还一只嘛，白眼狼，眼就跟狼心狗肺一样的——就画个龟头，下面画条狼尾巴，写上你李山顺的名字。"

队长的脸是乌紫的，憋着一口气，在屋子里来回走动，并且摸腰间。——那里只一个洋瓷碗。他是摸枪，然而没有了。他这时在抽屉里找东西，找出一支粗粗的自来水笔，摔到桌子上，像摔别人的东西，对浑身血闪闪的李山顺说：

"写呀，写呀，写呀！……"

李山顺坐在那儿用沉静来等待队长的回答——改变态度。

"我眼睛……"

他喃喃地说着这句话时，一个东西从手指缝里掉了下来，是颗软绵绵的破烂的眼珠子——刚才江红英那一下搅得惨了。

队长马上就看到了，他愣了一下，好像打了一个寒战，在寒战中肯定了那个东西是啥东西，浮肿的嘴唇启动着不知道接下来该怎么说。可他说了：

"捡起来！"

李山顺当然得要捡起来。眼珠子掉到地上了，那是属于他的，他身体里的一部分。他在捡拾时看队长的举动，生怕队长因为失去理智，上来一脚把它踩瘪了，踩到泥巴里面去。他那一只好眼在窥视着，不敢贸然行动，不敢去捡，甚至向对面的队长传达出一种要淡化的意思：掉了就掉了，掉下的就算了。

"捡起来，放回去。"队长说。

李山顺听到这个话，这是一个能让他接受的动作。队长没有失去理智，虽然——李山顺看到队长因为肺部在燃烧，抓扒着自己的衣领。李山顺就弯下腰去，把那破烂的眼珠子捡起来，用袖子揩了几下上面的泥巴，小心翼翼，生怕碰疼了似的，又放在嘴边吹了几口，就把它慢慢地往眼窝子里按进去。

李山顺没有叫，就像在戴一副眼镜一样。他不想让人看到他的短处。他按着那随时会掉下来的眼珠子，说：

"队长，让我去一下医院吧。"

"不行！你还晓得去医院的吗？你这个乌龟王八蛋！你这是罪有应得！——乌龟王八蛋的学习班才刚刚开始。"队长满脸大汗。这是给李山顺也是给屋外面看热闹的工人们说的。

李山顺这时好像完全坍塌下来了，开始发抖，像山猫一样呜呜哼叫，所有的头发都向上冲天竖了起来。

这个时间有一个冷场，是李山顺尽情表现的时候，这个时间拉长，显然对队长不利，因为这使人觉得他十分残忍。而从事情开始时，从李山顺捂眼跑出来时，大家是对他愤恨的，一个流氓，一个坏蛋，如果那时队长一声令下让大家去剁李山顺鸡巴，把他五马分尸，大家也会一拥而上的。可是李山顺现在这样子，让人感到恐寒，惨不忍睹，李山顺假装的坚强和无事终于瓦解了，工人们特别是那些曾十分恨李山顺的女工们油然生出了恻隐之心，有人就嘀咕说赶快送医院吧。显然队长也找不出下一招出彩的招数。这时候，一个外号叫"省长"的退伍军人救了队长一驾，他"跳"了出来，就算站了出来吧——

"把白眼狼李山顺捆起来！"

可是这一声呐喊，只能让李山顺那惨兮兮的情景更凸现，就像从炒锅跳到油锅。李山顺油煎的面孔越来越乌紫，眼眶子的血直往外流，好像挖穿了一个泉眼。另一只好眼眼白越来越多，就像马上要翻死过去一样。这时候，大家都在疼痛中踟蹰时，人群中的江红英突然扒开大家就冲了出去，飞也似的向山坡上跑去，像一只通红的兔子。那时候有晚霞，森林里已一片烟霭。

江红英的一跑，情形就有些乱了，大家都离开了办公室门口，许多人去追江红英，怕她有个三长两短。后来……反正李山顺还是被送下山去了医院。而江红英也被人从山上找回来了，并且把她劝慰住了。

晚上大家围着火塘，不分男女还是议论着白天的事，队长安排重修澡棚。有人就说李山顺家伙是大，有人夸张地一比比黄瓜还长。比画的人辩白说，就是嘛，有人给开了玩笑，量了，三把搭一抓。有人给队长说那东西就是享乐思想的祸根。队长却说："东西是靠人掌握的。他家是雇农，我查了档案的。"

接着就有人说到李山顺之所以这样，是练过铁裆功，是铁裆功害了他。有人说李山顺亲口说的，三岁鸡鸡上就吊五斤的铁砣，到了十七八岁，可吊十五斤，硬起两个小时不软。说李山顺爹可吊四十斤，他爷爷到了七十岁，还可吊二三十斤不弯，就是个铁鸡巴。

气氛就活了，男男女女哈哈大笑，可没注意队长的脸这时霎时变了，气在肺部鼓蹿，只见队长站起来大骂说：

"扯鸡巴淡，快去睡去，明天伐木！"

大家恍然想到队长是个独卵，这不是在揭短，嘲笑队长吗？大家战战兢兢。

可是也没再发生别的什么，队长依然像过去一样，领导和忧郁。

过了十来天，一个阳光金爽的日子，伐木队依然在伐木，依然喊着"顺山倒"。林子里，依然飘散着油锯锯出的树脂浓香——初来的人会被这香气醉倒，这叫着"醉木"——四处都飞散着香喷喷的并且新鲜的锯末啊。李山顺就回来了，一只眼睛是黑的，坍陷了。大家以为他不会回来了的，可他回来了。而且像没事一样的，腰里挂上烟袋和洋瓷碗，还挂上镰刀（砍灌丛枝子和杂草的），就去伐树，还喊上了他的两个徒弟。

没有多久，就听说队长要跟江红英结婚了。

那一天晚上，大家吃到了糖果，还喝了酒。听房的人听到那一夜队长与江红英的新房里那张床响了一夜，就像房里在搬床拆柜。婚礼上，队长说了，江红英出身不好，这不要紧，婚后我们要一帮一、一对红，要争取解放她，最后解放全人类。听过房的人回到工棚对大家说，山摇地动的，解放一个人也不至于如此吧。

早晨起来，大家看到队长的眼睛干巴巴的，无眼屎。江红英脸上有咬痕。两个人都不滋润。这让大家很诧异。

半年之后，队长调走时却没能把江红英带走。后来——大家知道了，终是队长性无能。那新婚之夜的闹腾原来是假做的，做给听房的人听的，江红英的血，听说是队长后来恨不过，用手抠破的。后来江红英嫁给了白眼狼李山顺。

这是一种赎罪吗？也是，也不是。可明明——大家知道，是李山顺在林子里捡菌子时，强奸了江红英。江红英先是不肯，又踢又抓又咬，后来就肯了。江红英的父亲是宜昌大医院的医生，给李山顺装了只假眼，是狗眼，黑白分明，比过去他黑少白多的本眼强多了，看起来很正派。李山顺的那个眼眶上，常年汪着一圈猪油，他人细看才看出是只不能转动的假眼。

李山顺每天早晨乐呵呵地端着江红英的尿盆去悬崖上倒尿，然后再给江红英打一盆洗脸水回去。李山顺是个文盲，后来能看报了。江红英为李山顺生了三个雄赳赳的儿子，生活过得十分幸福。

（原载于《长城》2006 年第 4 期）

火 鸟

一

湘鄂边界是洞庭湖的尾子，到那儿逛一天半天往往得喊十几个渡的。水乡也有水乡的情调，每当听橹过渡时，那密匝匝的芦苇间驶出一艘鸬鹚船来，鸬鹚黑大个儿地把头伸得凝住，像枯树桩，打鱼人便喊出一声长长的吆喝，带出湿漉漉的波音，波音歇处又飞出一串野鸭来，野鸭亦叫，叫得天荒水远。

童家洲是一个洲子，洲子四面困水，家家杨柳埠头泊着一只船，以船代足，以船当车。洲上的人从外回来，将船泊下，背起两片桨来上岸，留下空空一船波声，一船夕阳，一船明月。

如不信，三月时看那岗上滩头一片片随着野风偷绿的苇子，六月鱼肥蒲青，八月天降芦花，朦朦胧胧的一秋温暖。童家洲人就借了那水来栽稻捕鱼，借了蒲草芦苇来编席织帘，虽然那里的土语过了一道河便显得艰僻，但神不管，庙不收，生活倒也安稳、实在。过年家家有新衣裳，到镇上的船回来，往往桨梢挂着几斤猪肉。人人长得健康，没听说过谁得城里人的癌症、高血压之类；姑娘们也是浸了那清风水月，一个个长得灵气漾人。不过有一人得了种怪病，叫"母猪疯"——城里人叫癫痫病的，他就是根伢子。

根伢子二十七八了，因这种病，所以还没见哪个姑娘肯嫁他。他家的哥哥弟弟都成亲分家了，他还守着年老的父母，承包了几亩水田。根伢子的病一年发两次，发了就口吐白沫，四肢抽筋，说胡话。发起来陡，哪儿发就树桩般地往哪儿倒，所以总是发一次病就弄得鼻青脸肿，几日之后就好了，好了便跟没事人一般。他犁耙车耠样样能来，收工后还可以去打网扳罾，搞些鱼和乌龟回来，又有一身好力气，只是憨点。

听说他这病是因为吃了母猪肉得的。那年月，吃肉很难，瘟猪死猪一样都进滚水锅，他父母也记不住根伢子是否真吃了母猪肉。发病就发病，好生生伺候他几天，也没什么太悲愁的，哪怕再悲愁的事，久而久之便也淡了。根伢子虽有这可怕的病，却并不是童家洲人小看的一位，他很有些"起眼"——有一手绝招儿：童家洲蛇多，往往翻渣仓窝子时也可以翻出一窝光溜溜的蛇来。蛇又多的是青竹镖、土公鞭之类的毒蛇，被蛇咬伤的人很多。只有根伢子能治。

那年月，根伢子因染上这病，且学校读书也学不到什么，便在洲子上游尸舞荡。他碰见了何家洲一个到这边来捉蛇的叫花子，同他混熟了，终日跟他钻苇林子，结果学得一手治蛇弄蛇的叫花子功夫。据他说，他一念咒语便能叫蛇出来，好大好大的蛇都听他使唤。这手功夫有人说看见了，有人说根伢子瞎吹。不管瞎不瞎吹，他们的确经常看到根伢子手上拿着一根根蛇来玩，和蛇亲嘴，把蛇往脖子上缠好几道。遇上小孩或是年轻妹子，便拿了蛇去面前晃，吓得她们尖声尖气地怪叫。不过那蛇肯定是拔了毒牙的，她们也晓得根伢子平常并不疯，只不过是耍耍她们，并不当真的。他治蛇咬是包好，不要分文。有的过意不去，提几个鸡蛋、瓶烧酒的他也收，收了就交给父母，父母便也含了些苦笑收下。酒不让他喝——听说喝了酒更易犯病；蛋呢，便油煎了，堆在他一人的饭碗里，父母在一旁看着他吃完，抹着脑壳上的滚汗打饱嗝。

二

深秋时节，树瘦了，铺天盖地的芦花也开始飘起来。洲上的人都到那芦苇荡子去，采芦花，割芦秆。

这天，洲上的人从荡子里回来，就看到了一条大蟒蛇，足有里把路长，把童家幺爹的孙娃儿吃了。说那蟒蛇在荡子里爬时，大片大片的芦苇压得两边倒，像过阴兵一样；好多在天上飞的鸟突然落下来，被那蟒蛇一口口吞了进去。有人还说，他们看到了一大堆鸟雀子的毛。

荡子里出了蟒蛇，第二天人们都不敢下滩去了，任那些芦花飞走，芦秆老去。

大家都聚在村头，看着那远远的荡子。老年人叭着旱烟，中年汉子叹粗气、擂树头，媳妇们便紧紧抱着奶娃子，生怕怀里的小东西被蟒吞走了。见童家幺爹家哭哭闹闹的，更是不好受。后来有人突然说："这时候还不把根伢子请出来！"

大家伙便涌到根伢子门口，向他求情，向他父母求情。

"做做好事吧！"

大家哭丧着脸说。

根伢子是本乡本土人，见大家这样瞧得起他，便答应了。在众目睽睽之中，人们看见他趟进了荒苇荡子里，什么也没带，赤手空拳。

"真狠！真是狠将！"

大家啧啧地佩服。他只是笑了笑，笑得很憨，最后向洲上的人甩了一句话："等着吧，我要叫每家每户都分两斤蟒肉吃吃。"

一路上芦花撞眼，他拨着芦苇往里走。到处是上垛了的芦苇，远远看像一座座屋脊。还有一些割了的，没捆，没垛，散在滩上。可以想见人们是匆匆离走的，来不及收拾。昨天打打闹闹的场景依稀还在，留下的却分明是荒凉和杂乱，这不免使他感到有点发慌。

他来到一个高地，遮着额头向四下望去，风低芦苇，那枯秆的叶潮发出一阵阵奇怪的响声，果真像是有什么蟒经过。他提着胆定睛一看，看不到别人讲的那芦苇唰唰地分两边倒的情景，且看见一些白色的鸟儿在天上地下安静地飞。

他在那儿站了半天，不知如何是好。

他没见到过蟒，但知道蟒。那蟒缠人，血盆大口，人就整个儿吞了。他其实也悄悄带了一把刀，那刀是杀乌龟的，月牙形，刀口锋利无比。他想如果真被蟒吞进去，他就握着刀，将它的肚划开，他就可以跑出来。

他害怕蟒。

至于叫花子师傅是否传给了他真咒,只有他自己知道。他胆子大,火气高,别人不敢做的事他几乎都敢做。曾经有一次别人赌他到一个坟山睡觉,棺材被狗獾子啃穿、能看见骷髅的坟山,仅赌五块钱,他都去了。这些都是小事,只要能逗英雄,只要大家哄抬他,他就会什么都不想地挺身而出。想到现在大家都在村口等他,他只身一人到这荡子里来,觉着实在光荣。他紧了紧裤带,到溪沟里喝饱了水,把那杀乌龟的月牙刀插进裤带里,又去寻那蟒。

整整一天,他浑身泥水地穿行在荡子里,只见到几条小蛇。那些区区家伙他不怕,也不感兴趣了,见到蛇后便站住,往四下看,看这蛇是不是那蟒带的小崽子。他希望见到蟒,虽然对后果不免有点惶顾,但想到蟒的希望却火般燎着他。只要见到,真正见到,以后的事是不管的,到时总有办法。

日头落到了远远的湖中,他却不敢回去。空着手回去,他根伢子的神气就垮了,神秘的绝招大家也不会相信了。他活在洲上,也就是靠了点大家崇拜的那一手,而那一手今天全洲人盼他用时却失败了,他根伢子回去脸往哪儿搁。

可能没有蟒吧,那些人是不是眼看花了?他这样想。因为他实在太累了,肚子也饿得不行,那苇桩子把他的脸、手、脚都刺出一条条口子来,汗腌在上面疼得要死。他一屁股坐在地上。

这洲子不是一年一砍吗,藏得住蟒?蟒的洞该要多大?他对童家洲子上的蛇洞蛇窝是一清二楚的,他跟着那叫花了师傅跑了几年。虽然他也时常吹嘘他捉过一丈长、碗口粗的蛇,看到过有翅膀的蛇、双头蛇、白蛇,其实这洲子最大的蛇究竟有多大,有哪些种,他实在是清楚的。

这样翻过来细细地想,便有些泄气了。但他又恍惚地记起来,他曾在哪一天跟洲上的人吹过蟒,说他见到过蟒,神说了一番。现在陡然想起来,就觉得洲上的闹蟒与他有关。肯定是那些人听他讲过蟒,疑心生暗鬼,就花了眼说见了蟒,鬼晓得他们见到的是个什么东西?可是他跟别人说过的话,今天却收不回来了,若收不住那害人的蟒,真要被人笑话的呀!

再细细一想,童家幺爹的孙娃儿确实不见了,是跟他妈在荡子里采芦花不见了的,不是蟒拖去又是什么拖去了呢?他记起有一回下暴雨的时候,西天黑云里挂着乌龙搅水,那蟒说不定是从那云里掉到这洲上来的呢,前天刚

165

下过一场黑暴雨的。

他黑灯瞎火地在荡子里穿，竟穿到村边了。村边是一些打着火把朝这边观望的人。那是在盼他。他赶快往荡子里躲去，有人发现了他，便一呼百应地朝这边涌来：

"根伢子！找到了吗？杀死了吗？"

"好大？好长？"

"……"

根伢子被围在中间，眼睛四下游应着，心里时沉时浮出一团混浊味儿来。

"根伢子，收了那蟒吗？呜呜……我那娃儿……"是童家幺爹的媳妇，泪眼哀哀的。

"根伢子！"童家幺爹见根伢子总不说话，便吼起来。

"根伢子？……"父母拉拽着他问。

那些人盯了他那衣襟不整的样子，便开始散散地走动，脸上含着落空的讥讽。

一会儿，他忽然说："我看见那蟒了。"

"看见了？！"

火把照着的脸，先是惊喜，后是恐惧，都呆着圆眼看他。

"我看见了，蟒不是好收的，收了几次也没收来。"

"好大？"

"好大！"他说。于是，他编了一个怎样念咒使法让蟒蛇出来的故事。之后便说："这蟒我看到好多回了，明天再去。"

"难得收吗？"

"难。"

村里能做主的人就拉住根伢子，同他商议："根伢子，明天是不是还要几个人跟你一起去，免得一个人不小心……"

根伢子不屑地说："不用了，我一个人够了，这是我的事，别人干不了的。"

"果然有蟒，真吓人！"

"果然是那蟒！"

他听那些还凑着不散的人紧张而兴奋地议论。

三

他躺在床上，不吃也不喝。

父母怯怯地站在他床前，问他："你真见了吗，根伢子，说不得谎的，这事关重大。"

他不答，让他们走开。

这一夜，他脑子里是乱糟糟的一锅粥。一些人影、声音和荡子的芦苇都飞着在眼前来来去去。他想到那些人追问他时，他竟不知为什么就说出了"有蟒"。但是翻过去倒过来想，他当时也只能说出这句话。明天他将怎么办呢，不去荡子了吗，不行，肯定不行。他已经没有退路，骑虎难下背了。是谁把他逼到这条绝路上来的呢？谁也没有呀，是自己吗？又好像不是。

他昏昏沉沉地睡着了。第二天一早醒来，觉着到处都是安安静静的，鸟在窗外幽幽地鸣噪，猪在哼，鸡鸭在篱下。他想昨日的一切怕不是做了个梦吧？

是梦就好了，然而不是梦。他擦着眼睛，想：好好地怎么会发生昨天那种事呢？他看见了自己打苇子的镰子。镰子搁在鸡窝上。就这样抹了眼屎同村里人一起踩着露水去割苇，那日子该多平和爽气！但这不可能了，都在等着他收了那条蟒，蟒不除，这村子、村子的人，这生活，都不会像过去一样了。他现在唯一要做的事就是一个人到荡子去，去找那蟒。

他感到口里发苦。他揣了干粮，也揣上了那把月牙刀。

天高地阔，一个人咿咿呀呀地唱出一些《老单身汉歌》和《孟姜女哭长城》之类的东西来，又唱叫花子师傅教他的《千百转》。一路无聊地用那月牙刀削打芦苇。

还是跟那些割苇子的伙伴们一起好，热闹、有趣，爱割不割地躺倒了看天、吹苇哨，或者打扑克。但现在呢……昨晚他只能拒绝他们，因为其他人一来他就会露底，他的咒符念不出那蟒来。所以他注定了活该一个人到荡子里来受这份罪。

如果真寻不到那蟒，他该怎样下台呢？这样一想又不免虚慌。不，一定要找到那蟒！妈的！老子把荡子的每一根芦苇数遍，也要捉住它。他一定要同那条不露面的蟒拼个死活。他要剥它的皮，把它摊在村头，让别人看他那神奇的本事，好好看看！

然而这一天，同样的，没碰见蟒，影子也没有。

晚上，他缩在一个芦苇垛旁边，带来的干粮吃完了，森冷的夜，寒气袭人。天上几颗冷星在闪动，整个荡子被夜风吹出一阵紧似一阵的鬼的足音。他埋下脖子，觉着头皮上到处是一跳一跳的疼痛。

他不能回去，今天更不比昨天了，他回去别人会要他交出东西来的。他在暗处茫然地睁大了眼向村里望去，远远地见一些灯火。那儿有他温暖的家，有兄弟、父母，也有一些找他要蟒的人。人家信他，他信什么呢？他信蛇能听见他咒符吗？他信真有蟒吗？——他自己也不知道。他怎么会落到这步田地呢？

现在他的头上倒真像是谁在念着紧箍咒，疼得要炸。冷，他找了几个草把子，把自己的腰紧紧绑起来，却摸到了口袋里的火柴，便在苇垛旁边升起了一蓬火取暖。半枯的芦苇一会儿就塌熄了，抠出湿烟来，熏得他眼泪直流，又歪着脑壳去吹。火终于慢慢旺起来，蹿出间黄间红的光。忙了这一阵，背上汗津津的，肚子咕咕地叫。他平时饭量很大，可今天晚上还一点东西没进肚呢。他就在周围寻，果然寻到了那些割苇子的人丢在这里的几个剩馒头，干得要死，上面爬满了蚂蚁，他管不了这些，忙用苇梗刺着放在火头烤，烤得半焦便狼吞虎咽。

吃完后有了些活力，就在苇垛下掏了个洞，自己刚好能钻进去。

苇子松软软地躺着很舒服，风在洞外飕飕地吹。他睡不着。手枕着头，想：明天又该得怎样呢，明天会见着那蟒吗？朦朦胧胧觉着结局肯定不太妙，但又不得不宽慰自己。一定不能让村里人知道没有蟒，如果他们一旦知道没有蟒就完了，他的一切的一切都将在顷刻间失去了。

早上醒来头仍旧疼，他兜头用凉水浇脑壳，又往荡子深处蹚去。

已经到了荡子的东南角了，那儿很野，太阳就从那边升起来，湖面像海。

深深浅浅的水里摇曳着更密的苇丛，这是没人敢来采割的。芦花在红色的阳光中舞着，一些水鸟咕咕叽叽地叫。他站在水里寻着些老菱角剥着吃，还有荸荠，荸荠很小，但洗净了连皮带肉地嚼着也清甜。尽管嘴不住地嚼，肚子还是空的，空得心发慌。

他爬到干坡上，忽地哭起来，嗷嗷地哭。他从来没这么伤心过。他咬着涩苦的鸡头苞梗，哭到悲处就想自己是难得脱身了，让恶魔莫名其妙地缠住了。这洲子上的人为什么要把他抬出来呢，他并没有惹他们呀？洲子上的人就是恶魔，是蟒！真个像蟒，缠得他快死了。头更像有什么在里面搅一般地疼。抬眼看那些闲飞的鸟影，心里升出一种羡慕：飞出去就好了，离开这个洲子就好了，就自由自在了。他眼前重重叠叠地出现一些幻象，是他从来没见过的：有人、有兽、有禽、有骷髅，都如鬼相。这些兀生的幻象使他四肢一阵麻木、颤抖、发寒，口角歪了，只觉得天昏地转，一下子倒在地上，什么也不知道了。

四

他的病犯了。

恍惚中自己果然在飞，在时而压缩时而膨胀的空间里作鸟的飞翔，挣脱了那蟒。又似乎是一种身不由己的飘浮，像水上那些枯朽的老树兜一般……

他醒来时，不知是第几天的夜晚。

他感到一种少有的清醒：他是在无人的荡子里。口里和鼻孔里含满泥沙，他吐着，抠着，扯住一大把苇梗站起来，腿像被谁抽了筋去。想到他过去犯病时，母亲端了鸡蛋到他的床边，喂他吃的情景，就更加无所顾惜地在苇子间跌跌撞撞地跑，疯疯癫癫地唱，哭，逢水过水。刺棵子扯烂了他的衣衫，割破了他的脸，也不觉痛了。

在一蓬浓密的苇子间，他发现一些响动，他现在饿了，以为是蛇，便一下子全身扑去，他没想到他身眼竟这么迅速，扑下去时，身子压着了一堆活物，再摸，是鸟，肥肥的，有长长的尾巴。是两只！把它们制服了，手提着，高高地往地下摔打，又用脚踏，没几下两只鸟就不能动弹了。

火鸟

169

他摸出火柴来，赶快点燃一堆火，借火光一看是两只锦鸡，花花绿绿的羽毛，他扯净毛，用刀子刮了肠肚，架在火上烧烤。

两只喷香的锦鸡，不一会儿便全部吞进肚里去，吃得嘴巴油津津的，松了松裤带，又去寻避风的苇垛睡觉。

他仍然时不时提心吊胆朝那村子方向看。人们并没有忘记他，忘记那条蟒。那如星的灯火依然簇集在一起晃动，使他害怕，不敢往那里靠近。

人们看到他升起的火了吗？以为那是他在施什么降蟒的魔法吗？蟒，狗日的蟒，你这杂种究竟躲在哪里呢？要想法子把蟒引出来，要想法子，一定要想法子！心里像有爪子在刨，火在烧。

他兜着圈子，白天又走到昨晚吃锦鸡的那堆余烬跟前。

他盯着散在地上的五颜六色的鸡毛。突然想起那些人说的蟒吃鸡的事。眼睛突然亮了！他想出一个好注意。

引蟒出洞。

他要装成一只大鸡。他扯了些藤子，缠在头上、身上，然后把那些羽毛夹在藤子里，就像身上长出的羽毛一般。口里、耳朵里也塞了一些。他留下最长也最漂亮的尾翎，双手各拿着一束。当然，他没忘记把那把杀乌龟的月牙刀紧紧握在手上。

他这样装扮停当后顿生出一种说不出的恐惧，好像蟒马上就要出现了，其间又夹杂几丝期待的快感。

"就这样拼将一死吧，只要你出现，哪怕把老子吞吃了，老子也不在乎，妈的，没办法了，就这样！"

一旦决定，那种大义赴难的气概使他周身燃起热力，七窍冒火，人也有了几分妖气，发出的声音变得沙哑战栗，不由自主地手舞足蹈。

"……蟒嗷……来嗷……我是鸟……送把你吃的鸟呀……蟒嗷，来嗷……我是野鸭子……青庄鸟……野鸡……鹭鸶……嘎郎子……蟒嗷，蟒嗷……"

他这样在荡子里趔趔趄趄，晃晃悠悠地喊叫着，做着鸟飞的姿势，惊飞了好多苇丛里的鸟，扑棱棱往远处湖中逃去。他一路地喊，那旷寂的荡子上就游着他那妖怪般的声音。

"蟒嗷……来嗷……"

近傍晚的时候，他瘫了。鼻涕、眼泪和口涎满脸都是，蟒却不出来，蟒不打算吃他，吃这只大鸟。

天上起了乌云，风黑黑地吹来。风越来越大了，很冷，吹得荡子翻翻腾腾，到处是森凉的哗啦声。云很低，但不下雨，云卷如黑龙巨蟒似的在头顶打闹……

"蟒！蟒！！"

他高喊起来。他听到那蟒临近的声音，他看见了蟒，驾着风，赶着云，从荡子深处摇头摆尾而来。

"蟒！蟒！"

蟒看到了我，蟒看到了我！看到我身上红的绿的翅膀了！蟒来吃我呀！我的刀子要喝你的血呀！血！……红的……血……放一把火吧！火！烧蟒！烧死害人的蟒！……

他抖索着掏出火柴，一把把划，划燃了，脚下的芦花枯苇便蹿起火舌。

"……火！火！烧死蟒！烧死蟒！……"他眼前晃晃地燃成一片红海，红得晕眩，红得斑斓，红色中是绞疼的蟒，打滚的蟒……

那火势借着大风愈烧愈猛，他的鸟羽衣也燃起来，在火焰中扑腾着，如一只火鸟……

那一天晚上，站在村头焦急等待了几日的人都说看到了蟒，蟒吐着几丈长的红舌头，追着一只火鸟。

大火足足烧了一整夜，童家洲弥漫着灰烬和煳味儿。

第二天，等得心急了的人们一早就起来，扶老携幼地进那荡子里看：荡子无存了，干净、焦黑，坦坦荡荡，一览无余，又都去寻那死蟒，没看见，想必是烧成一团灰了。

有人在荡子中尖叫起来，一个小潭里浮出了一具尸，捞上来一看，是童家幺爹的孙娃儿，便庆幸地说："总算没被蟒吃掉，得了具整尸。"

根伢子呢，都没见着他。是跟那火鸟飞走了吗？火鸟是根伢子降妖的法宝吗？

人们不再提起他了。

第二年春天，芦荡子又绿起来，依旧绿得胀眼，绿得茂盛。芦根是烧不死的，沾了三月的地气，又蹿出新枝来。去采芦笋的人在那里面捡到了一把月牙刀，谁还认得，说这不是母猪疯根伢子的那把刀子吗，怎么跑到这儿来了？

依然很锋利。

（原载于《上海文学》1986 年第 6 期）

我们的牛栏

我们的牛栏是谁也掏不空的！

有一年，我们曾在春上死去过一头牛，牛因为吃了太多的青草，得了膨胀病，我爹就把那头牛好歹拉到屋门前的石坡上，让它头对着咱们家大门，我爹拉出那牛的舌头，在它的嘴里横了一根木棒，然后把木棒吊在它的两只角上，想让它把胃里的胀气吐出来，结果吐了几口，还是因为难受，挣脱了缰绳，跑下悬崖摔死了。又有一年，我家有一头母牛难产，也死了，但没过几天，我们的牛栏又会迎来一头牛。我记得那一天，一头略略有些害羞的小黄牛出现在我们眼前，我爹把它从别处牵来的。那匹黄牛也是头母的，刚刚上好桊儿的小鼻子，小心踩着石头的细细的四蹄，好看的长睫毛眼睛，以及浑身上下没有一处被喂牛人鞭打、擦伤的黄缎子般的皮毛；那皮毛在阳光里，细腻得就像一双缎面鞋子，还在不同的部位变幻出不同的光来，一会儿成了褐色，一会儿黄色，一会儿又是金色。

我们的牛栏是谁也掏不空的，繁重的田间劳作、疾病、风吹雨淋的岁月，它们想让这个牛栏消失，想抹去这儿的一块块被汗水耕熟的坡田，然后再抹去庄户人在这儿小心谨慎点起的炊烟和劳动的声音，生命的声音：咳嗽、唤狗、赶野兽的声音，砍柴和搬运的声音。风有时候是不近情理的，它们像一群流寇从冬天的深夜蹿出来，从山顶上扑下来，要掀掉那搭在一棵麻栎和黄连木上的牛栏，结果栏顶刮去了一角，雨和雪花拼命地钻进了栏里，呜呜地大叫。牛因为漫长冬天在粗糙的苞谷秆里的反刍煎熬，已经很难承受这样的打击了，但是，早晨我们去看时，牛们依然站在那里，在齐膝深的雪中，头上也覆盖着厚厚的雪，却还在那儿捡比岁月更坚硬的秸秆咀嚼，而且毫无怨言，仿佛那雪和寒风是不存在的，季节与它们无关，最好的草料和最歹的草料都是同一种咀嚼和反刍的表情。牛修炼成这副样子了！

另外一些时候，山上的洪水和泥石流会漫下来，漫过我们的牛栏，还有那些顽强地倚在这坡上生长的苞谷，就在它们粗壮的手即将能抓紧那薄薄的土并能找到石缝扎根的时候，山洪像一把刮刀刮走了一切，牛惊叫着，随着那一面苫了茅草以防寒的栏壁倒下，牛栏里厚厚的、发臭的草料就被卷走了。泥水和石头击打着牛们的脚，想把它们一同裹挟进岩下去，把它们冲得稀烂，让它们的骨头埋进泥石里，让它们的脚印再也踏不到那个黄昏，踏不到那个乌鸦乱飞也肥气醉人的田垄上，让它们不再在这个一近傍晚四处的森林鬼影就逼来的时候哞叫。可是，在所有的庄稼都埋进泥水中之后，从东倒西歪的牛栏里我们仍然看见了原地一动不动的牛。我们的牛，四蹄都不见了，臃肿的身子圆滚滚的像一块石头搁在泥石中，唯有嘴唇是活的，在那儿衷情地嚼动着，像一个教书先生在锤炼一句诗。

啊，黄昏的时候牛就要归来了，犁和爹也要归来了，妈也将背着一背篓的猪草归来了，还有我的弟弟和不能再归来的奶奶。我的奶奶总是喜欢在她半夜睡不着的时候给牛添料，她下了那么远的石坡去牛栏，那路上的石坎大小不一，参差不齐，高高低低，有的只能放下半个脚，可就是在这样的路上，半夜不用灯，我奶奶几十年竟没有摔过一跤，冻凌结冰，也没有摔过跤。可就在她九十大寿的时候，我爹与她去镇上想给她缝一件羊皮棉袄，她竟在那平坦的大马路上跌了一跤，再没有爬起来。牛是不知道一个爱给它们夜草的老人再也不会出现了的。即使有这种感觉，也是一闪而过，稀里糊涂的，夜半它们将在无人打扰也无夜宵的情况下默对着一地月光。在这样深深的峡谷里，月光也像候鸟一样，飞临后就不知所踪了，更多的黑暗的梦境在露水结霜的时间里被自己的呼吸守望着。早晨，牛又将远去，去向悬崖上的田头，它们冲在人的前面，与季节暗暗地赛跑。一打开春的时候家家的牛栏将出现许多美食佳肴的气味，要催膘了，有人给牛吃鸡蛋，吃金丝小枣加蜂蜜，我爹却不。他是当过兵的人，就像在部队训练一名不怕苦和累的新兵一样，对牛的使用他是毫不吝惜的。他常对我们兄弟俩说的话是："一不怕苦，二不怕死。"他说，哪有那么多鸡蛋给牛吃？牛在他的超常使用和鞭打下却依然十分健壮，一些当柴火烧的秸秆投给它们就能磨出一泡泡稀软的屎来，看来它们的胃就像一副石磨子。说是那么说，我们看见爹在黄昏回来时，也没忘了割上一把何首乌藤子、血风藤子，还有一种当地的大叶淫羊藿。他把这些铡好了，烧上两碗滚猪油，淋在这些带药味儿的草料上，再撒上一把盐。就这么，不吃鸡蛋和金丝小枣的我家的牛一样也催出了膘，毛色又开始转鲜了。

可是这天早晨，我们的一匹牛不见了！

牛栏是空的，没有了那种从牛鼻子里源源不断地涌出来的浊重热气，牛不再响起牛铃，不再自个儿跑出来在那个水洼边舔水了。牛栏是空的，没有留下它的体温和一摊随地乱放的牛屎。它的绳子被谁从那根金爪槭横木上解走了，或是被野兽逼出去偷吃了？那一天早晨山顶是一阵又一阵的旋风，吹得红桦和杜鹃的虬枝噼噼啪啪地一顿混战，看那儿有什么用呀。看小路。只有一条路，通往东边和西边；往东边的路是一条独路，往西边的路也是一条独路。这条路很少有外人走，是我们黄家世世代代和与我们相依为命的牛走出来的，据说我们黄家在这儿已经有五六代了。

我们从来没有丢失过牛。

然而事实是这样。我爹马上要我去喊二爹，他的弟弟。二爹住在山垴，我没了命似的向山上攀爬，那里有一条不太像路也还能走得过去的兽径，太多的密密的刺藤，太高的石头和太深的腐殖质。这所谓的路只有我和弟弟以及二爹一家人知道，是一条两家人偶尔来往的秘密小径。山林中的风并不猛烈，因而雾气浓密，空气中浓浓地蒸发出一股药草的气味和腐烂的植物的气味，我的双腿和鞋壳里都是这样一些肥肥的可怕的东西。

我的二爹和我的一个表哥被叫来了。二爹跟我爹一样，都是蓬乱着冲天的头发，裤子穿得拉拉扯扯且摞满了补丁，看样子是准备出坡干活儿去的——每一天都得干活儿，所以每一天也就是这么一副破烂的打扮。二爹没有我爹那眉宇间的一股凶气。二爹那欲踯欲躅的样子看起来胆小怕事。我爹说："老二，别不情愿的，我又不是请你来打架，怕打破了头啊。"

二爹笑笑，说："那哪个牵走了呢？"

我爹说："不会是村长牵走了的，他不会，上个月我们在胡家还吃过酒的，我说了上年的合同款我先交两百。"

"他们没来收？"

"他们总要转来的，我备下了钱，他们不会不打招呼牵我们的牛。"

"那搞计划生育的呢？"

"我没有超生，我都这大把年纪了，都快抱孙娃儿了。老二，现在闲话不说了。你跟你嫂嫂加二毛一堆，往西头走。"

"那为什么？"

"那边还有两家人家，有事可以喊人家一声。这有什么不好！我跟大毛一块往东头走，几十里呢。"

"操家伙吗？"二爹问。

"怎么不操家伙！"

二爹他们操了一把砍刀和一把菜刀，爹操了一把斧头，我背上一根刺牛棒，就分头出发了。

我们这边，我和爹走了很长的一段半山路，再下到谷底，又上了一个大陡坡，再进入越来越阴暗的林中小路。

听到一些鸟的叫声就知道今天是晴好的，太阳在山的背后红红火火地升起，但是此刻，我们的周围，在一整条弯来拐去的峡谷里，雾霭正像从灶窗里涌出来的浓烟，却又不呛喉咙，使人感到这浓烟中的恍惚，甚至会失去思维，忘了自己的来意。

前面有一个木栅！

这是我们都知道的，这木栅是打猎人用了很多树木横竖垒成的，后来一些怕牲口走失的农人也参加了加固的行列，把它拦着，那边的牛群过不来，这边的也过不去。而在底下却暗藏机关：有一个不大不小的洞，留着，若是野兽经过，只好往下面的洞里钻，那一钻，就会没了性命。

我们发现了下面的洞里面有一只羊在惨叫。羊踩到了卡子，它的头死死地卡在了铁卡上，也称为"铁猫子"。

"看是什么？"我爹一喊，我也同他有相同的直觉，以为今天逮到了一只野物，不是鹿，就是麂，或是黄羊。

是一只山羊，马头山羊，白色的身子，淡紫色的蹄子。若是麂，蹄是青的，蹄也小。

我们又看到了从林子中出来一个放羊的老头儿和另外几只羊。

"你的羊夹住了！"我爹喊。

"啊？！"

羊死了。我们看见那个老头儿扑向那只羊，在野蛮的、芜杂的木栅底下，呜呜呃呃地号哭起来。

我认识那个老头儿，我叫不出他的名字，我知道是河谷下湾的。

"老哥，你不要哭了，只怪你不注意。"

我爹劝他。我爹走过去，弯下身子，想了想，最好的办法是抽出一支烟来，他就从上衣口袋里拿出了香烟，抠出一支递给那人，用手撞他的肩膀，说：

"老哥不哭了，不哭了。"

可那老头见了烟也不接（这在咱们山里是很少见的），依然又扑在羊身上，捶打着地上的石头，无言地哭号。他身旁的雾气也像水一样上上下下左左右右地流来荡去。

那个"老哥"为什么哭得这么伤心呢？我真不可理解，除非是受了天大的冤屈，受了儿女们的气，他才会这样的。而且我记得，他是一个头脑不甚清醒的老头，这么大年纪了还淌着清鼻涕。

我爹去扳那个铁猫子，脚踩着一个踏板，用手使劲掰着。我爹当过兵，还真有一把力气，硬是把那个死去的山羊给提拎出来了。我爹忙给那老头点烟，让他把烟点着，哄着他说："算了算了，只当狼叼了。"

那老头没哭了，我爹就问他看见一头牛没有，看见有没有人牵一头牛走，反正，见没见他家的一头牛。

那人还在悲痛之中，缩着鼻涕抽烟，在雾气中，我见他摇了摇头，也许没摇。反正他没讲话。

我说："爹，牛是跑不过去的。"

小路的上边，是一面小悬崖，上面的树林密密匝匝；小路的下边，也很陡，人和畜可以小心翼翼地绕过去，并有一些人、兽踩出的印迹。我爹不知说了句什么，我后来想起来是在骂我胡说。他弯下腰去，仔细寻找新鲜的蹄印，留在草根上的、青苔上的、石头上的，雾太大，露水不少，但并不能说明什么，在石头上，找到一些牲畜的蹄迹，那几乎是不可能的。

"牛可以从这儿过去。"我听我爹说。

尽管我们在来路上未发现一泡牛屎，尽管我爹不时嗅吸空气中的气味，想找到一丝那熟悉的从牛体上发出的气味，最后却没有什么收获，但爹是执意不会回头的。他说："走！"

他就一个字，走，我只好跟着他走。我们重又走进雾里，走向没有边际的雾里，我们走了老远，还听见那个被夹子夹死了羊的弱智老人的大量哭声，上午的峡谷里，这是唯一的声音，也是烦人的声音，它比半夜的狼嗥好听不了多少。

"牛不会飞过来！"我大声地嚷了，我忍无可忍地提醒我一准糊涂了的爹。"连羊也夹死在兽洞中，羊都飞不过去，牛能飞过？"我又说。

我们从一个阴气逼人的横沟里蹚过之后，山上下来的水差一点把我冲下了悬崖，我才这么说话的。

水跌下悬崖的声音轰轰隆隆，就像千百个山精木魅在向下掀石头和砂子。我说了几遍，喉咙都快喊破了，可是爹没有停下来的意思。

我却站住了，不管三七二十一地站住了，爹在前面一下子就不见了。

他在浓雾中像一条隐身的虫，走得飞快。

"你跟来呀。"他说。

我看不清他，他的声音是贴着石壁细细地传过来的，在很远的前方，像一种梦语。更大的，更寂静的声音是鸟的，锦鸡子在灌木林的上空嚓、嚓克、嚓普、嚓咯地一声声叫着，小杜鹃边飞边嘹亮而充满醉意地叫着："有钱打酒喝、喝，喝喝喝喝喝……"它们一定醉了，说不定绊倒在哪一堆雾里了。

我恨恨地往前走，我终于看见爹在一座摇摇晃晃的吊桥上等我，那吊桥有许多地方的木板烂了，空了。

"它还能从这上面过去？"

"它为什么又不能过去？"

在这里，湍急的河流正往深处跌下去，我们走过吊桥，我站在了一个视野相对宽阔的山坡上，下面是一个巨大的平坦的凹地，我们叫它们天坑。

"过去的牛我们就是赶到这儿来的，一到十月，苞谷、洋芋都收了仓，牛就全都赶到这垭子里来了……"

天坑里有一些大大小小、稀稀落落的高山海棠，我只记得，一到大雨倾盆的夏季，这儿便是一片汪洋，冬天，这里倒是干爽的，那时候把牛赶到这儿干吗呢？

"那时候没有盗贼，那时候我们从来没有听说过有盗贼，一到十月，附近几个村庄的牛就都赶到这儿来了，赶进天坑，把那边下天坑的一条小路堵死，它们就出不来了，牛就放了野，各家的牛做上各家的记号，用火烙的，剃毛的，角上或耳朵系上各种颜色的绳子的……那边有两个岩屋（山洞），下大雪或者天黑了，牛们就自动挤进岩屋去，白天就出来自己寻草吃，一个冬天你根本不需要管它，你还怕它死了吗？你还怕它饿死了？牛在野外是饿不死的，开春后，你只管牵走你的牛，你的牛像一匹匹野牛，健壮得像石头似的，哪像现在圈栏里的牛，这个病那个病的，风一吹就感冒了。那时的牛，风啊雪啊，它根本不怕，从小它们就是这么在野地里过冬的，练出来了。过了这样的冬，它还怕啥，啥犁拉不动！"

爹最后叹了一口气，又说："那时候，绝没有偷牛的贼。"

我们快走到日头当顶了，爹还在说："啊，那时的牛，铁一样的，哪放在栏里养呀。"

日头只是一块偶尔现一现的白纸，因为雾气一点儿也没有散去。

我说："是不是二爹他们找到了呢？"

"可这边有公路，走到头就上了公路，若是贼偷了牛，他就会上公路来，找车运到城里。"

"我们是跑着的，牛那么慢，十头八头也追上了。你看到有一摊牛屎吗？"我快哭起来，为爹的固执，为我走穿的鞋和流血的脚趾。

"你知道个什么，王八日的！你去死！"

他骂我，他就像骂牛，他过去就是这么骂牛的，恶毒地骂，现在牛不见了，他又拼了老命来找，这人！

在后面，我听见了喊声，喊我爹，喊我，那声音虽然在雾里，可撞在两

179

我们的牛栏

边的山壁上却异常地清脆并发出嗡嗡的回声。

"你们走得太快了，我赶也赶不上。"

是二爹，他一只上一只下地吊着裤腿，身上只剩下了一件很破烂的黄背心。

"牛找到了，你们回呀。"

我爹急切地问他牛是怎么找到的，二爹说："魏家的儿子，你晓得吗？魏苕货，他把牛牵到他家去了，那是个苕货，傻瓜，就是这么。我们追上他时，他还没有醒来，他的爹倒过来找他了，说他这一阵子犯梦游病。他爹老魏一巴掌把他从牛背上打下来，他还没醒，还像腾云驾雾。听说前几天他梦游到山那边的四川去了，回来时也是牵了人家一头牛……"

事情竟然是这样的，真让我们哭笑不得。可我爹没一点高兴的情绪，回家的路上一路数落我们家的那头牛，他说：

"难道它喊都不喊一声吗？"

"遇见生人它的角呢？它不挑人，还让生人骑了在夜里跑路！"

"这哪儿是牛啊，牛脾气呢？过去的牛可不是这样的，过去在天坑里熬冬的牛，能让生人近身？打起架来火都烧不开。现在的牛比羊都不如，像一摊稀泥巴……"

爹回去闷声不响地看着那头牛，他蹲在牛栏门口，抽着烟，足足蹲了大半夜。

早晨起来的时候，爹操起了犁，拿着鞭杆，红着一双可怜可怕的眼睛，准备出坡。

牛不出坡，他打。牛不站起来，躺着，赖在地上不走。

不知道后来是怎么打起来的，反正我们听见牛栏里牛的可怜兮兮的哞叫声，像是求饶，但声音并不洪亮，嘶嘶哑哑。我们都不敢过去，连我妈也手揪着胸前的抹腰（围裙），大气不敢出。

"你们别过去，你们的爹一定是疯了，他连人也敢打的。"

我们跟着妈去很远的山上挖药材去了。

我们回来见爹坐在门槛上，黯然神伤，他见我们回来，丢下手中的鞭杆对我们说："牛不干活儿了。"

这一些时，牛都不愿干活儿，不愿走动，吃草决不站着吃，总是躺下，口鼻流着许多涎沫，吃得也少。

我和我妈去牛栏，见那头牛果然没吃，闭着眼睛在那儿养神。

"怕不是病了吧，要请牛医来看看。"我妈说。

我妈给我爹说这事，我爹一蹦五丈高，瞪着一双豹眼说："它是懒，哪来的病，它让人牵走了，不就牵走了吗？它想到别家享福去。我家的牛就是干活儿的。它烦了，我揍它。"

第二天，那头牛死活不肯起来了，无论爹怎么样，它也不站起来，打腿，腿像木头一样，打头，也不吭一声。

"你左右是不吭一声了。"爹说。

我妈要我爹套另一头牛，还有一匹小犍子，是二爹临时借给我们的。可我爹不干，偏要那头自己的牛上工，他还在那儿打。

我看见我爹下手并不狠，与其说是打，不如说是戳，戳它的肚子，戳它的蹄子，戳它的屁眼。也偶尔打上一两下，我想他手下总会留情的，毕竟是自己的牛，虽然他恨它，恨它被人牵走了，可这不是牛的过错。我爹却犟住了，发誓要跟这头牛过不去，人恨起畜生来，也会恨得咬牙切齿的。

看着渐渐升高的水淋淋的太阳，我爹急了，朝那牛的肚子上踩了两脚。第二脚还没踩下去，就发现那肚子是软的，我爹的脚踩在空气上面，他一定是纳闷了，怎么牛像一堆软塌塌的皮肉啊。再一细看，那牛早死了。

在大雾中挣扎出来的牛医被找那表哥带领来了，前一天晚上，表哥来我家取大解锯时，我妈就悄悄给他说了，要他帮忙去请请牛医。现在牛医终于来了，蓝色的帽子推到脑后，头上热汗腾腾。

牛医低着头进了破破烂烂的牛栏，摸摸那没了气息的牛的蹄子、牛的角，又看了看身旁一手提着牛轭，一手拿着棍子对死牛骂骂咧咧的我爹，怒气冲冲地说：

"你没有长眼吗？你看这牛的角和蹄爪，它老死了，你还在要它做活儿？"

一切都明白了，难怪它半夜被人牵走一声不吭的，难怪它总是趴在地上不动的，原来它在活它生命的最后几天，可我们这些活人竟然一无所知。

（原载于《天涯》2003 年第 4 期）

乌　鸦

　　七叔是个富人。在我们那儿，富人的标志是有高大的房子，有闪射着银光和深蓝色光芒的铝合金窗户，穿旅游鞋，看康佳彩霸。七叔这些都不缺，但七叔跟穷人也有相同之处，也爱抠鼻子，也爱往白菜地里撒尿，也爱看《焦点访谈》。七叔唯一与穷人不同的是穿美尔雅西服。你很难看见那种亮得发慌的西服，没一点褶子，衣裾就跟日本指挥刀似的，杀得死人。大家见了七叔说，领导穿的衣服。七叔被说红了脸，从此就不敢穿了，就披着，像过去披那种灌满了油虱的狗皮袄一样，披着美尔雅西服，捏着极品白沙烟，在河堤上转悠。

　　这一年，七叔的果园又丰收了。七叔的果园在河滩上，起起伏伏的，成为十里八村的一景。所有的蝴蝶蜜蜂都往那儿跑，去闻苹果的花香。富人就是跟穷人不同，穷人只逗苍蝇。

　　苹果熟了，河滩红了，人的眼睛也红了。

　　牛卵子一样的苹果，不让人眼红才怪咧。七叔想，得请村里人看大戏了。

　　七叔披着美尔雅西服到城里走了一遭。剧团是个破地方，可演员飞俏。那些唱花鼓戏的演员，人见人爱。剧团的领导说，两个月后的日程都排满了，都是乡下有钱人接的，如今有钱人越来越多了。

　　七叔不能空着手回去，七叔已经在村里放了风。七叔在城里的公园中看见了一个玩武术杂技的草台班子，锣鼓响器打得也热闹，把戏玩得不错，还有几个画得像妖精的女人穿着三角短裤在台上走来走去，奶子挺得像河滩的苹果。这也不错嘛，七叔想。七叔就找到了班主。

班主是个浑身发臭的河南男人，咬着烟吃，边吃边吐痰，说，好嘛好嘛。于是，价钱就谈成了，就收拾起地上的坛子、箱子和猴子跟七叔来到了村里。

逃难似的杂耍班子使七叔想到了那些小鼻子小嘴的花鼓戏演员，想她们的红口白牙，想她们的水袖，想她们唱"陈杏元坐香辇泪似雨点，朔风起黄叶落孤雁飞南"。心想：有钱人的钱又不在荷包里作烧，还不是怕得罪了村里人！人一富，就得看村里人的脸色行事。你骂省长可以，千万不要骂村里人，村里人决定你性命咧。当年大地主肖老六，还对革命有功（掩护过地下党），就是怠慢了村里人。七叔说，这样的事见得多了。

戏台搭在河堤上，牛卵一样的灯泡和牛卵一样的苹果交相辉映。

演出的那一天，村里的人都来了，招呼说，罗老七，大善人。

七叔笑龀着牙，扶人入座，差人给大家发苹果，一人两颗牛卵苹果，说，沾村里的脉气，托乡亲的福，活跃一下文化生活。

七叔披着美尔雅西服，安排孤寡老人坐前排，给他们点烟、泡茶。二排是孩子，孩子们吃苹果，又吃棒棒糖。一根棒棒糖，在嘴里拉进拉出，一片甜蜜蜜的声音。七叔说，要把孩子们盘好，以后拿枪的，可能是他们。

牵来的猴子跟女人玩得非常带劲儿。猴子翻筋斗，猴子推车。女人扭屁股走路，蹬介，蹬坛子，把村里人看得合不拢嘴，啃着七叔的牛卵样苹果，一片嘎嘣的声音，甜脆得像回到了人民公社大食堂。

演了一会儿，就出事了。

满口黄牙的班主从后台拉来一个小孩，给大家说这是找海灯法师学过的，会二指禅。于是脖颈上黑垢成堆的小孩就往腰上勒红带子，勒得肚子气鼓鼓的，拍着胸脯说，俺三十年没洗澡了，逗得大家一阵乐。小孩穿一件小红短裤，拿大顶的时候，鸡鸡就从裤缝里掉出来。小孩真来二指禅，先一只手，后四指，后三指，再后就两指了。两个指头撑着个人，这么好的功夫，给七叔挣了点脸面，让乡亲们原谅了他没接到花鼓戏班子，接来了如此武艺高强的海灯法师徒弟。

可是二指禅玩着玩着，小孩就浑身抖了起来，着地的两根指头就冒黄烟，大家以为是什么稀奇法术，正惊叹的当儿，小孩就一头触地，戏台上顿时漆黑一团，哭声叫声鬼怪一般响起。

小孩触电了，小孩的手绊到了漏电的电线。七叔多少懂点电，要不是七叔赶紧扯断电线，小孩的命就要送了。

小孩捡了条命，两根养家糊口的手指却烧焦了。当即用拖拉机送到镇卫生院去，光医疗费就花了四五千元，又赔了小孩五千元，才将此事私了。一年的苹果花去了大半。

蚀财的七叔很不甘心，他看到了村里人笑他的眼神，暗地里笑，鬼鬼祟祟地笑，笑得人浑身发毛。

七叔有一天早晨披着美尔雅西服边走边想，突然回家去翻那团灾星般的电线。那团绿皮电线蜷在墙角里，哀哀的，纠缠不清，还是被精明的七叔发现了奥妙：过电的那一截儿，以及另外几截，都被人用刀子把皮划开了。是事先划开的，估计是在热热闹闹搭台的那时节。

报案去吗？查得到？查到了，逮一个，又会有十个人恨你，遍天下的仇人。这样的事只有哑巴吃黄连，打掉牙齿往肚里吞。

七叔叹气，给家里人都没说，傍晚喝闷酒。喝了闷酒，胸更闷，就一个人上了河堤。往常，七叔也喝酒，酒足饭饱，倒头便睡，鼾声打得比长城还长。这天睡不着了。

七叔每天只上一回河堤，这都是在早晨。早晨起来，神清气爽，捏着极品白沙烟，迎着朝阳，果林里全是喜鹊叫。喜鹊一叫，人就觉得世界好兆头，活得安稳，滋润，百事遂意。

这天傍晚披着美尔雅西服的七叔上了河堤，他突然听见了一声乌鸦叫，接着是群鸦的叫声。他看到了成百上千只乌鸦，黑压压地织满了自己的果园，那些发黑的翅膀把夕阳的余晖遮得片甲不留，叫声让整个河沿发寒。

怪呀，七叔想。过去我怎么没听到过鸦鸣，这些鬼魂不散的乌鸦，盘旋的乌鸦，从哪儿钻出来的？

精明的七叔一拍脑勺，道，早晨没有，乌鸦不是早晨叫的东西，到了暮色降临之时，它们就叫了。乌鸦是喜欢傍黑的一种畜禽，谁叫你老是早晨出来转悠呢。

七叔站在河堤上，捏着烟望着那些鸦群，烟把暮霭烫得发疼。七叔似乎明白了什么。

第二天七叔就去镇上叫了两个做泥瓦工的外乡人，把他们偷偷领回村里，对他们说，把我猪圈里的那些断砖陈瓦运到后山上去。

那是些老房里拆出来的料，没用了，让蜈蚣歇阴，让青苔生长。现在，七叔领着两个外乡人往山上运。家人不知道他要干什么，问起来，七叔就说，撂下没用，贱价处理了。

在光秃秃的后山上，七叔就让两个外乡泥瓦工怎么做房子。七叔让他们盖两间小房子，按过去拆掉的老房盖，等于是将穷得发慌时的老房子复了原。

没几天，房子就做起了，七叔拍拍手，看着很高兴。

七叔的儿子天成是个说话爱红脸的孩子，七叔喜欢，七叔说爱红脸的孩子有出息。七叔不叫他天成，叫他幺巴子。这一天，七叔把天成叫上了，说，幺巴子，跟我去山上看个东西。

天成在电视上打仗，打电子游戏，老大不高兴，七叔就把他拽出沙发，让他跟在迎风飘扬的美尔雅西服后面上了山。

山上屎都没有，就有几只羊在啃草。

天成不知道那两间新起的房子是自家的，以为是别人避雨的牛栏。七叔带着儿子钻进矮小的屋子，对他说，幺巴子，以后可在这里住了。

天成看着他爹，以为爹犯了神经。天成心里好笑，想，咱家有大院，有高楼，满屋生辉，凭什么要住在这里，心里想笑，口里就嘿嘿地笑起来了，就想下山。

"幺巴子，搞不懂吧？"七叔说。

"这个破房子！"天成说。

"这是爹做的。"七叔说。

天成搔着脑壳，不知道爹耍什么板眼。

七叔手搭儿子的肩，说："幺巴子，咱家富吧？"

记者一样地问。

天成说："富。"

一脸的严肃。父与子。

七叔说:"也不富。"七叔吃着烟,说:"跟城里人比,咱没汽车,就一台拖拉机,可村里人以为咱天下最富。他们没见过世面。过去的肖老六,省吃俭用,买了那片河滩。一解放,毙了。他家从来不吃三顿,肖老六说,吃在肚子里,别人看不见,穿呢,倒是讲究。儿子饿得偷馒头吃,把腿都打瘸了,你说,他图个啥?"

七叔没让天成回答,七叔自言自语,手搭儿子的嫩肩,眼望山下不远的河滩,那儿果林金黄。

七叔眯着被太阳刺疼的眼,说:"那河滩过去是肖老六的,现在是我罗老七的,以后没准是陈老八的,世世都属你,没那回事,这个要想得通。说不定哪一天,就成了人家的,人家要你给,你就赶快交出去,一颗苹果都不留,听见没有,幺巴子?"

天成点点头。

七叔把西服脱下,垫到地上,让儿子坐。

"咱是见过世面的人,北京武汉都去过。"七叔说,"幺巴子,爹只一事求你,把英语学好,到时出去。唉,眼馋的多啊!你说咱给学校,给孤寡老人捐得少?没用,他还是要剪你的电线,去年这时节,几百只王八翻了塘,他要投你的毒。穷的穷,富的富,总有一天会出事的,这事见得多了!"

七叔带着儿子下了山。

打这以后,七叔转了河滩就要上山转一圈了,且是在傍晚。七叔站在山上,七叔背靠着那两间空荡荡的小屋,看河滩的晚霞,看晚霞里织满的那些乌鸦。乌鸦的叫声已经不那么让他发寒了。他看着落满乌鸦的果园,像看别人的风景。

（原载于《小说》1996 年第 6 期）

魔幻飞行

这是一架陈旧的波音 737 飞机，座位上有污渍，露出泡沫，安全带毛了边。蟑螂在走道上横行。行李架叮叮哐哐，一只女人的大腿从里面垂下来，画满豹子的花纹。机舱里混合着陈旧的气味。

"请问这架飞机去哪儿？"旁边的一个乘客问我。

"你想去哪儿？"

飞机起飞了，只有十来个乘客，冷冷清清地飞向天空。

"先生，能将手机借我用一下吗？我想打个电话。"我旁边的那位乘客对我说。

"先生，我没有电话，飞机上不能使用手机，否则飞机会有出事的危险。"

"但你说的是过时的规定，证明你与世隔绝。我真想飞机掉下去呢，因为我在上飞机之前说了谎话。我说如果我说了谎话，飞机就会掉下去。我的女友将我拉黑了，我必须找个电话向她赔礼道歉。"前面的乘客将手机放在空座位上打盹，他就悄悄拿过来拨通了女友电话。

"你怎么换了个号码，你在哪里？"

"我在天上，我借别人的电话。求求你，原谅我好吗？"

"我关心的是飞机栽下来了吗？"

"没有。"

这时一个村姑装束的乘务员过来，手上拿着一份世界地图，热情地对我说，先生，你究竟要到哪里去，我能否给您一点建议？

我旁边的人抢过话头说："我现在希望飞机掉下去，因为我说了谎。"

"坐在飞机上人可能会焦虑，抑郁，不过不要紧先生，我们一路有丰富有趣的节目陪伴您。"

话音刚落，从飞机后面出来了几个人，还听见猪的号叫声。几个人抬来一头猪，把它摁在一个盆子里。一个中年男子口中叼着一把刀。一个女人给大家介绍说："各位乘客，大家中午好，我们即将给大家提供绿色午餐，香猪肉煲仔饭，现杀现做，这位领导就是我们村长兼机长。"村长从嘴里拿出刀子说："各位朋友，这架737飞机是我们村承包的，为了战胜空中旅途的寂寞，我们每天都会给大家进行民俗表演杀年猪。"

飞机引擎的声音很大，且很颠簸，仿佛云彩坎坷不平。

"飞机上可以杀猪？电话那头在问。"

"是的。"

"别哄我了，你掉下来没有？"

"我想总会掉下来的，说谎话的人不得好死，这个规律是逃不掉的。"

村长因为喝了石斛蜂蜜酒，脸上红彤彤的。他将猪按着，一边用刀找喉管一边对我们说："这是来自我们山区的百草香猪，跑跑猪，吃了会长寿的，市场价非常高，但飞机餐包含在票价里，我们依然免费，加量不加价，以回馈广大乘客选择乘坐我们的航班。为了和乘客一起战胜旅途的寂寞和飞机餐难吃，我们每趟航班都会给大家表演杀年猪——也就是说，让所有乘客天天像过年一样喜庆。不再把你们绑在座椅上，可以跳舞和歌唱。"

村长白刀子进红刀子出。几个女村民头上插着野鸡毛，围着杀猪盆，跳一种类似巫术的舞，嘴里发出哼哼唧唧的声音："心上连理花呀，红色种子芽，郎爱姐呀，好头发，梳子梳来篦子刮……"

村长蘸着猪血在自己脸上画了几条杠，接着请出一个外国乘客，也用猪血在他脸上画了一些符，引起了一阵欢乐的哄笑。那个外国人与他跳起了舞。吹猪，烫猪，刮猪，开膛破肚的过程可以省略。接着，我们吃到了香喷喷的香猪煲仔饭。乘务员也就是村姑端给了我们一碗蓝色的汤，说按他们村的规矩，喝猪血汤是对客人最好的礼节。

"请问大姐，这猪血汤为何是蓝颜色的？"

"对不起先生，高空中没有作料，我们的村长随手扯了一把天空放进汤里，您看看味道咋样？"

"嗯，不错，只不过偏咸了点儿，莫非天空是腌制过的？"

"不是先生，天空永远新鲜，永远是水灵灵的。这是大海溅上来了，我们以后会改进工作，不会再让此类事件发生。"

"那好，大姐，给我再来一碗蔚蓝色的天空猪血汤。"

"看哪！有人喊。"我把头扭过去，看到舷窗外面有一些村妇正在白云上劳作。她们上身赤裸，乳房丰满，皮肤黝黑。

"她们在干什么？"我旁边的那个人问。

"先生，我们来到了天上的白云村，这是我们旅行的第一站。你看到的是我们村的妇女正在翻晒棉花。今年我们的收成不错，这个品种的棉花叫"空杂2号"，是传统棉花与白云杂交的新品种，抗天空的巨型棉铃虫和螟虫，抗倒伏，能抵御十五级台风，因靠近太阳，光照充分，绒长达五米，是目前世界上最好的品种。至于我们村长是怎么在天空中找到这片野生白云与棉花杂交的，说起来有一段感人至深的故事……这样吧，如果大家觉得机舱里闷热，可以爬出舱外去吹吹风，顺便看看我们的杂交棉花。"

"行吧行吧。"他们给我们的腰上绑了根绳子，我们爬出机舱。"被喊叫冲没的夜晚，我们在云上。"我突然想起我写给女友的两句诗，我想起我们做爱。如果我踩在这样的云彩上面，我会掉下去吗？

不会，这些云彩有十公里厚，比大地还厚实。而且里面储藏了许许多多的阳光，是村长辛苦搜集的。这个晒棉场厚度有三公里。

"可他是个杀猪佬，简直像是骗子的谎言！让我回到机舱！"我座位旁的邻居大声说。

"那您是去哪儿呢？"一个村妇挺着闪亮的乳房问他。

"去飞机上呀，我想让我与飞机同归于尽，因为我说了谎话。你们有微信吗？你们能帮我加一个叫大鳖女的微信吗？她是我的女友。"

"好的先生，请冷静，时候到了。现在飞机开始下降了，请打开遮阳板，调好座椅靠背，卫生间关闭使用，在飞机未停稳之前，不得解开安全扣，不得使用手机，以免影响飞机操作安全。"

一只狗从驾驶室窜出来朝我狂吠。

"这是我们村最欢腾的狗，是猎狗，不咬人，只会乱吠，您别怕。"

"先生，你看到我的手机了吗？"前边的乘客醒过来问我。他肯定做了噩梦，眼珠子是青的。

一个乘务员过来再次与我旁边的人确认："您是想栽下去，栽到一个荒岛上吗？"

"我没说要栽下去，我是说讲了谎话的人坐飞机会掉下去的。"

"您究竟想去哪儿？您为何如此恶毒？您想大家都无辜地为您一个人的谎言付出生命的代价？"

那个人竟然哭起来。"不是的，乘务员大姐，您不要发火，我是在为自己忏悔。"

"因为天气原因，我们无法降落。"广播里说。我听见了轰轰的雷声，雨打在机翼上，溅起一层浓浓的水雾。这时一声惊雷，一只老鼠从舱顶上打下来，女人的大腿也掉下来了。我不经意地朝窗外一看，一片巨大的棕榈叶突然闪现在舷窗外，一个长有翅膀的人拿着一根大鱼刺在锯舷窗。飞机上一片惊慌，如丧考妣，末日到了。

"我们这是去向哪里？"

"地狱。我们都将去向地狱。"

村长白着脸对我们说："我们遇上了天空的翼人，这是天上的劫匪，我们的飞机将被劫持。这些翼人是死去的鸟魂所聚……我为承包这架飞机，把家里的房子包括山林和猪圈全都抵押给银行了……"

话音未落，村长的老婆过来抓住他的头发，把他使劲地往舱壁上撞。有两个乘客去拉他们。从云缝里露出两只秃鹫的眼睛，仿佛它们吃过人的骨头。一个小姑娘在嘤嘤泣泣："我是去见我的母亲的，我一路跋山涉水，后来好心人给我买了一张机票。我妈得到了消息，已经在机场等我。请问你们为什么不能准点呢？"

我们去安慰这个小姑娘，给她糖吃。一个人还从包里拿出一根卤鸭脖子递到她手上。她已经两天没吃饭了，她对猪肉过敏。长得像鹰鹫的翼人趴着舷窗对我们虎视眈眈。猪已杀了，村长低三下四地向他们隔窗喊话，酒已经备好。

"各位乘客，请大家冷静，各自回到座位上。现在遇到气流紊乱区，有些颠簸属正常现象，大家一定镇静，我们的机长有丰富的驾驶经验，为生活所迫，他开过三轮，后来一直驾驶村里的手扶拖拉机，有三十年驾龄，技术不是问题。因为激动，热泪盈眶，因为流泪，双眼烧坏。不过，通过高超的技术盲飞，已经带领我们安全飞行了一百万公里，因而获得千日无事故奖。"

"喂，大鳌女吗，你刚才听见了吗，惩罚即将到来，因为我说谎，所以我甘赴地狱。"

"喂喂，大家可以看到，这位乘客一直在这儿妖言惑众，制造恐慌，并且诅咒我们的飞机，他才是我们灾难的肇事者——如果有灾难的话，我们应不应该打死他？"

晒棉花的女子们因为躲雨也进了机舱。我看到她们的肩头插着白云的翅膀。她们像天使一样笑着，乳房高耸，乳头红润。可是大家不感兴趣。

"先生们，雷雨到来，加上翼人作怪，我们只能在空中兜圈子，引起了许多人的嫉妒，认为我们拿着纳税人的钱游山玩水，现在地面上发生了抗议我们的群体性事件，防暴警察已经出动，但我们可能被人民唾沫的汪洋大海淹没，我们的下场将比说谎者更悲惨。"

"说谎者就是他，各位乘客，我们能不能先把他弄死？"寻找手机的乘客站起来指着那个人大声说。

"嗯，啊，哈，这是一个不错的主意。但是手拿鱼刺锯舷窗的翼人越来越多。我们必须正视我们飞机的处境。"舷窗开始漏气，气压太低，人们的呼吸困难，出现紫绀，憋闷难受。

"各位乘客中有没有医生？现在我们有一位乘客突然犯病，心脏不适，需要抢救。"

这时一个肥胖的人走了过来。"我是医生。刚才我在看新闻，根本不是什么群体性事件，你们不要草木皆兵、风声鹤唳，机场外聚集的一万名少女，是准备迎接她们的超级偶像小鲜肉二狗下机，我们没有必要颓废和沮丧，前途是光明的，道路是曲折的。"这句话出自一个伟大的哲人之口。他气喘吁

191

吁，死到临头，浑然不知，盲目乐观。

他正在唾沫乱飞地说着，一个乘客冲上前去，对准医生就是两拳，打得他鼻血四溅。"我终于逮着你了，你这个骗子。我不过是龟头炎，你说我是性病，哄走了我十万块钱的医疗费，我倾家荡产，女友也离我而去，结果在三甲医院花一百多块钱就治好了。"

"啊！是个骗子医生？"

可是这个医生淌着鼻血跪下来，给那个昏迷过去的老者做心肺复苏。他热汗涔涔，我们禁不住向他投去钦佩的目光。他又对着老者的嘴进行人工呼吸。

这时一个在角落的人大声呕吐，边呕边说："我招了，我全招了，请求组织宽大。"这是一个政府的官员，抱着一个大箱子，里面全是名表、美元和字画。

"先生，你究竟要去向哪里？哈，你不是刚才号召大家扁我的吗？你为什么不号召大家扁那个贪官呢？你可是假扮正义吗！你是一个诗人，你发表过《一个彻头彻尾的沉思者在街头流浪的一年》，吸引眼球，你这篇文章获得过奖。你假装高雅正派，实则下流龌龊。"

我气愤地将他的手机狠狠地扔到地上，碎了，一张红彤彤的女人的嘴巴跳出来，发出吃麻辣烫的哈哧哈哧的声音。

"这就是你的情妇！这是一桩凶杀案，你将她的嘴巴割掉。这个女人已经失踪两年了。"

一个商人乘客走过来，捡起那张鲜活的、一张一翕的嘴巴，用费力不讨好的南方普通话说："精进（尊敬）的先森（生），您是紧（怎）么解决了这片肉保鲜的问题？您的专利可以卖给我吗？"

那个官员说："我想起我的外孙女，她有一双天使的大眼睛。"

"那个嘤嘤泣泣的女孩不是你的外孙女吗？"

"不，她是我的私生女。人在这样的时刻应当说真话。"

"先生，您究竟想去向哪里，您的手机上有 GPS 导航吗？您可以输入您要去的地方吗？"乘务员村姑再次问我。

舷窗锯开了！像鹰鸶一样的翼人钻了进来，带着满身的雾霾和雷电。

"滚开，滚开！魔鬼！"大家齐声呼喊。

我挥舞着皮带向翼人冲去，被村长拉开了。

"各位朋友，不要误会，我们是好客的一族，欢迎大家来到野云村，我代表全村老少前来迎接大家。"他让我们每人先喝了三杯拦门酒。"三杯美酒引郎来，引郎来在八仙台，八仙台上摆金盏，男女老少喝开怀……"他用鹰眼笑着，并将余下的酒水洒在我们头上，像是进行某种仪式。

"您订好了返程机票吗？没有？那好，您就将永远在云彩上面，与我们的飞机游遍天上三千六百个村庄，您好福气！"

"我买了返程票！"我说。我实在是受不了了。

"那好，您的生命到头了。现在您可以留下与世界告别的遗言，我们将刻在海底的石头上。"他给我一支珊瑚做的笔，伸出舷窗外，蘸了点天空的蓝墨水。

"啊，我亲爱的女友，我说了谎话，我将遭到报应，死无葬身之地。"我身旁的那个人泪如雨下。

"可是，您坐在诗意的飞机上，应该有浪漫的情怀。您可以抒情，也可以高歌。"

"好吧。"他擦干眼泪，试了试嗓子，给我们唱了一首《马儿啊，你慢些走》。这是降央卓玛唱的。

"啊，您到过四川甘孜，降央卓玛的故乡？"

"是的，我匍匐朝拜过稻城亚丁的三座神山：央迈勇、仙乃日和夏诺多吉。她们分别是文殊菩萨观音菩萨和金刚手菩萨。"

"可是因为您说了谎话内心肮脏，菩萨不会保佑您。"

官员这时候说："我一直在逃亡的路上，提心吊胆，我希望飞机失事，了此一生，没想到这个幸福的日子终于来啦。"

翼人将手扶拖拉机手打昏："我们的村长光荣殉职。他偷了我们村的野云搞什么转基因棉花，而且是个瞎子。"翼人对我们说。

村长的老婆哈哈大笑。又进来几个翼人，要大家出外待一会儿，他们的长官想借用一下飞机。

他是天空的飙车党，他想一个人飙车。有人揭发说。不对，应该是飙飞机。

我们所有的人都被押出舱外，绑在白云上。云彩散尽，我们就会栽下去。一会儿云变黑了，闪电像钢鞭劈头盖脸。我们坐在一个雷区，又饿又冷。我扯了一把云彩放进嘴里，十分缠绵难咽。几个热心的村妇在挤奶慰问我们。一个小贩喊，热腾腾的鲜人奶，八百元一杯，买两杯送一杯再九五折。

"给我来五杯！"官员拿出一沓美元大声喊道。

先生，我们这里不流通美元，是以白云结算的。大家立即争先恐后地到处抢夺白云。一个人不小心被雷电击中，哇哇大叫，但他换到了一杯人奶，如饥似渴咕噜咕噜喝下。那个商人模样的乘客这时候悄悄对那几个村妇说："能到我的公司上班吗？我保尽（证）你们工资高过种棉花，还有一年一个月的带薪休假。"那几个村妇跳了起来，激动得乳汁飞溅。商人陶醉在那里，我想起小习（时）候外祖母教我唱的一首老锅（歌）——《听妈妈讲那过去的事情》。第一句是"月亮在白棉花般的银（云）朵里穿行"，就是说的你们这里吗？

"是的先生，我们这个白云上的村庄是一个古村落，我们的祖先在这里已经住了几万年。"

但是翼人要将我们劫到哪里去？

这时云缝里出现一个人，头上戴着个圈圈，好像上面插着一对小翅膀，此人穿长袍，对我们说："在生命将逝之前，请让我为你们祷告，爱我们的天父啊，愿你保守我们，当今世代，魔鬼如同吼叫的狮子，遍地游行寻找可吞吃的人。但愿我能拯救你的灵魂，赦免你的罪恶，奉主圣名，阿门！"

"你能拯救别人的灵魂吗？你说你拯救别人的灵魂时，我看你自己就没有灵魂。"我说。

"不不，不知自己的灵魂坠入地狱的人们啊，请求主宽恕我们的罪人，不管他们身在高位，还是底层贱民，都慷慨地宽恕他们，让他们迷途知返；求您让所有病患者早日安康，让无家可归的人有所栖身，让饥饿者分得杯羹；让身在他乡的游子得到温暖，让身受战乱之苦的人蒙受一夜和平，让失业者得到希望，让牢狱中人看到阳光，让身系冤狱的获得释放，让罪有应得的获得减缓……"

194

"滚开，这是个神父当道名人满地的时代，是个怪力乱神的时代，大伙儿要警惕那些冒充神灵的人，就是他们装神弄鬼，败坏了社会的风气，在云彩上面，竟也会有这样卑鄙的事发生。"那个被误诊的小伙子喊。

"亲爱的，我原谅你，但愿你能战胜困难，平安归来，但愿飞机上所有的人一切平安！"电话那头的女子对我旁边的人哽咽着说。

我旁边的人捶胸顿足号啕大哭。

雷电像金鞭猛挞着飞机，像无数电钻往飞机里钻。我们看着它在乌云里翻滚蹦跶。后来飞机飞回来了，机身黑乎乎的，像在火堆里蹚过一样。

村长的老婆站在机舱门口对我们招手："大家进来吧。没事了，恶人被雷劈了。"

遽然，四周乌云止息。渐渐地，天空亮了，巨大的彩虹出现了。七色斑斓，就像佛光，这神谲奇异的天空中，像万条溪流涌动，晶晶闪闪。雪白的云和雪白的棉花重现在我们眼前。晒棉花的村妇出现了，她们丰满诱人的乳房在霞光中颤动，赤褐色的乳头像秋天成熟的浆果，装饰着她们美丽的躯体。

"是翼人救了我们。"一个乘务员村姑对我们说。

"可他面目狰狞，敢在空中劫持我们，他会救我们吗？"

"他把我们撺出机外，他自己不幸被雷电击中。"

"那不是罪有应得吗？"

闪闪的银鹰。古老的蓝天。高远的村庄。天空的传说。

（原载于《青年作家》2018 年第 8 期）

朋　友

　　"他们不在家。"那天在拨过电话之后希孔就是这么给王曲说的。他拿着那个王曲单位办公室的电话。在晚上，这两个单身汉无所事事地坐在王曲单位的办公室里抽烟。因为这儿有电话。电话打通了——打给蔡孟子的，他们就在办公桌上荡着脚，将烟灰乱磕，希孔甚至将烟灰磕到了王曲上司处长的抽屉里，反正不是他的上司。希孔翻了一下报纸，没细看，就放到了桌子上，他们谈了一下好像是中东和禽流感的事。

　　"我估计，"希孔说，"孟子肯定在跟他老婆王雪碧做那种事，故意不接电话。"

　　他们都知道，孟子的性欲非常旺盛，这是他自己说的，他说有时候吃着吃着饭也做那事。他说这些的时候十分露骨，两个单身汉朋友希孔和王曲也就听得一愣一愣的，不知道他是炫耀还是诉苦。希孔猜测之后这两个人于是一拍大腿，丢下烟屁股决定说："到孟子那儿去！"

　　他们经常到蔡孟子那儿去，吃，喝，拉，撒，甚至睡。蔡孟子和他老婆睡床上，希孔与王曲睡地下。这天晚上他们到孟子那儿去，说是"捉奸"的，说孟子与他老婆王雪碧正在床上磨刀呢。

　　孟子的家里没有灯。这证明他们确实不在家。这时希孔和王曲都想进去，他们敲门，撞门，用身份证去插门缝想拨开那锁，但都未能如愿。他们太好

196

了，三个人，是大学的同学，在一个宿舍睡过四年，希孔与蔡孟子还是上下铺。可以说，进蔡孟子的房就等于进自己的房，他们是没有顾忌的。他们急切想进去，不知为什么，他们想进去，就在今天。

蔡孟子的单位是个很清闲的什么边区研究会，它在一所党校的里面。这党校有时候有学生，有时候无学生。现在就是无学生的时候，因此党校的厨房简直像一座仓库，静阒无人。厨房顶是一个平台，修着一个巨大的蓄水池。他们沿着铁梯爬上去了。上了蓄水池顶，那儿与蔡孟子的那栋宿舍楼紧挨着，两房相隔不过两米。蔡孟子住四楼，这里看得到蔡孟子厕所、厨房和卧室的窗户，全漆黑一片。窗户是大开着的。结果他们看到了烟囱那儿有一架竹梯子，很高的竹梯子。这两个人就搬过来了。完全是一种恶作剧的心理。

胆大的希孔就先爬，王曲在下面扶梯子，望着希孔。希孔对他说："扶好！"希孔就爬上去了，爬上窗台，然后跳进蔡孟子的房里。他趴在窗台上，双手抓住梯子，对蓄水池上的王曲喊："上呀！"王曲是个胆小的家伙，他迟疑了两下，横下一条心，也爬了上去。两人进了房，打开灯，是安静的蔡孟子房间，一男一女的两人小家庭的房间。

蔡孟子和王雪碧真的不在。他们便寻吃的。这儿太熟了，三天两头来，知道什么东西在什么地方。不过当翻的翻过，不当翻的还是没有翻。现在，他们可以翻箱倒柜了，主人不在家，他们是从窗子爬进来的，飞贼一样，燕子李三。他们只在厨房找了两个西红柿。后来又找到了半瓶酒，也是他们几天以前在此吃剩的枝江大曲。你一口我一口就喝起来。用西红柿下酒，十分难受。王曲说这很难受，冰箱里有两只冻硬的生鸡腿，就这么。后来他们找了瓶"老干妈"，就吃"老干妈"。"老干妈"味道不错，可太辣。

主人还没回来。于是希孔和王曲更加放肆地翻蔡孟子夫妇的东西。坐在床头的希孔吐着酒气与"老干妈"气抽开床头柜，从中拿出一个画有男女裸身行事的盒子，晃着对王曲说："套子。"放进去后又拿出一个瓶子，看了看商标说："避孕药。"这避孕药有些新鲜，于是两个人凑在台灯下拧开盖子看，是些白色的药丸。聪明的希孔又抽开下面一个屉子，是放常用药的。

他拿出一瓶维生素来，也拧开，两相比较，说："一样的。"于是，将维生素倒出来，装进避孕丸子；将避孕丸瓶装进维生素，都拧上了盖子，让它们各归原位，两人哈哈笑了起来。

蔡孟子夫妇还没回来。这时王曲打开了蔡孟子的电脑。他本是想玩玩电脑游戏的，上次在这儿玩的"炼狱怒火"，二十四层血腥的炼狱他只破了十层，许多超劲法术还未用上呢。可希孔赶走了他，坐下来打开了蔡孟子的"我的电脑"，看他近来在写些什么。他们看到的是蔡孟子正在写《1937年湘鄂边区的交通站》。正写到某交通站设在一家黄记药铺里。希孔于是在电脑上续写开了。

希孔都不知道自己为何有这么好的灵感。两个人边写边商量边笑。后来王曲突然看看表，说："要撤了。" 原路返回。在返回之前，他们用抹布将所有带泥的脚印抹得一干二净，屋子收拾得跟来之前一模一样。王曲先下，希孔后下。就在希孔下去的时候，有一级踏脚断了，又加上以"老干妈"下酒，喝得云里雾里，希孔一头栽了下去，栽在两栋楼的夹缝里。还好，这小子从大约八米的地方摔下，被一根晒衣服的绳子挡了一下，落地时捡了条命，就脚踝骨折了，另外右臂的桡骨骨端有一点儿破损。

希孔哎哟哎哟地住进了医院，第二天蔡孟子夫妇就来看他。希孔说，是骑自行车摔了，去给上级送文件的路上。蔡孟子夫妇拿来了鲜花，单位工会的主席和办公室主任也拿来了鲜花，还有雀巢奶粉。希孔的脚上、手臂上打着石膏，躺在病床上笑着表示感谢。

蔡孟子说："今晚我来照看你。"希孔说："那就算了。"蔡孟子说："是不是想要你嫂子照看？"蔡孟子望着自己的老婆王雪碧。王雪碧没有表态。希孔不说话。"他妈的，"蔡孟子说，"他妈的。"

王雪碧就留下来了，蔡孟子就回去给希孔熬骨头汤。这样在蔡孟子骨头汤的滋润下，希孔的骨头就长起来了，就能瘸着腿走路了，就能丢掉拐杖了，就能上班了，只需在中午用频谱仪照半个小时了。

当然，也是王雪碧无微不至的照顾。医院里的人说："你的老婆真好。"希孔说："那是我哥们的老婆。"但是他们分明看见了一个漂亮的王雪碧携着一个拐腿的希孔在医院的林荫小道上散步练步，几乎是每天不误。

糟糕的家庭生活当然是从那电脑中的出错开始的。那令人啼笑皆非的狗尾续貂，使蔡孟子哭笑不得。

"喂，你是不是在嘲笑我写这样的东西？"他对王雪碧说。"我没有，我说过了我没有。""可这是谁呢？未必是鬼魂吧。不得了了，我们家里有鬼魂。"

王雪碧绝对是那种胆小的女人，听他说家里有鬼魂就寒毛倒竖，而且她还相信迷信，"你总是说不吉利的话！""是有鬼，我看见了鬼了。我们这屋里阴气太重，鬼进来了，"她的怒不可遏而又无可奈何的丈夫说，"1937年湘鄂边区的交通站难道是美国人破坏的？我查了所有湘鄂边区地下党的资料，都没有一个湖南籍叫莱温斯基的人。"蔡孟子摊着手绝望地说，就一屁股坐在沙发上了。后来他看见他美丽的妻子王雪碧正在一边偷偷地抹泪。可是他还不依不饶："行了，我不写了，我不用这个换工资了，王雪碧同志，你来养我吧。"

蔡孟子开始大量抽烟，把屋里抽得烟雾腾腾，他过去是不怎么抽烟的。在某些方面，他十分节俭，特别是婚后。蔡孟子是那种十分老实而强壮的乡下人，热情待人，不来虚假，不会哄领导，生活正派，不会幽默，写得一手好文章，让领导放心。他的老婆虽不过是夜大的专科生，在一个工厂做办事员，但漂亮，贤惠，听丈夫的。漂亮的女人总是学历不高，这又有什么要紧呢。学历太高而又不漂亮的女人总是没有谁爱的，男人总是喜欢又漂亮又蠢的女人，而不会喜欢太聪明太丑的女人。一句话到底：男人看的是女人的脸，女人看的是男人的心。现在，王雪碧不知道蔡孟子的心是怎么想的，她一肚子委屈，全身的委屈：他有外遇了吗？他在单位不顺心？他对我照顾希孔吃醋了？可这是他让我照顾的，希孔是他的哥儿们，最好的哥儿们，两人穿一条裤子的哥儿们。蔡孟子曾给她说，他们三个是绑在一根绳上的蚂蚱。

还当然不止这些。两个月以后，王雪碧怀孕了。"我可能怀孕了。"吃着酸白菜的王雪碧对蔡孟子说。"你说什么？你难道没吃药吗？""我每天都在吃，你难道没有看见？"

199

蔡孟子是不想要小孩的，王雪碧更不想要小孩，他们认为还不到时候。"我自己都没有玩醒呢。"王雪碧说。的确，她还是个孩子，她在心理上还没有做母亲对付拖累的准备，这要横下一条心。她趿着拖鞋，晚饭后钩着丈夫蔡孟子的手四处溜达，她怎么能想象她不停地换尿布、端屎端尿、半夜热奶半夜抱着发烧的小孩去医院，满腹部松弛的皮肤和能忍受一屋子的孩子的啼哭？可是，她怀孕了。

"是你做了手脚！"她说。

"是你自己，"他说，"你想嫁祸于我，你是有目的的。"

王雪碧在去医院做手术的那一天没有告诉那个蛮不讲理的男人蔡孟子。她流着泪一个人去了医院。她挂号，她找妇产科，她交费，她做了 B 超，她买卫生纸，她脱了鞋上手术台。痛苦是痛苦，还有心的痛苦。她流泪，她咬牙，她爬起来，在走廊里一个人躺了半天。她哭，她后来不哭了。她像没事一样地下了楼，出了医院，上了公共汽车。回到家，她洗自己沾了血的内裤。然后，她在冰箱里拿出两个鸡蛋冲了一杯蛋花，放了黑糖，她一勺勺喝着，喝着，就哭了起来。

"我要跟他离婚。"她对希孔说。这使希孔颇感意外："为什么？"王雪碧说不为什么。她只是默默地揩着眼，缩着鼻子。她的鼻子都揪红了。这么白净的女人，一个红鼻子，一定是受了巨大的委屈。

"那我得给王曲说一声，我们希望你们不要离婚。"希孔烤着频谱仪说。他看着王雪碧，他说："我要听听王曲的。因为这是一桩没有原因的离婚。"

希孔与王曲约定的地方是"野风茶寮"，全是竹子装饰。晚上十一点的时候，茶寮的脱衣舞开始了，一个异常丰满的女人正在脱衣，并挑逗着喝茶人的欲望。这些茶寮一到半夜就无法无天了。希孔抚着茶杯对王曲说："王雪碧要离婚。"王曲说："该不是因为你吧？""怎么说话？我是那种人吗？可以说，我与雪碧跟你与雪碧至今一样，没碰她一下。哪个婊子养的说假话。我胯子摔断了，她照顾我，那也就是照顾一个病人，你都见了。虽然我对她有好感。""你几次说过她丰满，说孟子有艳福。"王曲看着那个台上甩着两个奶子的脱衣舞女说。"爱美之心，人皆有之。"希孔说。"那是什么原因呢？"王曲问。"她不说，"希孔说，"她不说，我们还是别问的好，还是少掺和的好，你说呢？这件事我表示不管。""我也表示不管。"王曲说。"我认为孟子不能离婚。"希孔说。"我也认为不能离婚。他们是很好的一对。"王曲也说。"难道不是吗，可是他们要离婚，"希孔说，"天要下雨，娘要嫁人。"

在一个阴雨霏霏的夏日的上午，蔡孟子和王雪碧走进了街道办事处。蔡孟子说："你现在后悔还来得及。"王雪碧说："我不后悔。"这么他们就踏进了那个结婚时来过的办公室。那天他们各打一把伞，而蔡孟子没打伞，伞拿在手上，他的头上全是那种发闷的雨季催出的汗，也许是雨吧。总之，那一天是个闷闷的雨天，他们走出来了，然后他说，再见吧。

再见面的时候是蔡孟子参加希孔和王雪碧婚礼的时候。希孔说："就是这样了，真对不起。你来也可，不来也可，反正就是这样了。"

蔡孟子还是去了，拿了一束花。所谓婚礼，也不算什么婚礼，就在租屋里，大家唱唱卡拉 OK，如此而已。蔡孟子放下花就走。后来大家也走了，两人的生活开始了。

过了一天。又过了一天。再过了许多天。就要考虑避孕的问题了。王雪碧说："还是采取别的措施吧，我不想吃丸子。""为什么？"希孔问，"怕长胖了？怕有副作用？""你不要问为什么了，许多丸子都是没有效的。"希孔猛然想到了摔断胯子的那一次，他真的忘了，酒喝多了，那个恶作剧，他做了就忘了，现在想了起来，那一瓶维生素跳到了他的记忆里。

"哈哈……"他笑。他捶着床，止不住，就狂笑。"你这是怎么啦？"王雪碧脸红了，王雪碧以为他在笑她是个二婚，啥经验都有呢。"我给你讲一桩笑话吧？吃过的无效的丸子，是不是维生素？"于是他就给她讲了，津津乐道地给她讲了，给她讲了丸子的事，黑客一样改写电脑的事："就是我的胯子摔断了。不是胯子摔断了你照顾我，今天我们能走到一起吗？我爱你，雪碧。"

王雪碧听着，刚开始笑眯眯的，后来就僵住了，就在想，这是说别人的笑话故事吗？她说："啊？"她说："噢。"她拿上电话就给王曲打电话，通了，说："喂，你们是流氓，你与希孔是两个流氓。"希孔忙说："我们只是玩一玩。"王雪碧说："玩一玩飞檐走壁。可是你们没有摔死。"希孔说："摔死了还有今天吗?"说着,就去抱王雪碧。王雪碧扒开他说:"摔死了,就没有今天了。"她当然会扒开他。她下床,她穿上衣服,然后拉开门走了。

　　在深夜的街头一个腿有点微瘸的男人追赶一个女人。他走快了就瘸,走慢了就不瘸,那是许久前的骨头内伤,不细看还真看不出来。过了一会儿,他又往回跑,他想起他的门还没关上呢。

　　　　　　　　　　　　　　　　　(原载于《鸭绿江》1996 年第 2 期)

晋人二题

赵　盾

晋灵公近来手又痒了。这个皇帝，除了日理万机外，平时没多少业余爱好，唯一爱好的就是用弹弓射人。小时候，晋灵公爱用弹弓射他的奶妈们，七八个奶妈，都被他射得鼻青脸肿，射了，还是吃她们的奶。他的亲妈见了，说："我这儿子长大后定是个将军。"

可晋灵公后来做了晋灵公，将军没做成，整天在皇宫里香风迷雾加霉气，长得猪似的，没了骁勇之气，但皇袍里还是藏着一把弹弓，见了想射的人，掏出来，射它一颗两颗的。因此，他的皇袍里总鼓鼓囊囊装着些小石头子儿。有一阵子，几个大臣觉得晋灵公堂堂一国之君，在荷包里揣些石头委实不雅，选了几个石匠进宫，专门给他打造圆溜溜的玉石子儿，可晋灵公嫌那些玉石没有什么力量，不亲切，还是拣宫里一些路边石头自用，这些石头顺手，又沉，还有些小棱角，打在人的脑袋上，总能引起一些叫喊。晋灵公最爱听那些人叫喊：男人的，女人的，当然喽，他最喜欢听女人的。有时候，他一个人偷跑到后宫去，射那些宫女，袅袅娜娜的宫女总会抱头鼠窜，骂哪个短命鬼捣蛋。晋灵公不惩罚她们，躲在墙后边一个人偷偷大笑。笑完了，揣上弹弓，逾墙而走。

赵盾是唯一没有给晋灵公请石匠进宫的大臣。他实在看不惯这个皇帝的业余爱好。每次上朝，当赵盾看到晋灵公身后的壁柜中摆满了各地进贡的弹弓，心中就不好受。这些弹弓有玉石的、竹子的，各种稀奇古怪的木头雕成的，还有人骨的和纯金的。这一天，背着手的晋灵公出现在宫外的一座高台上。下了几日阴雨，这是晋国少有的阴雨，太阳出来了，浮尘下去了，空气里到处是植物生长的喜庆气味。大街上，人们又开始走动起来，有卖小吃的，有牵着驴子和骆驼的，有卖柴和推车的。

晋灵公要身边的人拿石子来，他从口袋里摸出他的弹弓，接过石子，放进用牛筋做的弹皮中向下瞄准。

叭地一下，他先是射中了一匹驴子的后腿，驴子无端地被射中，尥惊了蹄子，把个赶驴人的胸脯踹了一脚。赶驴子捂了胸脯看驴，莫名其妙。晋灵公弓法好，眼力也好，看到这一切，拍手大笑。周围的宫女、大臣们也跟着笑。然后，晋灵公又射去了一些石子，打得路人纷纷逃散，鬼哭狼嚎，逃远了转过头看那高高的石台子，他们并不知道那是皇帝在射他们。

瞅着下面跑的，哭的，赵盾实在看不下去了，上前对晋灵公说："您身为一国之君，应当爱护自己的小民才是，不该这样作践他们，那会让后人耻笑的。"

晋灵公正在愉快处，赵盾出来指责他，这还了得，便说："你以为寡人弹了他们几下不该？寡人杀了他们又有什么，啊？"

"那是没什么，国家的命脉都在您的手上，何况几个百姓。然而，这样取乐是否……"

"赵盾，寡人看你也想吃我一弹弓。"晋灵公拉起了弹弓，果真要射。几个大臣从中拉开了赵盾，忙给晋灵公赔礼，才使赵盾免遭头上开花之苦。

晋灵公的兴致给赵盾毁了，这已不是第一次，已经有好几次了。晋灵公想，我得杀了他。于是，他把一个叫锄麑的刺客找来了。

锄麑一副高额挺鼻，五尺男儿，七尺利剑，曾刺杀过不少晋灵公看不顺眼的人，这一次，晋灵公让他去杀赵盾。

"用弹弓浪费了寡人的石子，"晋灵公说，"你那刀溅了不少猪狗的血，让赵盾的血帮你洗洗刃口吧。"

锄麑什么也没说，点头就去了。

皇帝的话岂敢不听。锄麑美美地睡了一觉，想趁早晨赵盾在家时把他杀了。

　　这个早晨锄麑潜入了赵盾的宅院。说是宅院，却是木屋荆篱。锄麑溜进去时赵盾还没有起床，正卧在一张干硬的木床上睡觉。那被子有几个补丁，家中什么都没有，空荡荡的。说起来，赵盾是晋国的重臣了。他的祖上几代都是晋国的大官，其父赵衰官至国卿，曾追随晋文公流亡国外二十余年。这些几代重臣，却如此清寒，要换其他人，那不敛聚天下膏脂富丽堂皇了。杀过许多高官，见过许多污吏的刺客锄麑真是不敢相信眼前的一切是真的，以为走错门了。但木榻上睡着的分明是赵盾，清贫而富有正气的赵盾。

　　锄麑第一次感到行凶时寒战，那赵盾是假装在睡呢，还是高枕无忧？

　　"赵盾呀，赵盾！"锄麑抚着刀，退步出来。晋国有这样的人，难道不是晋国的骄傲吗？

　　锄麑长吁一声："赵盾呀，赵盾，天有你，当诛我也！"说完，一头撞在一棵柏子树上，登时脑浆涂地，气绝身亡。

　　过了两天，晋灵公在他宫里的高台上又弹射百姓，嘻嘻哈哈取乐的时候，扭过头看见了赵盾。这一吓，把他的一颗石子弹到了护城河里，惊飞起一只野鹜。

　　"这是赵盾的魂吗？"

　　他才知道，晋国最有名的刺客锄麑，舍身成仁了。

　　这使晋灵公对赵盾的嫉恨更加深毒。

　　转眼到了九月，干燥的秋风吹得宫中黄尘弥漫，还夹杂着枯黄的落叶。晋灵公的酒兴在这个季节发了，常喝得两眼通红，有时候，拿着弹弓到处找目标，谓之醉射。有一天，晋灵公逮到了赵盾，说："赵盾，愿陪寡人喝两杯吗？"他说，"明天我请你，我用弹弓在首山打着了一只白狸。我给你留了一只狸腿。明日咱们一醉方休。"

　　赵盾以为他说的是酒话，可又不敢违抗君王的邀请。他想，如果与他对饮，在酒筵上或许能够劝说他别再用弹弓伤人了。他万万没想到的是，晋灵公在宫里埋伏了许多杀手，只等赵盾醉了，割下他的首级来。晋灵公只是装醉说酒话，其实，他一肚子清醒的阴谋。

　　第二天的傍晚，赵盾踏着滚滚的黄尘到宫里来与晋灵公一起吃白狸。穿过几个回廊，到了一个拐角处，从斜刺里冲出一个人来，一把将赵盾拉到一处影壁后。赵盾吓了一身冷汗，定眼看，是个有点面熟的人，一时又想不起在哪儿见过。

"我是宫里的厨司。"那人说。

"哦，"赵盾说，"是国君要你在此迎候我的？"

厨司示眯明摇头，神色匆匆地说："我只告诉赵大人一句话。"

"请讲。"

"国君的酒，臣子应只吃三杯。"

"那是为何？"

"常言说得好，事不过三，过三翻刀山。"这示眯明厨司说完就走了。

赵盾想着这话里的意思，就来到了晋灵公的酒筵上。

吃了第一杯。吃了第二杯。吃了第三杯。赵盾站起来拱手道："多谢灵公了。这白狸非人间美味，它应是天上佳肴，愚臣岂敢受用，以掠其国君之美，非礼也。愚臣告辞了。"

不等晋灵公说话，赵盾起身便走。

晋灵公来不及反应，更何况那些藏在柜子里、帏幔后的杀手。等赵盾走远了，晋灵公才跺了一脚，放出宫内的一只恶狗，示意它去追咬赵盾。这狗心领神会，如出弦之箭，后面加之被晋灵公射了一弹弓，更加癫狂，狂哮着尾随赵盾而去。

这时，暗中盯着酒筵的示眯明把这一切看在眼里，见恶狗出征，立马操起一把剁骨头的屠刀，紧追恶狗。一阵狂奔，差不多赶上了恶狗，一刀甩过去，将恶狗的后胯击中，顿时恶狗瘸了腿，汪汪地回头朝示眯明扑了过来。于是人与狗展开了一场恶斗。不过示眯明最后拾到了刀，他虽被狗咬了两口，最后还是把刀送到恶狗的肚里去了。

而这时醒悟过来的两个杀手也追了过来，示眯明手上有屠刀，身上有狗血，何惧之有！杀手差不多追到城外，四人相遇了，在一片树林里，示眯明以刀护赵盾，两个杀手完全不是赵盾与示眯明的对手，赵盾因做过中军元帅，武艺尚存。

一阵刀剑铮纵，打跑了杀手。赵盾问示眯明："兄弟，你为何如此舍命救我？"

示眯明说："大人只怕忘了，当年首山桑树下，曾有个饥饿之人？……"

"哦哦哦，"赵盾说。他记了起来。这都是多年以前的事了，且是一件小事。

那一年，赵盾在首山打猎，追一只野兔时，见一棵桑树下半躺着一个男人。这男人面黄肌瘦，有气无力，浑身肮脏。赵盾走近后问他是怎么了，那人竟说不出话来。赵盾估计那人是饿昏了，忙叫随从掏出食物与水来，赠予那人。那人也没说谢，接过这当官的人送他的一块肉，撕下了一半，几口就咽进肚里，连味道都没嚼出来。吃了一半，将另一半揣进怀里，却不吃了。可人已经明显地有了力气，焦黄的脸也有了点颜色。

赵盾示意他喝了些水后，对他说："那一半你吃了嘛，何必藏着，我这里有的是。"

那人说："我不能吃了。我想到了我的老母亲。吃这么好的肉食，我不能不想到老母啊。我离开家乡来这里做国君的奴仆已经有三年。三年里我没有老母亲的音讯，不知她是否还活着，我想把这么好的食物留一半带回家乡去，给老母亲吃。"

赵盾看着这个枭首鹄面的人，不知他有如此好的孝心，说："看来家贫无孝子是不对的，就凭你这份孝心，我也要将所有食品送与你。"

于是不管三七二十一，让随从把所有预备的食物都给了那人。

那人就是今天的示眯明。

示眯明以后在晋国的宫内做了御厨，而赵盾并不知道，也把那首山桑树下的偶遇给忘了。

记起了那件事，赵盾说："今天多亏你救了我一条命。"

而示眯明说："当年也多亏您救了我一条命。"

赵盾问示眯明的名字，可示眯明笑而不答，只是说："您别问了，您赶快逃跑才是。晋灵公一心想暗害您，您还蒙在鼓里？"

赵盾这时才恍然大悟，于是谢别了示眯明，星夜远走他乡。示眯明也逃出了晋国。

后来晋灵公被赵盾的族人赵穿杀了。应了一句老话，恶有恶报，善有善报。赵盾呢，又被请回晋国，依然做他的臣子。

晋国从此再没有用弹弓射老百姓的皇帝了。

颜　含

晋人颜含小的时候，对他的哥哥颜畿没有印象，无所谓好坏。只是父亲死得太早，母亲拉扯他们两兄弟，成人后又给他们娶妻生子，一切似乎都是苦尽甘来了。可不幸的是，哥颜畿身体日弱，天天吃药看郎中。颜含只好用车推着哥哥四处求郎中。这天，求到一个郎中，在郎中的家里，被把着脉的颜畿来不及让郎中问个明白，就一命呜呼了。

颜畿死了，弟弟颜含为他操办丧事，打了最好的棺材为他入殓，请了最好的巫师为他开道。可是，在送葬的路上，为棺材引路的黑幡一下子挂在路边的一棵大树上，几个人爬上去都解不开。

持黑幡的巫师一下子跌坐在地上，说："碰到鬼了！"登时口吐白沫，昏死过去。人们为那个巫师掐了人中，等他醒过来，却说出了颜畿的声音，完全一模一样。在颜含听来，就是哥哥颜畿。

"我就是颜畿，"巫师说，"你们不要埋我了，我还没死呢。我命中注定不该亡，只不过多吃了些药，伤了五脏罢了。"

在场的人听了，又骇然，又惊诧，都说，颜畿托他说话了。

颜含的嫂嫂樊氏也说："昨夜守灵，我听到你哥给我报梦，说过他会活过来的，说你们为我钉了棺，还得为我打开棺。我没当一回事，以为只不过是梦话，看来，事出有因。"

颜含的母亲这时也插嘴说："我昨日也梦见颜畿说他不会死的。"

颜畿的儿子也挤进来说，我也做了这个梦。

于是颜含赶快央人把哥哥的棺材撬开。一看，哥哥颜畿果然活过来了，气息悠悠，只是十分微弱，眼睛也未睁开。大家便把颜畿抬回家里。

颜畿命是捡回来了，但不能动弹，不能开口说话，要吃什么，只能给自己的妻子、弟弟及母亲报梦。他们按照梦中颜畿交代的食物给他吃。

这可苦了家人。颜畿的母亲和妻子整天伺候在他左右，为他端屎端尿，给他翻身，喂他饭吃，冬焐脚，夏打扇，田也荒芜了，织机也爬满了蛛网。

这如何得了，一家人的生计，一个病人就给毁了。颜含对憔悴的母亲和嫂嫂说："以后哥哥的事，就包给我一个人照料了，你们该干吗干吗，不要因此分了心，一切有我。"

于是颜含放弃了功名利禄，隔绝了与外界的交往，足不出户，一心伺候起哥哥颜畿来。

颜畿的病没有任何好转的迹象，有时候睁开半只眼睛，望着在床前为他喂饭喂水的弟弟颜含，想说什么，说不出，只是眼角流出些泪水来。颜含给他说话，颜含说："哥哥，你放心养病吧，一切有我呢。"颜畿的泪水越滴越多。

颜含本是很有学问的人，朝廷曾几次招他做官，可颜含推说兄长有病要人护养，硬是闭门不见。

这样，哥哥颜畿一直拖了十三年才死了。十三年里，颜含就这样在哥哥的病榻前度过了。

哥哥死后，嫂嫂樊氏因急带哭，瞎了双眼，犹如雪上加霜。颜含请来了一个医术高明的郎中，郎中给他嫂嫂开了一服药，说："这药里只要弄到了蟒蛇的胆，病人就能重见天日。"

郎中一句话，病人跑断腿。晋中没有深山老林古洞，何来蟒蛇？颜含四处奔波打听，不知走了多少路，也没弄到蟒蛇胆。嫂嫂说："那就算了吧，兄弟，这世界，不看还好些。我已经苦到头了。"

颜含说："嫂嫂说的哪里话，只要有一线希望，就得争取。阳光青草每人都应该拥有，老天为何会独独抛下你呢？"

颜含又开始了寻找。这一天，颜含刚从外回来，风尘仆仆，心力交瘁，坐在椅子上打了个盹，就见有个青衣童子走进屋来，说："这是颜含的家吗？"

颜含说："你是何人？"

青衣童子说："你若是颜含，我就交与你一件东西。"

颜含说："我正是。可你是哪家娃子呢？"

青衣童子笑而不答，塞给颜含一只口袋，那口袋是青色的。青衣童子示意他打开。他解开口袋一看，里面有个盒子。取出盒子揭开盖，里面放着一颗很大的蟒蛇胆，墨绿色的，新鲜得很。颜含惊喜不已，去看青衣童子，那童子慢慢退出门去，再一眨眼，童子已变成了一只青鸟飞上天空。

颜含醒了过来，才知道是梦，可看看手上，竟捧着梦中的那颗蟒蛇胆！

于是颜含赶快给嫂嫂煎药，让嫂嫂服了。三天以后，嫂嫂眼前一片光明，比生病前的眼睛还要亮堂！

颜含名声大振，整个国家都知道这件事了，都说，颜含是神仙送药来了。这样的好人，神仙不照顾，那才怪呢。

颜含为了哥哥虽未做官，耽误了做官，可皇帝没忘记他，硬是给他封了个西平县侯的爵位。

颜含无疾而终，死时九十三岁。这个岁数，简直比现在一百五十岁还要高！

另一件怪事是，颜含的丧事正办时，他隔壁的人家失火了。颜含的棺材还停在家里，家人急得不行，而火势相当凶猛，眼看就要烧到颜家了，可火头刚一触到颜家的茅屋顶，火突然熄了。风与火肆虐的世界，霎时彩霞片片，祥云朵朵。这情景，人人称奇。

颜含死后，国家竟给这一介百姓封了谥号，曰"靖"。

（原载于《长江文艺》2005 年第 9 期）

弟　弟

往隘口的路上遗弃着一些倒伏的树，很有些年头了，雪和苍苔盖在上面，根本看不出是什么树。反正已经腐烂了，反正是一些不能当正材的树，枫杨啦，泡桐啦，花栎啦。牛膝藤和火刺几天就把小路给拦起来了，如果人与牛几天不走的话。这儿哪里有人。

"哪里有人？"明生说。

他们站在一个山崖的下面，而更深的下面，是河谷和乱石成群的河水，狮吼一片。徐福气喘得不行了，他脸色苍白，鼻子缩到了脸皮中，汗珠子一颗颗从头发里滚出来。他与明生停下脚步时，听见旁边的一个山坡上的杂树林里，发出扑嗒扑嗒的响声。那是雪被晒化了，从枝条上掉下来，初冬的太阳刚好照到那儿。空气并不寒冷。

"我弟弟真是死了吗？"徐福说，"他凭什么要帮浙江佬砍铁匠木，他死了？"

"那他不是死了，浙江人说的那还有错，就看他在那一块砍，从那个岩上掉下去的。"明生说。

"为什么浙江佬不自己去砍，他们要烧炭为什么他们不自己去砍？"

"他们要照顾窑火。再说，他们是老板。"

"我看他们是些强盗，他们在这里偷我们的树，把我们的树砍光了，人也杀光了。"徐福说。

"人家在这儿烧炭是村长同意的，一个窑四十五块钱，可浙江人说给了八十。"

"那一个窑还有三十五块呢？村长吞了，他吞了。"

"一个窑要出一千八百斤金炭，听说这金炭比金子还贵，全运到日本去了……噁，那是不是有一堆铁匠木？"

顺着明生手指的方向，徐福就爬上一棵横在斜坡上的树干，想站得高一些看那个山谷。他爬上去，结果青苔和雪让他滑了个倒栽葱。

"徐福！"明生喊。

已经晚了，徐福头先触地。可徐福爬起来，头上顶着雪、枯草和泥的混合物，摇摇晃晃地红着脸，像喝醉了一样。

"徐福，你没有事吧？徐福！"

徐福没说话，徐福的确站起来了，拍打身上和脸上。他栽进一个土坑，正是有人多年前挖这棵倒伏的树时留下的坑，好在坑里没有石头，是石头，脖子就要断了，明生就会又背回去一个死人。他是徐福临时喊来帮他找弟弟的。

"我弟弟死了吗？他不会死的，一定是浙江佬害死的。"徐福抓着头上的草茎，哭诉着。

"浙江人不会害人的，我想他是摔死了。"

他们又往另一个方向的一面陡坡下去，那儿的确有一堆铁匠木。

"这儿有铁匠木！"

忽然蹿出来一个人说："这是我的铁匠木。"

那个人手拿着明晃晃的斧头，哈着热气，穿一件红不红黑不黑的破毛线衣，袖子短了一截，毛衣死死地掖在一根黄牛皮带里，使得腹部和前头的裤窗都紧张地凸起来了。

"你知道有一个人摔死了吗？"明生急切地问。

那人笑着摇摇头，露出岔七岔八的黄牙齿。

"我们走。"徐福对明生说。

明生走时又问了那个持斧人："还有没有砍铁匠木的？"

那人拿斧头一指。在头顶，在鹰子变得越来越小，人变得越来越晕的那垛大崖上，岩石直戳戳地、毫不留情地挺着巨胸。

"他死了吗？"徐福说，"我弟弟。他在那个上面？"

徐福惊惊慌慌地看了看上面，又看了看脚下。

"他摔死在这儿！"他跌着脚大喊，并且因为气堵咳嗽起来。

徐福人已经恍恍惚惚了，这样找是一定找不到的。再这样找下去，说不定徐福也给摇下哪一个悬崖。哪儿都是悬崖，在这儿，在神农架，哪一脚下去没有踏实，就会滚下悬崖。悬崖处处跟着你。

"徐福，我们往回走吧。"明生对他说。

徐福一回头，头就僵在了那里："我弟弟应该跟我来了。"

"那不是你的弟弟。"

"是什么？"

"是一只斑羚。"

徐福想着自己的弟弟，是他硬要弟弟去砍树的。他说："别人都去了，你为啥不去？"弟弟说："他们只出三分钱一斤，而别处六分。"徐福说："你不砍你一分钱也捡不到。"

瞎了一只眼的母亲腿脚不灵便了，那一年她坐在也是这么一个冬日的下午，手上择着用开水烫过之后摊晒的白芨，对他说："让老二跟你们搭伙吧，我奔不动了。"弟弟就住在了他们屋里。弟弟二十多岁了，却还没有哪个女人来找他。家里一贫如洗，除了石磨上搭的那一些旧衣服，就是两个黄桶里装的苞谷，几箱蜂子。今年春天的时候，有两箱蜂子被不知哪儿蹿出来的一群野蜂给全咬死了。徐福自己有两个女儿，一个小时候让村里的土医生打针把耳朵给打聋了，没读一天书，现放几只羊子；另一个小女儿才四岁。时间好像突然间变快了，当妈跟他说要让弟弟与他们搭伙时，他突然觉得弟弟是一夜之间长大的，像龙爪花的花茎，像梭罗树苗，昨日还没出土呢，今天就蹿出五尺高了。

弟弟比他还高，像他，很像，一个样子。有时候外人常把他喊成他弟弟，把他弟弟喊成他。只不过，弟弟比他壮实一些，脸上的肉紧些。给弟弟说了两个女人，一个还是徐福的姨妹，可人家看不中弟弟，说穷了，连自己的房子也没有。弟弟在家里已经很让徐福碍眼了，徐福的老婆关了门在屋里洗澡，他的弟弟在门口的椅子上喷着鼻子，像喷两条火龙。他在想什么呢？他又不走远，背上背篓和拿上锄头上山去，避开这个时刻。有一次，小女儿正在檐沟里刷刷地撒尿，徐福无意间去看弟弟，却看到了弟弟的眼睛正在自己的侄女身上。那时太阳阴阴阳阳，雾气疏疏密密，一头小猪正在拖一块晒着的猪头皮，徐福喊弟弟："你不把猪赶一下！"他恼怒，又不好声音太露。他的弟弟说："它拖不跑的。"把猪头皮追回来了，又放在墙边的竹晒席上。猪还吃猪，这猪前几天还跟它在一个栏里的呢，真是畜生。弟弟就是畜生。徐福这么想。谁也没有注意弟弟，他就跟在徐福的后头长大了，他吃生红薯、烧苞谷，也一次吃过两碗烧性大的鹿肉，就长大了。他背东西走山道总是抢在哥哥徐福的前面，他背着个大花背篓，那里面可不是装的猪草，全是苞谷，或是土豆，有一次背三块门方，少说五百斤。弟弟在前面走着，看不见他的头，只看见一个背篓，正在险峻的山道上移动着。有时候想起那些事，他就想把他推下岩去。你只要挨到他背篓，一拨，一个人就会滚落峡谷。后来，他就说："弟弟，我给你打个屋基吧。"

他带着老婆，在后面几十米的山壁下，给弟弟刨石头，清屋场。他和老婆撬着石头，用畚箕端石头填场子，抬石头码基础。弟弟也干，弟弟很感动，并且想着找两个人两匹牛来踩泥烧瓦。可是一场大雨，山体崩塌，清出的屋场又给泥石流完完整整地塞满了。弟弟说："我不要屋了。"弟弟从他的耳轮上取下一根烟递给徐福，弟弟爱耳朵上夹烟，递过来时徐福闻到了弟弟那只手上和烟嘴上浓重的酸菜气味。他闻得很生分和排斥，他就说："好歹你跟他们一起去山西挖煤去吧，弄两个钱，屋基我们在家慢慢帮你挖。"

那年春节一过，弟弟就和村里的四五个人默默地背着换洗衣服走了。弟弟知道了哥哥家里没他的位置，弟弟并不想去，弟弟早晨扛着锄背着背篓上山，无论大雨还是大雪都很有劲儿，大声地咳嗽和吐痰，把山都啐得啪啪响，可去山西却闷不出声了，像根被雨水泡软的苞谷秆。都知道，前山后村去山西的死了不少，弟弟是没说要去的，他心里肯定不情愿，千好万好不如在家好，金窝银窝不如家里的狗窝。可弟弟没有办法，弟弟塞进去一些破破烂烂的衣服，装进去嫂子给他炕的粑粑，就在正月的一天被雾气和寒寂给收走了。

徐福的心刚开始还揪了几下，看着山路上没了弟弟的影子，狠下心来想，要死就死了吧。大妮子赶着羊安全地上了山，小女的开裆裤想不缝也就不缝，爱怎么撒尿怎么撒，家里就他这个男人，老婆洗澡也不消闩门了。

　　然而一年后弟弟回来了，就他一个人活着回来了，弟弟回来伴着好几个骨灰盒。弟弟活赳赳地又出现在徐福面前。他说在山西染上了一身的虱子，那里的虱子可比神农架厉害呢。他还是肌肉紧紧的，他在冬天脱下热气腾腾的破背心，一身的煤黑迹，还有肩上深深的紫痕。"可比背篓重多了，"弟弟不经意地说，他说，"那都是拉煤的细钢丝勒的。"他在妈心疼地摸着他的背脊时这么说。

　　弟弟回来啦，徐福以为他永远不回来了的，死在那儿也好，落户在那儿也好。"是有些女人，可一次要三四十块。"有一次他在屋场前跟几个村里的哥哥们说。

　　弟弟从他肮脏的耳夹里递过来一支很远地方的烟，然后说，"对了，哥，我给你带了顶帽子。"

　　是一顶工人呢帽，厚厚的，像鸭舌，帽里面有一圈深红色的塑料条子。徐福照老婆的镜子，发现他很有些气派。他对弟弟说："看要你破费的，买这么高级的东西做啥。"弟弟说："就一顶帽子。"

　　哥哥徐福戴着工人呢帽，发现他自己简直是个村长，村长应该是他。他在家里请春客时双肘放在桌上，戴着那顶呢帽要人家喝酒，完全像是村长。他觉得他很威严的，很有胃口的，好像桌上所有人的"三提五统"款都在他手上捏着，不是他请人喝酒，而是别人请他喝酒。

　　"你们只管吃，酒有的是。"好像村长一样，他简短地挥挥手，帽檐戳在前面很远，遮住了一些很轻贱的光线，使面部隐涂着那种上等人、有钱人的深沉莫测。他背着手在山上走，背背篓负重远行的时候，再热也不肯揭下那个呢布的工人帽子，一步一步地踏在哪儿都是坚实的、满负责的。他觉得是弟弟打扮了他。

　　挖出来的屋基又一次垮塌了，而且这一次有几块巨石落了下来，你休想把它们搬走。

　　"弟弟呀，再好的树也总是要被烧的。"他对弟弟说。弟弟只好去砍那些很稀少了的珍贵的铁匠木。弟弟无话可答，弟弟只从山西拣了条命回来了，

215

没有带一分钱回来，那几个死了的人，还每人为家里捞了些小钱，作为赔命的钱……

想到那顶挂在墙上的呢帽子，徐福也要坚决把弟弟找回来。那帽子是弟弟一双满是酸菜味儿的手恭恭敬敬递给他的，还恭恭敬敬地喊了声哥。

在峡谷的底部，河水潺潺驰骋的边滩上，几个窑正紧贴着悬崖慢吞吞地燃着烟子。

浙江人忽然像一只夜游的花面狸出来了。那个烧炭翁就像个烧炭翁，四十多岁，满鼻子的炭灰使他看上去鼻梁又窄又长，在黄昏里一副很荒的兽相。如果你不走近，你死活也不会相信这川鄂交界的、虎狼出没的深峡里，有一个从浙江来的人在这儿烧炭，莫非他们天不怕地不怕？

"你们把金炭运到浙江去吗？怎么运到浙江去？"徐福问。

"不是金炭，是金子炭。"

"是金子炭。"

"是喽，是金子炭，我们先用车运到长江边上，运到秭归，再用船运到浙江去嘛。先出西陵峡，再走宜昌，再走沙市，再走武汉、安徽、江苏，从丹徒运河到浙江嘛。"

"再到日本。"

"那肯定。"

一块石头早就在暮色中，在坐下歇息时攥在了手里，现在，一下子出其不意就砸在了浙江人的头上。徐福瞅瞅四周确信只有一个烧炭人就这么下手了。

"……你们在这里破坏山林，乱砍滥伐，把咱们最好的铁匠木烧得一根不剩了，让我弟弟到悬崖上去砍，你们杀人啊！你们这些窑口的木柴兑了几个钱给我们？你们一定是把铁匠木骗了，分文不给，把他们丢到窑口里烧了！……明生，不要拉我，我砸死他，明生，你不要作声。咱把他丢进河里就行了……"

明生没拉他也没作声，石头在一个脑壳上接二连三地砸，黑色的血像曙光一样溅上了岩壁，跟猪血一样黑。

"我要把他砸死的，我要让他赔我的弟弟！"

"你已经把他砸死了，住手吧。"明生说。明生把他拉住了。

那个刚才还头脑十分清醒的烧炭翁此刻正伏在一堆卵石上，手抓住一把茅草，死死地扯着草根，后来，不动了，还没放下那把草。

在弟弟回来的头一天夜里，徐福就被两个警察用手铐铐走了。

他的弟弟原来没有死，背着几百斤砍来的铁匠木，走老林中的小路（躲开林管站的巡逻人员），走了几天，把它卖给了另一拨肯出价的烧炭的浙江人。

徐福是要难免一死了。在十堰监狱的死囚仓里，那天早晨，他吃了几个肉包子，喝了一杯酒，就要去受刑了。在门口，他看到了前来与他告别并来收尸的弟弟以及好朋友明生。

"你们是来看我的？这真好。"徐福说。

他的弟弟从怀里拿出一顶帽子，远远地递过来："哥，我给你把帽子带来了。"他的弟弟还从耳夹上拿出一支烟，统统递了上来。徐福没有手，手被绑着了，他要弟弟给他把帽子带上，就是那顶像鸭舌头一样的呢帽子。

"你给我戴上，你给我把烟也点上。"他对弟弟说。

他的弟弟给他做这些的时候他又闻到了那酸菜味儿。有一阵子，在死囚仓里，他使劲儿地找自己身上的酸菜味儿，后来还真找到了，一样的，只是没有弟弟身上的浓，那是一股极不好闻的气味。他们从小就吃酸菜，后来这酸菜味儿就跑到手上、腋下和皮肤上来了。

"弟弟，你把它戴上，把我这头上的帽子戴上看看。"徐福突然这么说。

他弟弟就把他头上的帽子取了，戴在自己头上。

瞧，也神气，他弟弟，那脸上的肌肉像些风吹雨打日晒夜露过的石头，紧绷绷光溜溜的，神气十足。他欣赏着自己的弟弟，有一刻好像他就是弟弟，出去了，而不是走向刑场。

"弟弟，你答应我，不要离开嫂子和两个侄女行不行呀？"他说，"你说行不行呀？！"

他的弟弟把帽子从头上掀掀，他看见他的哥哥张着嘴在等他的话，样子很真诚。他点了点头。

"你真的不要离开她们啊。"

这一次弟弟是很认真很用劲儿地点了两三下头。

"不要取下来，帽子你留着戴，弟弟，不要取不要取，我反正是去死的，不要把它污脏了。"

他在那儿扭动着身躯说话，两个警察就用了些力压他的膀子，并把他往汽车上推。

"让我给我弟弟说几句话，我马上就去死了，我会配合你们的，你们不要勒我的喉咙啊。"他的喉咙上套了根细细的绳子。

一场山雨把半山腰上的小路冲断了。就像一条蛇游到这里被人生生地斩断了头。有人在断了的地方砍了两根新鲜的木头架在那儿，用石块草草地垫了垫，可他们依然要脚板紧扣着那木头，双手攀住岩上的突出部分，怕木头断了或者打个翻滚，他们就将掉下深不见底的河谷。他们往下望着，因为明生说："就是那儿。"

那儿的窑静悄悄，只有流水像白云一样无声地浮在河滩上，雾气迷蒙，也不知窑火是不是在燃，或者熄了。从河谷里升起一股股潮湿的气流，带着深谷的一股植物腐烂的气味。

"那个人就直挺挺地倒在那里了。"明生对徐福的弟弟说。徐福现在由他弟弟背着，是一个用稻草掖紧了的白瓷坛子。

明生后来听见后头徐福的弟弟噎噎地哭诉道：

"哥，你好糊涂，谁不会回来呀。"

（原载于《上海文学》2002 年第 2 期）

山中奇闻

咱们神农架深山老林里，啥奇事儿都有，现在我给大家说两个听来的故事。

范高

范高是老君山山顶上一个村子的。十六岁下学就上水利。范高聪明能干，又能吃苦，小小年纪跟着测量员搞测量算土石方，不到两年把这些都学会了。当时公社的水利主任看中了他，就把他调到公社，虽然还是拿工分，但成了公社的干部。几年以后，范高就转正了。

后来公社撤销，范高因为文章写得好，改行成了乡长的秘书。那时候他依然勤学肯干，不出偏差，待人和气，不事张扬。在他三十九岁的时候，当了乡长，不再跟领导写讲话稿了，身边有了给他打杂的人，还涌现了一批恭维他的人，给他送点茶叶送点野鸡熊掌的人。

范高任职的地方在老山里，百姓贫穷不堪，范高本来有心想干一番政绩，但终因独断专行，名欲太强，跌了一跤：他号召大家养羊。因他在过去上水利的时候，吃过一次羊肉炖香菜，这以后嗜好了羊肉，才出此招。羊是养起来了，漫山飞白，草也啃得精光了。村长们到乡里开会或办事，都不忘了给范高提羊胯，还得捎带一捆香菜。

山里高寒，土也贫薄，啃了的草又不生，两三年就把那一带的山啃光了。

219

羊不能养了，苞谷洋芋又不能种了。范高又想了一着，办砖瓦厂。

本来土就不丰，这砖瓦厂只好挖有限的好地。砖瓦厂的厂长为了厂能办起来，给了范高不少贿赂，有钱，有虎胆麝香，范高也就受了。受了之后，范高在厂长的邀请下，只好亲自督阵开辟土场。

土场内有一对老夫妻，仅有的八分地种菜以维持余生，见推土机开来了，老头便睡在推土机前面的菜垄里，不让推掉。范高严厉地指挥道："从他身上压过去。"

推土机压是不敢压，有派出所的人在那儿，把老头拽起来，铐上铐子押走了。后来老头在派出所上吊自杀了，老头的老伴闻讯，也服毒自尽。

上面来调查此事，乡里派出所、砖瓦厂均开脱罪责，找不出直接责任人，因有范高出面，山高皇帝远，这事也就不了了之。

范高在乡里巧立名目收了农民许许多多的钱，每次下乡，就是带着联防队员收钱，然后以考察的名义到深圳、海南玩了一趟，给他母亲带回许多稀有补品和首饰。范高对母亲还算是个孝子。

可有一天，他的母亲在家里的浴缸洗澡时，突然不见了。他和他的弟弟在浴室里四处寻找，只在角落里发现了一只大山龟。

那大山龟张着嘴想说话，那眼睛完全就是他们母亲的眼睛。于是范高就和他弟弟将这只大山龟关在浴池里养了起来。

范高十分纳闷，母亲怎么会变成这么一副样子呢？他说："娘，你怎么会变成这么一副样子呢？"

那大山龟发出了一些尖细的声音，像婴儿的叫声，时不时把头从水池里探出来，好像要给他说什么。

有时候，这大山龟就想往门外爬去，用嘴啃门。有一次，范高的女儿刚打开一条门缝，那大山龟就爬出去了，飞快地爬到前面不远的深潭里，就再也没有回来。

这事范高跟谁都没说，心中总是郁郁不乐。后来范高就病了。范高病了之后到县城医院去检查，没查出结果，又到武汉去查，还是查不出病因来。

范高回来后病情加重了，老是发出老虎一样的叫声，家里人惧怕得不行。乡里的几个领导来看他，他吼叫着要吃他们，把他们一个个吓跑了。

范高的弟媳待范高特别好，自他生病后，就是弟媳照料。有一次弟媳给范高喂药，范高打破了药碗，跳下床来就要吃弟媳，许多人就去追赶制止。他们看到范高的身上长出了虎毛，那毛跟他们看到的"烂草黄"（当地的一种虎）的毛一模一样。

一个懂得这些的老太婆说："赶快拿水来泼，他就变不成了。"于是有人提来了水，往范高的身上泼。看着看着范高要变出虎牙和爪子来了，但水接二连三地往他身上泼，他就变不成了。最后，他只变出了一身虎毛，还是范高的样子。

这事在我们山里传了许多年，说得有鼻子有眼的。后来听说范高真成了虎，在山里吼得可凶了。

百鸟朝凰

老鸦岭猎人张干山有一阵子，最喜打雉鸡。雉鸡羽毛漂亮，但他不是想要羽毛。雉鸡打多了，再打麻雀，将小麻雀塞进雉鸡肚里，煮了喝酒，谓之"百鸟朝凰"。

有一天张干山在山上发现一只雉鸡，正准备开枪时，雉鸡飞跑了，一路飞到不远的一个草庵里。张干山追进草庵，只见那雉鸡绕着一尊啥神像飞，怎么瞄也瞄不准。

守庵的一个和尚刚从外摘菜回来，见有个猎人用枪对准菩萨，忙念："罪过，罪过！"边念边拽住了张干山的枪头。

"你打菩萨，那是罪大恶极。"

张干山说："我打的是雉鸡。"

按张干山所指，和尚果然看到一只美丽的雉鸡绕梁在飞。

和尚说："此更不可，伤害雉鸡，天理难容。"

张干山就好笑了，说："和尚，你不吃荤也禁得了天下吃荤吗？"

和尚说："杀业为罪大恶极，必无好报。"

张干山说："我又不是杀人，你这是多管闲事。"

和尚看劝不行，毅然抽过张干山腰上的一把小刀，割下自己的一只耳朵，捧过去递给张干山说："以这只耳朵换这只雉鸡的命，该可以了吧？"

张干山看着鲜血淋漓的耳朵，无动于衷说："你唬不了我。你们和尚会弄魔法，以为我会相信这真是你的耳朵，没门！"仍去追赶那只雉鸡，最后在庵后的一棵松树上把雉鸡打死了。

张干山不仅自己吃"百鸟朝凰"，还把这吃法广为传播，传到县里。县里的餐馆便都做"百鸟朝凰"，有钱的个体户，都吃"百鸟朝凰"，一时间把这门菜吃疯了。吃疯了之后，雉鸡和麻雀便供不应求，张干山每日打鸟不辍，收入颇丰。

张干山换了最新式的猎枪，据说是从德国进口的，还配了一辆摩托，逢山过山，逢水过水，打猎的效率更高了。方圆几百里山上的雉鸡与麻雀都快打绝种了。

这一年，张干山背上生了个小疖子，他也没在意，涂了些药。但小疖子渐渐长大，红肿异常，流脓滴水，弄了许多药来敷，也不能愈合。

疔疮愈来愈大，溃烂到有小碗大小了，人不得仰卧，只能俯面而睡，痛苦异常，日夜悲号。且那疮周围还生有四五十个小疮，把大疮团团围住。

张干山四处求医，后求到邻县一个老中医。中医看后说："这疮难治啊，叫'百鸟朝凰'。"

张干山心一震，想起自己吃的雉鸡肚内烹麻雀，脱口而出："您是否知道现在有人吃的一道菜叫'百鸟朝凰'，才说我这是'百鸟朝凰'？"

老中医说："我没听说过'百鸟朝凰'这道菜，只知道这恶疮叫'百鸟朝凰'。此疮医案上有，差不多一百年未见了，现在，生此疮的人又多了起来，我都治过十好几个了。"

张干山说："这能治吗？"

老中医捋捋山羊胡子，说："此疮是你杀业太深，治好治不好，只能看你的福分了。医生只能医病，不能医命啊！"

张干山恐惧得不行，遂到武汉去治。

疮在武汉割了，回来后又烂了，后来全身溃烂而死。

这是禁山之后的一个守山人给我讲的，他说用这个唬人，比政府的通告强多了。我说是不是真的呢？那人笑而不答。

（原载于《广州文艺》2008 年第 9 期）

哑水手

"那个人进来的时候天上还留有紫色的红光。"长着鼠须的酒店老板回忆道，他当时听见河野上到处是鸦鸣。而老板和他害有肥胖病的老板娘已撩亮了白炽灯，用刺耳的录音机音乐招徕着顾客。

"不付钱的醉汉有的是，不过，一旦他们清醒后，他们会如数地把酒钱交来。"老板说："我从来不抬高价码，这是一个商业道德问题。"老板说："我的花生米和烧茄子是小镇最低价。那些酒鬼之所以喝得烂醉如泥，是因为我们小镇上的一些婊子，激发了他们的酒兴。"老板说："当然啰，这些人都是一些不喜欢家庭、出门在外的生意人。再就是，一些驳船上的水手——那个人进来的时候，我一眼就认出了，他是一个水手。"

"他坐下来，看了看我，然后点了两个菜，喝起酒来。他一句话也没说，他只是用手示意。"

"茄子？……当然是茄子！花生米吗？唔……上好的凉拌肚片哪，我才收两块钱。我伸了伸两个指头。一杯？白酒……啤酒？……他最后要了一杯白酒。"老板掐了掐自己的鼠须，说。

"我非常喜欢这些水手，真的，我非常喜欢这样的顾客——他们几乎一个个循规蹈矩；他们决不偷窃，也不无端地撵人家的狗，这就是他们的优点。然后，他就坐在角落里喝起酒来。

"这些水手，他们神秘而孤独，在没有熟人的情况下，他们从不挑逗女人。

他们喝完酒，与那些女人擦肩而过，然后走出去，回到他们的驳船。他们是一些真正的汉子，他们不喜欢对物价和婆婆妈妈的事发表议论；他们喝酒的时候看着墙壁，但是你发现他们的眼睛很深，全然不是你周围那些人的眼睛。他们从码头上走进来，孤单，具有异乡人的风度。老板说，他要了一杯酒，两个菜，就开始喝起来了。"

这时，进来了两个女人。老板继续讲道："对于我们小镇上这些下贱的女人，我不愿说三道四。我要说的是，对于她们，我的老婆也看不惯，我的老婆也是一个爱俏的女人，她强迫要我给她买一件滑雪衫；我的老婆过去在一个旅馆当服务员，是我用一个苹果把她勾到手的。可是，我的老婆也看不惯她们。"

"这些女人白天睡大觉，晚上就出来工作了，真不要脸。"老板说，"她们进来之后，事情就起了质的变化。"

"我还是要说说那个水手，他穿着蓝卡其工作服，腰勒得很下，没有刮胡子，他也不像那些爱惹是生非的人一样，抱着手，东嗅嗅，西瞄瞄，他一句话也没说。当然啰，这些水手们也常常动刀子，为一两个女人争风吃醋，使虎渡河一带的人战栗深深。"老板说，"我没有看见过他们喝醉之后以疯装邪，他们杀人的时候脑筋也是清醒的，所以，我和我的老婆都认为他们是最好的顾客。我的老婆说，他们从不赖账。"

"那个水手正在闷着头喝酒，两个女人就进来了。"

"这两个女人当然是需要别人付钱的顾客，她们是一些穷光蛋，靠出卖身体为生。这些女人有时会给你带来经济效益，有时会给你惹麻烦。所以，我的态度是敬而远之。"老板语气非常明朗地说。

"我对她们笑了一笑——我对谁都笑，这是做生意的秘诀。如果你也开了一间馆子，你就知道，微笑服务该是一件多么重要的事，笑跟蹄膀、葱花和鳝鱼片一样，是一种原材料投资，是成本。我认为，是很贵重的成本；试想想，你跟一些不值得笑的顾客微笑，该是一件多么不易的事，比如，进来的那两个女人。"老板说，"你不相信吗？你设想一下你碰见了你的仇人，你能同他笑吗？那些水手就是不爱笑的人，他们表情严峻，所以看起来很神秘。而我们，除了浑身散发着铜臭之外，简直没一点秘密。我们最大的秘密

224

就是偷税。"

"我向她们笑了笑。"老板接着说，"她们是并排进来的，左边的一个年纪很小，才十七八岁，稚气未脱，但在另外一些见不得人的事上却很有经验，穿着黑长筒丝袜，耳环上闪着蓝光。另外一个二十七八岁，嘴唇已经松弛了，但很风骚，脸上扑着白粉，穿一件只有电视里才见过的裙子，屁股很大，一看就是在毫无节制的夜生活里弄成这个样子的。"

"她们在一条板凳上坐下来，眼睛像玻璃弹子一样在那个水手的身上滚来滚去。年纪小的用涂过丹蔻的指甲套着一个钥匙圈在玩，年纪大一些的在掌心里摩挲着一面小镜子。其实，这种看起来慵懒且无聊的姿势，对一些不争气的男人，都是很容易激动的挑逗信号。"老板说，"我见得多啦，她们在心底里盘算，寻找着猎物，根据当时的情境见机行事。"

"那一天是很萧条的日子，我的鱼都搁臭啦。那一天，唯一的顾客就是那个不说话的水手。我猜想，水手喝完酒就会走的，而那两个女人会自找了没趣，灰溜溜地离开。因为，看起来，这两个女人肯定找不到话与那个水手搭讪。那个水手无论怎么看，都很严肃，满身正气，一言不发——一个男人跟一个女人，如果不说话，就什么事也不会发生。水手仍在喝酒。那个年纪小的女人打了一个呵欠，用脚打着录音机里面的拍子。年长一点的女人拍了拍她的裙子——这是信号，她们要走啦，她们怵啦，她们没有办法同那个闷闷不乐的水手拉呱。

"'老板，你应该买一点新的磁带才好，比如齐秦的《我是一匹来自北方的狼》。'年长一点的女人眨着疲倦的眼睛对我说。'还有张学友和陈汝佳的。'年纪小的说。她的脸部很丰满，这个小婊子！

"我张了张嘴巴，我说：'瞧，今天天气多好。'

"'没有进荆州啤酒吗？'

"'你们是不是喝一点？'

"'我们不喝，我们只是问问。'

这件事似乎就这样了结了，她们会赶快滚蛋。那个水手没朝这边看一下，我心里非常高兴。但是，那个年长一点的女人却悠闲地把腿撂在凳子上，去捋她的长筒丝袜。她的红三角裤衩在我的眼前一闪，我便赶紧低下头去整理我的酒柜——我的老婆决不允许我去看别的女人，这是其一；其二，我感到，这两个女人非要在今天给我惹点麻烦不可。她们像胡传魁的队伍，住下来就不走啦。

"我把录音机里面的磁带翻了个面，接着，店里又走进来两个男人。她们与那两个女人相隔不过两三分钟——我以上说的，就是两三分钟以内的事。应该说，那两个女人进来之后，紧接着就跟进了两个男人，这种说法似乎科学一些。事实也是如此，他们是接踵而至。他们正是跟着这两个漂亮的婊子而来的。"老板的眼里黯淡了下来。他伏在桌子上，把一个撬开的酒瓶颠来倒去。

"看样子，就是这两个妖精把灾祸引来了吗？"我说。

"什么？你说这是灾祸？我不承认。"老板把铁皮瓶盖扔在一个角落，同时把大拇指活动了一下，对我打断他的回忆很不满。"如果你杀死一个疯子，让他们毫无根据地傲慢不再横行——不再招摇过市，这能算是灾祸吗？"老板说。

"那两个人年纪相仿，但是其中一个高个子显然更有能耐一些，一个又矮又瘦的跟在他后面。那个高个子穿牛仔衫，有几个破洞，我斗胆地说，那是他自己挖的。他长得非常潇洒，但另外那个矮瘦子却一副猥琐相，两个人都有一股与生俱来的对世界的敌视，两个人都长着那种好斗的鼻子。"

"你参观过我们小镇遍街的桌球吗？我们这儿所有的小伙子都把光阴消磨在桌球上了。那是一种记点数的游戏，在我们这儿，这是赌博的工具。"老板说，"那种标有数码的小木球在桌上撞来撞去，最优秀的桌球手一天下来，可以赢一艘小船。这毫不夸张，那个穿破牛仔衫的就是我们小镇最优秀的桌球手。因此，他应该找最漂亮的女人。"

"他瞅了瞅，把手深深地插进裤口袋里。

"'老板，我要三斤猪头肉。'

"'三斤，好，三斤就三斤。'我给他们摆好筷子和酒杯。矮瘦的那个在给他点烟，气体火机的火舌蹿得很高，他歪着头吸燃烟，并不看那两个女人，仰头看天花板。这是一个目空一切的桌球手，其实，那两个女人知道，桌球手和他的小兄弟是为她们而来的，她们就在他们的邻桌。那个年长些的女人把裙子放下来，也掏出一支烟，对矮瘦的男人说，借个火。

"矮瘦的男人当然也只能保持同桌球手一样的姿势，听到那火辣辣的声音，也没转头，只是把手递过去，撤燃打火机，候在那里。

"火苗在咝咝地燃烧，老板说，那是一种非常之蓝的火苗。年纪大的婊子不去点烟，只是把烟放在猩红的嘴唇上舔了舔，火苗还在燃烧。

"这真是一次傲慢的较量。在女人面前，任何不可一世的男人都会被打败。毫无疑问，输了的是那两个男人。这时候我看见矮瘦的那一个朝拿烟的女人笑了笑，缩回了打火机；那个优秀的桌球手拿起筷子，鼻孔里喷了一下，暴露出他们卑鄙的目的和本性。

"'喂，过来。'

"'我们不吃猪头肉。'那个女人坐在原地说。

"'要喝荆州啤酒。'另一个小婊子说。

"'只有烧酒。'高个子不耐烦地说。

"'他喝什么酒？'小婊子用多肉的手指了指那个水手。

"'喂，喝不喝！'高个子桌球手用拳头磕了磕桌面。在他的面前提另外的男人，这是不能容忍的。

"'他喝的什么酒？'小婊子还不知趣，顽固地问。

"'走走走！'高个子说。高个子另一句话应该是，'你跟他喝去'。但是高个子决不会说这句话，"

"那个水手似乎全然不觉。这有可能吗？"老板说，"那时候水手在一颗颗吃花生米，没有一点声响；虽然我的花生米很脆，也听不到他嘴里发出的声响。因此，红色的花生米一颗颗像珍珠在盘子里闪烁着。水手那时候看起来非常优雅而充满操守。"

"但是这没有帮水手多大的忙。小婊子天真的问话埋下了高个子对那位陌生水手的祸根。任何男人都具有嫉妒心理——那个水手如此正派的姿势更加重了高个子的嫉妒，这便是那次事件的根本原因。"

"水手仍一言不发，也不朝他们瞧上一眼，把酒倒进嘴里，用难以察觉的表情品着酒味。一个本地优秀的桌球手难道能容忍一个异乡人如此放肆的自我表现吗？"老板说，"桌球手先喝了两杯，才开始吃猪头肉，他大咽大嚼，瘦矮的那个家伙歪着头看他崇拜的英雄；两个婊子拿着手帕细细地揩嘴。哪怕她们饥饿异常，她们也保持了一个女人应有的风度，我敢相信，这是那个水手默默地传染给她们的——怪就怪在这里，她们突然很有教养了。一个婊子难道会有教养吗？"

"真令我心惊肉跳。"老板说，"我喜欢我的酒店猜拳行令，大声嚷嚷，但是那一天突然沉寂，让人呼吸困难。真令我害怕，那里面酝酿着火药味儿和血腥味儿。我闻到了一股锅贴饺烧煳的气味。"

"'喂，过来，跟我们一块儿吃。'高个子对着那个水手喊。

"水手一动不动。

"'老板，再添一个田鸡，新宰的田鸡。'高个子对我喊。他把'新宰'这两个字咬出火星了。他已经做好了闹事的准备。

"'喂，不愿意跟我们喝一杯吗？'

"水手还是一动不动，像没听见的一样。

"'你们想听一听什么音乐，我换一盘，你们自己来选选。'我对高个子、瘦个子和那两个女人说。我只能这样，我想缓解一下空气。

"'这可是好酒啊，六十度。'高个子还在喊。我只好从柜台里绕出来，走到水手跟前，孙子一样地说：'叫你哪，跟他们喝一杯，凑凑热闹。'我们这儿的规矩，喝酒就是热闹，入乡随俗。我说。水手转过头来，看着我。我敢说，那是一双充满了诱惑的眼睛，像水一样清纯。'叫你哪。'我拍了拍他。

"'你们两个去给他敬酒。'高个子命令那两个下贱女人。

"那两个女人没动。其中那个十七八岁的女人用手捂了一下嘴，露出不想出人头地的羞涩来。你走遍世界，你看到过那种从嘴角露出羞涩的婊子吗？这真令我吃惊，这些下贱的女人，今天是怎么啦，瞧，像城里的女学生了。

"那个二十七八岁的女人也只动了动屁股。她把矮瘦男人的打火机拿过来，倒了点酒在桌子上，点燃，用筷头拨拉酒火。"

"高个子起身了，我看见他向水手走去。"老板说，"当时天已经黑定了，门外头看得到天边的几颗星星。这个优秀的桌球手身材是如此的高大和狂荡，有一点站立不稳的样子，把酒杯灌满了酒，挥着手过去。"

"二十七八岁的那个女人突然跳起来，拉了拉桌球手。'怎么啦，不能少喝点？'我看见了女人的大屁股有一点颤抖。她害怕了，她想息事宁人？

"'喂，她要同你睡觉。'桌球手指着身边的这个婊子，流里流气地对水手说。

"'你这个流氓，我是想跟他睡觉，干你什么事呢！'那个婊子破口大骂起来，同时，一只手抓住了高个子牛仔服上的破洞。真是流氓，小气鬼！

"水手站了起来。

"'喝酒吗？出去喝！'桌球手用沙哑的喉咙说。这时候，那个女人的手放了。她看到桌球手从钥匙串上解下一把刀子。"

"桌球手掏出刀子，"老板说，"他扣好那个女人拉脱的扣子。我的酒杯都是醴陵产的蓝瓷，这是很久以前我找一个患鸡爪风的瓷器商用半袋辣椒换的，一共十八个。桌球手拿的正是其中的一个，我看见他用那个酒杯碰了碰那个水手的蓝卡其硬领。"

"最后露出惊讶的是那个十七八岁的女人。她的好看的脸埋进肘子里，一只手放进桌下，眼睛从桌面上射过来。矮瘦的那个男人已经搁下了酒杯，站在那个年纪大一点的女人后头。摸着草棍般的头发说：'算你今天有福气，小子。'"

"水手依然站在那里，"老板说，"对于那些人的挑衅他怎么就一声不吭呢？就在桌球于用酒杯撞他的硬领之后，他的肩膀可怜地动了一下，但我看见是一种警觉——就像一头野兽突然听见了什么声响，竖起耳朵一样。"

"刀子就在眼前。那个高个子绝对不想再多说一些话——比如说敬酒不吃吃罚酒。我们小镇优秀的桌球手，非常之潇洒，我从来没有见过如此潇洒的歹徒。那把刀子就像道德、良知或者社会的公正一样散发着寒光，那么谁能够退缩呢，在这样的刀子面前，你往往会身不由己。

"水手向门外走去。

"你还企望水手能说一些什么吗，门前的虎渡河在昏暗的夜色中哗哗地流动着，一个水手如果听到这样的声音，他还惧怕什么？唉！在这个世界上充斥了横蛮的人，他们把生命当作争强好胜的资本，我当时就是这么感慨的。"老板说。

"'你们出去！'我说了这么一句多余的话。其实，他们正在出去。优秀的桌球手拿的是刀子，矮瘦的拿的是气体打火机，而那个水手呢，他什么也没有拿，但是他的拳头很大。这是我所希望的。我盯着他绞锚攥篙的、使过太平斧的手，我一直目送着那一双手消失进外面的黑暗里。

"店里只剩下那两个惹祸的女人了。看起来外面将要发生的，已不关她们的事，她们继续做一些女人的小动作，年纪小的在用一根发卡掏耳朵，年纪大一点的在分鬓发，并且把裙子的橡筋腰松了松。

"'喂，还不去劝劝，你们这些人。'我大声说道，'你们聋了吗？啊！'我快哭起来，这样的事真不好，这些臭娘儿们，世界上要是没有她们该是多么安静。我当时真恨不得杀了天下的女人，像卤猪头肉一样，把她们卤了贱价卖给顾客，我要放辣子、蒜汁和香葱。

"那两个女人摊摊手，表示爱莫能助。那一副神态真倒我胃口，这些女人很喜欢一些男人因为她们而械斗，她们的灵魂深处有一种借刀杀人的渴望，不为别的，因为她们痛恨男人。在她们的生活中，她们领教的只是男人的粗暴和嬉皮笑脸。

"我望着远处的河滩，那里飘动着偶尔闪现的渔火桅灯，都是一些陆离的、一晃而过的景象，这使我想起世界上发生的一切。

"'谁来付账？啊？'我对两个恬不知耻的女人说。

"'你以为他们不会回来吗？'一个说。

"'当然是赢家付账。'另一个说。

"我心里想，水手算是完了，水手也没有付钱，我的老婆会又要唠叨一阵子的。

"过了一会儿，出去的三个人当中回来的只有水手，另外两个不见了。

"水手跨进门槛，带着一股河野凉风的气息，冷飕飕的。那两个女人看着他，从脸上现出强烈的惊喜和羡慕。水手的工作服上沾有一些泥点，袖子老长，我看到，他的额角上渗出殷殷的血滴，很淡，有一颗像葡萄凝结在他的左腮。他像什么事也没发生一样，回到他的座位上。

"那两个女人交换了一下眼色，怯怯地挨到他的桌子对面。

"这时候我忽然打了一个盹，眯着了三到五秒钟的样子，鬼知道我为什么被睡意袭倒，肯定是因为太紧张过后突然松弛而产生了极度的疲倦吧——就在我睁开眼睛的时候，听到那两个女人惊叫着向我跑来：

"'他是哑巴——！'

"我还来不及反应过来，我目瞪口呆，不知道天底下究竟发生了什么。

"那个哑水手在自己的盘子里，找到了最后一颗花生米，把它放进嘴里。"

（原载于《长江文艺》1989 年第 12 期）

诅　咒

　　这一年，二十岁的莫三顶着太阳在电影院门口摆弹子游戏机时，他的母亲正在勾引那个重庆来的调料师。莫三的游戏机上贴着一张从文化馆领来的营业执照，字迹都已经差不多辨认不出来了。他用廉价的水果糖做玩弹子的筹码，水果糖经千人手摸，又脏又腻，谁也不会要，赢家便一次次作价，再玩一盘游戏。

　　莫三和他的母亲住在县城东南角的堤坡下，那里紧靠生猪仓库。每到夜半三点的时候，屠宰工人就赶着猪一头头坐上电椅。那撕心裂肺的嚎叫声使这一带的居民受够了惊扰。然而他的母亲自从认识了那个会做火锅底料的调料师之后，可就交了好运，一直过着养尊处优的生活。调料师先是跟一个侏儒裁缝结婚，女侏儒替他生下一个猫儿样的死婴之后，他便和她离婚了。在这个偏爱川味的湖北小城，调料师的麻辣调料和火锅底料一直是畅销货，使小城人的嘴巴一个个吃得红津津的。莫三痛恨这个搅乱他家生活的外乡佬。他家的那口大铁锅不分昼夜地炒着辣子，殃及了附近的几家，使他们老是不停地咳嗽和打喷嚏。前来他家批发麻辣调料的人络绎不绝，他的母亲成了老板娘。于是，在家里，莫三成了多余的人。他的母亲从来不过问他在街上的生意。不过他的游戏机好歹可以对付自己的生活，街上那些游手好闲的人，往往一打就是个把小时，而弹子总是朝标着糖果的洞子里钻，那几包阿诗玛烟，直到上了霉也没有谁能赢走。有一天，莫三在家里看到他不知羞耻的母亲向调料师做媚脸之后就出来了，走到路口，碰见一个与他年纪不相上下的白痴光裸着下身在逗树上的毛毛虫，这使他想到自己毕竟可以自食其力。从此之后，他就一心一意地扑在弹子游戏机上，早出晚归，过着街头的生活。

在电影院的这条街上，到处挤满了人，一家挨一家的商店里陈列着各种商品。不知为什么，那些人总是喜欢凑在一堆，莫名其妙地争吵。莫三闲着的时候毕竟是多数，他便远远地看着那些吵得昏头昏脑的城里人或乡下人。莫三有个缩鼻子的习惯，看起来就像受了满腹的委屈。在没人光顾他摊子时，他显得非常逍遥，抽上一支烟，或是到电影院旁边的水管里接点自来水喝。莫三虽然脑筋不活，但他知道在家里母碍母亲的事，而且门口那条没有整治的路，老是被一些翻斗车压出深坑来，一帮没有管教的孩子便撅着屁股在里面玩摸鱼的游戏。他回家犹如串一个陌生的远亲，他宁愿没事坐在灰尘弥漫的大街上，守着摊子，看一些人吵架或是看一些莫名其妙的事情。街上总会发生一些意想不到的事，比方自行车撞人，义务治安员强行找瓜贩子罚款，洒水车横扫衣冠楚楚的行人，使他们四处奔散，丑态百出；喝醉了酒的人唱一些陈旧的歌，一个疯子无缘无故地哈哈大笑，等等。

好事总是出现在街上。但万万没有想到，有一天这种"好事"竟牵连到他身上，使他懵懵懂懂蹲了几天号子。

那年的夏季奇热，街上行人稀少，他的生意也很清淡。本来那一天有几个乡下人是想玩几盘弹子的，一个个跃跃欲试，就不见一个人动手。他们穿着被太阳晒白了的厚衣裳，裤腿卷得老高，舍不得一毛钱玩一盘，却又不肯走，大声糟蹋他的生意，一个个笨拙地装出很聪明的样子，以不肯上当的口气说："随怎么也打不到阿诗玛的，除非这些弹子会在下坡的时候拐弯，真是瞎赚钱。"他们七嘴八舌地点破了机关，于是想打的人也不打了。这一天完全败在了几个乡下人手里，他便恹恹地提不起神来，老是打瞌睡。

忽然，他听到奔跑声和喘气声，睁开眼睛，看到的是常来这儿打弹子的一个小青年，鼻弯里长一颗肉赘，显得古怪。此刻他脸色苍白，像是被人追赶的样子。莫三刚清醒，就见他在他游戏机下面的那个布袋子里塞一包东西。没等莫三看清，那包东西早藏好了。肉赘接着向前跑过去，边跑边回头对莫三说："回头我来取。"

莫三不知道肉赘放进了什么，刚想拿出来瞧瞧，便看见了两个警察朝这边跑来。莫三赶紧伏在游戏机上，假装打盹。等那两个警察跑到莫三摊前，莫三露出被惊醒过来的样子，懒懒地打了个呵欠。两个警察驻下足朝莫三和他的摊子看了五秒钟，没看出破绽，便又继续追赶起来。那边的太阳白得耀眼，不一会儿，穿警服的那两个人也跑得没影了，莫三这才好奇地从游戏机底下的布袋里取出那包东西。打开一看，是两盒录像带！这个他认识，晚上没事的时候他就去文化馆录像厅看这种打得死去活来的片子。

整个下午，莫三都在等待那个被追赶的肉赘来取。他想，说不定被抓住了吧。日落西山的时候，还不见人来，他有些烦躁了，心里骂着那个肉赘，要替他保管这些东西。一会儿，肚子也咕咕叫起来，口里老是冒一股难闻的胃气。正在他想着应当怎样处置这包东西时，发现先前的两位警察站在他面前，表情严肃，没等他说什么，已经弯下腰来钻到他的游戏机底下，准确地从布袋中取出那包东西。两个人打开看了一下，相视点头说："就是它！"其中一个看着莫三，说："我以为你还没睡醒呢，你那时打了一个多么舒服的呵欠！"这个说话酸溜溜的警察，使莫三多少有些害怕，他摊摊手对他们说："这个东西不是你们的。"

"那又是谁的呢？"另一个用很重的鼻音反问。

"反正不是你们的。"莫三咕咕哝哝地说。

"行了。"其中一个挥了挥手，对他说，"挑起担子跟我们走一趟吧，你手里有钱吗？那好，到对面买两个烧饼带着。"

他只好去买了两个冷烧饼。

"走吧。"警察催督他说。莫三不好违抗，收拾了担子挑起来。他在前，两个警察在后。他像个犯人那样低着头，挑着他的弹子游戏机，手上捏着两个烧饼，引得路人一个劲儿地朝他看。他于是硬起脖子来问后面的警察："我又没犯法，干吗要我跟你们走？"两个警察犹如哑巴，不想搭理他。

不一会儿，就来到了派出所，他把担子放到办公室门口。那个出语尖酸的警察给他倒了一杯温开水，说："吃吧，吃你的烧饼吧，慢慢吃，在这儿反正时间有的是。"

警察走了，他嚼着像牛筋一样的冷烧饼，不是滋味。他看了看窗外，天已经黑了，他浑身都是黏湿的汗水。

不一会儿，那两个警察又进来了，同时进来的还有一个女的，连看都不看莫三一眼，铺开笔纸坐在他对面。顿时，一丝淡淡的香皂味儿钻进莫三的鼻孔。他老想忍着，但没有办法，还是缩了缩鼻子，但表情却是满脸的委屈，像个憨宝，可怜地看着那些警察。

警察没有注意到莫三的小动作。警察把两盒录像带从抽屉里拿出来，放到桌子上，对莫三说：

"这东西好看吧？"

莫三站起来，大声说："我怎么知道，我没看过。"

"你总不会说马溜子没把这个给你吧？"

"哪个马溜子，哪个叫马……马溜子？"他反问道。

"问题是，"那个说话尖酸的警察故意说，"你打过呵欠，你睡意正浓，所以没看见谁，对吗？"

"你们说的就是放东西在我这儿的那个？"

"哦，你早该说晓得了。"警察说。

"那又怎么样呢？"莫三看着他们的眼睛，心中感到好笑，"就因为这事，我就该到这里来吗？"

"为什么不该呢？"

"我一没偷，二没抢。"

"这个我们相信，不过你得先把它说清楚了。"警察指着那两盒带子。

"我都说了呀。"

"那带子，是你的吧？"

"不是我的！"他跳起来分辩说，"肯定不是我的，怎么会是我的呢！"

"马溜子还给了你？"

"不是我的！他妈的谁说那个马溜子还给我的，完全是陷害，婊子养的……"

"不许在这里骂人！"鼻音很重的警察严厉制止他。

"我又不是骂你们。"他垂头丧气地坐回原位。

"那你说说，怎么会到你袋子里去的呢，你们这些捣蛋的家伙。"警察敲着桌子。

"不是我的！"莫三快哭起来。他实在是恼啦，碰上这两个啰里啰唆的警察，真是！

但是警察见他发火，倒露出笑脸来，一点儿都不计较他的无礼，仍慢慢地问他："料想也不是你的，你怎么买得起呢。你的游戏机有执照吧？"

"当然有。"

"那好，说说看，录像带怎么到你袋子里去了？"

"马溜子塞进去的，我又不晓得是什么东西。"

"为什么不交给警察？"

"别人的东西，我怎么敢随便交！"

"可有人说是你的，这就是问题的关键。"

莫三真有些憋不住了，用手指钩了一把腮上的汗说："你们不就是想要我承认这东西是我的吗？好，是我的，你们又把我怎么样呢？你们还给我好了，是我的。"他说着，就动手去桌上拿录像带。

"住手！"警察大喝一声。

"我承认了，行吧，要杀要砍由你们，行吧！"他厌烦地打了一个呵欠。

"莫三，傻蛋，你回答得太干脆了。"

莫三看见他们开始收拾东西，自己也站起来，准备去挑他的游戏机回家。警察却拦住他说："这个就暂放这儿，让我们打一打，看究竟能不能进到阿诗玛的洞里去。"

"那就看你们的运气了。"莫三哭丧着脸说。

他们把他带到派出所的后院里，绕过一堆断砖头，那里有一排黑咕隆咚的房子。警察在腰间拿出一串钥匙，拣出一把来打开锁，对他说："只好委屈你一晚上，伙计。"

莫三一进去，门马上锁住了，莫三这才醒悟过来，大声喊："放我出去，放我出去，你们究竟想把我怎样！"

但是警察走了。莫三只好借着外面的灯光到墙边的一张光板床上躺下来。

这件事发生的第二天晚上，他的母亲才提着一个西瓜来看他，但他已经被蚊子和臭虫咬出了满身红疱。

在号子里的三天他每餐都吃水煮茄子。只要警察一问他，他就死咬着说录像带是他的。他说："我反正一天平均收入五块多，不是派出所付，就是马溜子付。"

警察被他弄得哭笑不得，只好放他出来了。在出来的时候警察对他说："不要不耐烦，伙计，想想你替人窝藏淫秽录像带，知情不报，该负什么法律责任。"

好啦，找这些傲慢的警察算是没用啦，快离开这个鬼地方，找肉赘马溜子去，马溜子连累了他，又加害于他，就是这么回事，他一定要找他算账！

莫三挑起沾满灰尘的弹子游戏机从派出所出来，诅咒着世上的坏人。他看着街上匆匆的人流，就觉得自己太软弱可欺了。在家里，任那个调料师为所欲为，鸠占鹊巢；在外面呢，又碰到了损人利己的坏蛋，不让他莫三过安逸日子。

莫三又回到了他的电影院门口，还是摆他的弹子游戏机。才三天，他看着阳光明媚的街道，却产生了阔别多年的感觉，所有的景物都陌生起来。他无心招揽生意了，也无心去欣赏别人的吵架了，他对一切都漠然了，却在时时刻刻寻找着那个肉赘，等待他的出现。但那家伙却躲着他，不再与他照面了。

这天他去厕所转来，就见游戏机的玻璃上压着一张字条，上面歪歪扭扭地写着：务必于五点钟到椒园餐馆小酌。

他马上抬起头在大街上搜寻，发现了一个人影很像是肉赘，就断定是他留的条。

好吧，婊娘操的，我要你认识认识我莫三可不是好欺负的。

好不容易挨到下午五点，他收起摊子，挑到指定的地方去。

果然是肉赘，在一张桌子前等着他。这家伙穿着一件花里胡哨的T恤，见他来了，笑嘻嘻地说："你点菜吧，你吃点什么？麻辣鸡，鱼桥，还有锅巴肉丝？"

莫三坐到另一边说："你要吃什么你自己吃好了，少来这一套。"

"有什么值得发火的呢？"肉赘点燃一支烟，"应该庆贺，你他妈连碰都没碰一下皮肉就出来了。我以为，像你这条硬汉，不打得半死才怪咧！"

"你以为我死尿了是吗？你个狗日养的，你害得我去蹲号子！"

237

"别说那些话了，"肉赘说，"这不是赔罪吗？你真够义气。"

"你要付我损失！"莫三瞪着眼睛说。

"不就是钱吗？你吃了三天白食！"肉赘从兜里掏出一张新发行的伍拾圆钞票丢在莫三面前，说，"你身体还棒。"

莫三看了看那张钱，没有去拿，仍然气愤地说："你付得起我的损失？就这些？"

"你这个人！"肉赘尴尬地变了脸。

"该你蹲的，怎么我去蹲了？你说！"

"能躲不就躲，这年头，你不是也跟税务员躲吗？"

"那咱们去派出所好了，咱们说清楚，你莫让我不明不白。"

"去派出所？我都知道了，你已经承认，白纸黑字。"

"我那是气话，我可以翻供。"

"如果我硬说是你的呢，如果我做死证，并且邱拐子也出来做证，你会怎样？邱拐子反正是栽了。我们都做证，你还得二进宫。"

莫三愣了，像截木头。他站起来，浑身无力地挑起担子离开了餐馆。"你们这些流氓，你们会得到报应的，总有一天！"

对他卷入的这场纠纷，他的快活的母亲总是拿一些不值钱的好话来安慰他，就没事的。又交代他再不要跟那些街上的人鬼混，否则还要吃亏。重庆调料师也俨然像个慈父，用满口的蒜子味儿向他谈出了一大堆在世为人的道理。他本想向他们解释一下自己是无辜的，又觉得毫无必要，便说："坐牢服刑该我去。"

差不多到了秋凉的时候，有一天他又看见了肉赘，一个人无所事事地在街上看风景。

肉赘走到莫三摊前，朝他点点头，捋起袖子把手按在拉簧上，说："还是一毛？"

"这儿没你的事。"莫三说。

"瞧你的这些糖。"肉赘边说边去拉拉簧。

"请你还是到别的摊子上去打。"

"我就瞧得起你，莫三，我今天白送你几个。"

"你站远点！"莫三站起身来说。

"我惹了你吗？你还记恨呢！"肉赘赖在那里，摊着手。

这时已经围了几个人，莫三不知怎么就觉得血往脖子上涌，不顾一切地一把掀翻了自己的弹子游戏机，差点砸到了肉赘的脚。肉赘机灵地跳开，弹子游戏机却彻底散架了，玻璃稀里哗啦，一颗颗弹子滚落了一地。肉赘不解地看着莫三，看着这个掀自己摊子的人。莫三就那样站着，两只手还是掀的姿势，像个雷打痴了的凶煞。

肉赘弯下腰来，一颗颗捡着那些光滑的弹子，说：

"这是什么意思？"

（原载于《上海文学》1991 年第 10 期）